CB128517

De Eva a Madalena

LUCIENE BALBINO

De Eva a Madalena

2ª edição
1ª reimpressão

D'LIVROS EDITORIAL

Copyright 2016, Luciene Balbino
Direitos reservados e protegidos pela Lei 9.610, de 19 de fevereiro de 1998. Proibida a reprodução total ou parcial, por qualquer meio, sem autorização expressa da autora.

Direção editorial Leoberto Balbino
Capa R2 Editorial
Imagem de capa Shutterstock
Diagramação Cicero Silva
Revisão Cadu Hosseini e Beto Fonseca

Dados Internacionais de Catalogação na Publicação (CIP)

B172d

Balbino, Luciene
De Eva a Madalena / Luciene Balbino -- 2. ed. 1. reimpr. -- São Paulo: D`Livros , 2017.

220 p. ; 16x23 cm
ISBN 978-85-86438-51-6

1. Romance brasileiro. 2. Ficção brasileira. I. Titulo.

CDD B869.3

Índices para catálogo sistemático:
Romance brasileiro.
Ficção brasileira.

O conteúdo do livro é de inteira responsabilidade do autor e/ou detentor do copyright, *nem sempre manifesta a opinião da Editora.*

Direitos específicos de edição reservados por
D`Livros Editora
Tel.: (11) 3641-3225
dlivros@dlivros.com.br
dlivros.com.br

AGRADECIMENTOS

Aos meus pais, que sempre me apoiaram em minha jornada como escritora. Amo vocês e tenho orgulho de tê-los como meus pais.

Aos meus filhos amados, força e luz da minha vida, que sempre me incentivaram a escrever, inclusive quando estou triste.

Ao meu irmão Leandro e meu irmão Leoberto, o qual faz parte da minha história como escritora, realizando a segunda edição deste livro.

Agradeço, as meninas, minhas irmãs amadas, Lígia, Lívia e Leda que sempre me ajudam a sorrir.

Ao Carlos Eduardo, pai de meus filhos, que sempre cuidou de mim e me apoia na luta em me tornar uma escritora que possa ajudar as pessoas com minhas mensagens.

Ao João Dutra, meu primeiro editor, que acreditou nesta obra e me apoiou na realização deste livro.

A Neida Lúcia Moraes, grande escritora, que fez o prefácio de meu livro com todo amor e admiração.

A Claudia Massa, psicóloga sensível e profunda, que procura ajudar as pessoas a encontrarem o melhor em si mesmas.

A Silvia Dias Alcântara Machado, amiga querida que sempre apreciou tudo que escrevo.

A Maria Luisa Vaz de Almeida, excelente advogada e amiga que sempre esteve ao meu lado nos momentos mais difíceis de minha vida.

A jornalista Katia Saisi e sua equipe da Pluricom Comunicação Integrada, que me apoiaram na divulgação *De Eva a Madalena.*

Agradeço aos meus queridos amigos, Ieda Lebensztayn, que me inspira a continuar escrevendo e por acreditar em mim. E Jocob Lebensztayn que leu meus originais e disse que gostou muito, além de se emocionar com o final.

Amo todos vocês do fundo do meu coração.

Luciene Balbino

PREFÁCIO

Qual a verdadeira face do amor? É de que nos fala Luciene no seu livro de estreia *De Eva a Madalena.*

Ela consegue nos surpreender quando joga com a realidade e a ficção e conta uma história verdadeiramente humana, repleta de talento, lirismo e sensualidade.

Helena é bonita, inteligente, excelente profissional, mas aos quarenta anos se encontra deprimida, infeliz, sufocada de dúvidas, pois ainda não encontrou o seu príncipe encantado.

É neste contexto, angustiada e sem rumo, que resolve se dar um presente e parte para uma viagem a Fortaleza, capital do Ceará, no afã de encontrar aquele que será o amor de sua vida.

As peripécias são muitas, mas retorna antes do tempo previsto, decepcionada com os acontecimentos em que se vê envolvida.

Escreve: "O que há de errado comigo? Na praia, os homens me olham, me paqueram, isto é fato, os olhares para o meu bumbum são incontáveis, mas o meu interior, a minha alma de mulher ninguém vê? Haverá um dia em que ninguém mais olhará para o meu corpo, apenas sorrirão para a velhinha que vou me tornar? Por que será que a maioria dos homens só consegue ver o físico de uma mulher? Quando eu era mocinha achava que tudo seria perfeito, que aos quarenta anos eu teria uma linda família com filhos, marido, cachorro e papagaio, mas nada aconteceu como eu imaginava."

Cada vez mais desiludida decide virar o jogo e pensa em agir como uma garota de programa. Vai para a internet e escreve: "Mulher procura amor e sexo".

Logo recebe várias respostas, um dos primeiros a manifestar-se foi o "cavaleiro sem cavalo", depois o "bonitão esperto", até um deles que se chamava "pauzão".

Criando uma admirável tensão entre o cômico e o trágico, Luciene consegue conduzir-nos a encontros e desencontros, levando-nos a manter uma atenção contínua.

O final revela-nos que a vida se inventa a cada hora que nos reinventa e nosso olhar ilumina-se com a lâmpada de um novo dia.

Neida Lúcia Moraes

Professora, Historiadora e Romancista da Academia Espírito-Santense de Letras

APRESENTAÇÃO

O que mais me fascina no ser humano é a complexidade de sermos muitos em apenas um corpo. Todos os dias troco experiências com os outros, cresço, aprendo, mudo, me distancio, me perco e me encontro. Vejo nitidamente em minhas andanças pela vida, que muitas pessoas ainda não sabem quem são de verdade. Muitas usam máscaras com medo de tirá-las e não serem aceitos pela sociedade. Acho lamentável viver uma vida sem ter coragem de ir em busca de si mesmo. Viver intensamente e com profundidade é descobrir quem somos de verdade e isso é VIVER! É claro que vamos no machucar no meio do caminho, é óbvio que vai doer e pode até sangrar, mas por meio da dor crescemos e nos tornamos pessoas melhores. Os sinais aparecem a todo o momento e precisamos estar atentos a eles. Pelo menos esta vida é única, então pense se vale a pena você fazer as coisas só para o outro aprovar. Pense sempre em sua morte. Quando estiver lá, se arrependerá de não ter vivido algo que queria muito? Se a resposta for sim, FAÇA! Não ligue para o que os outros vão pensar, pois a sua vida pertence a você e a mais ninguém. Às vezes, machucamos quem amamos, mas a mentira, te garanto, machuca muito mais e faz todo mundo perder tempo. Seja verdadeiro primeiramente com você. Todo mundo tem direito às escolhas. Não seja egoísta em prender alguém que não ama mais. Lembre-se de que podemos fazer coisas boas para nós mesmos sem ferir o outro também. Perdoe-se quando errar. Se ame e ame os outros o mais profundo que puder.

Este é o objetivo em *De Eva a Madalena*. Escrevi este romance com profundidade e com uma compreensão maior sobre a alma feminina. Entrei num site de relacionamento e descobri mulheres com profissões normais, como dentistas, advogadas, médicas, jornalistas, psicólogas que se prostituem apenas pelo prazer.

Segundo a maioria das mulheres, com quem conversei, o fetiche em ganhar dinheiro é o que as estimula a transar com homens que nunca viram na vida. Algumas me contaram que adoram quando o homem joga dinheiro sobre elas.

Marquei alguns encontros para ver se pessoalmente as pessoas eram como se descreviam na sala de bate-papo. Percebi que os homens mentem muito na internet, principalmente a altura e a idade, já que, na maioria das vezes, não mostram o rosto e nem o corpo na câmera. O site é machista pois os homens reagem como se comprassem um produto num supermercado. Se a mulher insiste em querer vê-los, eles dizem que vão tentar outra e o fazem. Se elas tentam aumentar o preço, eles debocham dizendo que saem com mulheres por apenas cinquenta reais se quiserem. Muitos não marcam um encontro se a mulher não se mostrar na *webcam*.

Neste livro, Helena é a personagem central. Ela descobre um lado que antes nem imaginava existir dentro dela. Nos momentos de angústia, lê poemas de sua poetisa predileta, Leila Balh.

É uma obra que ajudará muitos a se descobrirem. Além de emocionar, este romance tem muito humor. Acredito que pelo riso curamos muitas feridas e transformamos a dor em algo transgressor ao politicamente correto na vida.

Luciene Balbino
Autora

Sumário

VIAGEM SOZINHA

Depois de um ano vivido intensamente, com muitas perdas e angústias, resolvi me presentear com uma viagem especial para Fortaleza, capital do Ceará. Mas, por trás dessa viagem repentina, a intenção maior era comemorar o meu aniversário, embora depois dos quarenta o melhor seria esquecer esta data tão numerosa. Depois que se entra nos *enta*, só saímos dele para celebrar o sexo, ou melhor, o sexagenário. Mas ainda tenho muitos *enta* para viver e muito sexo de verdade para fazer, o melhor agora é esquecer que a vida passa e muito rápido por sinal. Aprendi que o momento é o que realmente vale na vida, mas será que é isso mesmo? Na teoria falamos isso de boca cheia, que a vida é o momento, que não existe o amanhã. E daí? O que fazemos com o amanhã que deverá chegar? Ah, que boba. O amanhã virá hoje, é simples assim. – Repeti para mim mesma em voz alta. Como disse o poeta português Fernando Pessoa em seu poema "Ode Triunfal": "O Presente é todo passado e todo o futuro".

Uma amiga minha muito querida chamada Carolina entrou um dia numa crise, queria saber como viver o agora. Estávamos na piscina do meu prédio, curtindo um sol tão gostoso. A piscina tem o formato de cisne, ao redor ficam mesinhas brancas e um jardim repleto de flores de época. Estávamos nós duas com os bumbuns para cima, tentando aproveitar o sol da manhã e ela me vem com esta:

– Helena, minha amiga, tô em crise. Como faço para viver só o agora, o momento, sem pensar no dia seguinte?

Como Carol era bonita, 36 anos, cheia de vida e divertida, seus olhos eram verdes, cabelos loiro-escuros, lábios pequenos, 1 metro e 65 centímetros de altura e muito magra, pior que comia muito e não engordava, e isso me irritava. Até as pessoas a quem amamos nos irritam, às vezes, porque eu tinha que ficar controlando o meu peso e a Carol comia uma barra de chocolate e continuava linda. Ainda bem que ela tinha mais celulite do que eu, assim me conformava mais com os meus defeitos. Cá entre nós, mulheres são competitivas, mesmo com as melhores amigas. Competimos e temos raiva quando conseguem alguém mais especial que a gente. Não que eu não torça pela Carol, mas penso: se ela consegue, por que eu não consigo? Sempre achamos que nós que temos algum problema. Mas infelizmente nem a Carol tem tido sorte no amor. Trocamos sempre confidências e estamos com dificuldade de encontrar um homem bacana.

A maioria é idiota e infantil. Sempre caímos no mesmo problema: a falta de coragem deles em criar vínculos, porque talvez acreditem que alguém melhor está por vir. Hoje com a tecnologia, internet, os homens têm uma demanda alta de mulheres à disposição, então ficam com dificuldade de escolher. Muitos deixam passar a grande mulher, a grande companheira porque são fracos e não vivem o agora, e estão pensando naquela que vão conhecer amanhã. Nós mulheres sabemos que conhecer alguém profundamente leva tempo e paciência, mas eles não têm paciência, o pênis anda sempre na frente da cabeça do homem, literalmente passa a cabeça, e ficam com vontade de gozar, estão sempre em busca de um orgasmo melhor que o outro, nós mulheres não sabemos como é o ápice masculino, qual a sensação, mas pela cara que fazem e gritos que dão parece ser a coisa mais maravilhosa do mundo. Mas esquecem que é só um momento, não gozam o dia inteiro, então essa mulher que proporciona este momento para eles magnífico, precisa ser bacana e companheira. O sexo começa mesmo no bom dia, no olhar doce no café da manhã e vai aumentando o desejo se o cara não for grosseiro com a mulher ao longo do dia. Se os homens soubessem desses detalhes, tudo seria tão melhor. O pior de tudo é que são as mulheres que educam os meninos. Se um dia eu for mãe, vou ensinar a meu filho que mulher não é objeto, que devemos ser tratadas com dignidade em primeiro lugar. Por que é tão raro encontrar um homem especial, sensível, carinhoso e companheiro de verdade?

Às vezes tenho a impressão de que quando estou jantando ao lado de um ser masculino, por exemplo, ele não está ali, está preocupado com as mensagens que chegam em seu celular, de mais de mil mulheres que ainda vai conhecer e tentar descobrir qual a melhor para ficar ao lado dele. O que ele esquece é que não conhecemos uma pessoa num jantar, são necessários muitos jantares, muitos telefonemas, muitas viagens e muita dedicação para se conhecer alguém profundamente. Muitas vezes nem assim conhecemos, então pular de galho em galho definitivamente é o pior negócio. Mas como somos mulheres bobas e sonhadoras, vamos em busca desse homem quase perfeito, que deve existir em algum lugar do planeta Terra, mas, se existir em apenas outro planeta, haverá filas e filas de desesperadas em busca de sua cara-metade, mesmo que venha pela metade mesmo. Somos sonhadoras, temos o amor como bússola. Somos guerreiras e não vamos desistir, nem que, para isso, tenhamos que chorar muito e rir muito depois.

– Sei lá, Carol, é melhor nem pensar nisso, esqueça que existe o amanhã, faz de conta que a única vida que temos é este momento que estamos vivendo.

– Mas como? Se agora mesmo, ao invés de eu estar só aqui com você, estou pensando no que vai acontecer no minuto seguinte, estou aflita porque não consigo estar só aqui, estou em todos os lugares, menos aqui.

– Acho que é porque estamos com a bunda para cima e a única preocupação que temos agora é de ficar menos brancas do que já somos.

– Essa foi ótima, por um minuto pelo menos, me esqueci de pensar no encontro de hoje à noite com aquele cara que eu conheci ontem. O pior que o ontem eu lembro bem.

– Carol, faz assim quando estiver com o cara: você aproveita bem o momento, beija muito na boca, dá uns amassos.

– Assim corro o risco de ele achar que sou fácil e cair fora.

– Larga de ser boba, o erro está aí. Primeiro, o que vai achar é problema dele, não seu. Segundo, do jeito que os caras andam volúveis, você corre o risco de não conseguir beijar nem na segunda vez, porque ele pode muito bem sumir como a maioria faz e, se continuar pensando assim, não vai beijar nunca mais na vida.

– Nisso você tem razão: se não encarar logo de cara, o fulano se manda e o beijo na boca vira só uma lembrança inexistente em minha vida.

– Uma que ele vai pensar: essa mulher quer dar uma de adolescente encabulada.

– Assim você me mata de rir, Helena – disse Carol às gargalhadas. – Você venceu.

– Então desencana, que a vida engana, amiga.

No dia da minha viagem a Fortaleza, fiquei estranha. Será que era isso mesmo que eu queria, viajar? Um dia antes da viagem, numa quinta-feira, comecei a arrumar as minhas coisas, primeiro separei meus biquínis, todos bem pequenos, pelo menos eu achava que podia ainda mostrar meu corpo por aí. Na verdade não sabia se podia mesmo, mas resolvi acreditar no que eu via em meu espelho. A imagem que eu enxergava em meu espelho sempre me confundia. Será que eu era exatamente como o espelho me mostrava? Até que ponto o olhar dos outros podia me incomodar, me deixar triste ou insegura comigo mesma? Enquanto colocava os meus biquínis minúsculos e coloridos na mala de tamanho médio, minha cabeça fantasiava que eu ainda era uma menina no auge dos meus quarenta anos. Os biquínis tiveram um lugar especial na mala e bem exclusivo, as outras roupas devem ter ficado morrendo de ciúmes do lugar especial que os tapa lugares proibidos conquistaram na minha vida.

Comecei a colocar os shorts, escolhi um monte, sabia que era exagero, mas, sei lá, eu podia engordar uns cinco quilos de um dia para o outro e tinha que ter opção, não podia confiar no meu corpo instável e rebelde com a balança. As blusas foram difíceis de selecionar, eu não podia de jeito nenhum usar blusas que deixassem à mostra os meus pneus. Tinha que estar tudo lisinho na hora de me sentar na cadeira, no sofá e onde mais pudesse mostrar os meus defeitos imperdoáveis, as malditas gordurinhas que insistem em transbordar sobre as minhas calças, as minhas saias ou os meus shorts. Ao mesmo tempo em que essas coisas ficavam martelando em minha mente, eu pensava ao mesmo tempo, exatamente ao mesmo tempo, que eu devia não ligar para essas bobagens, que sou superior à ditadura da beleza perfeita, que o importante é o meu interior, afinal tem mulher que é seca de gordura por fora, mas por dentro é mais seca ainda. Dentro de mim eu tinha um mar de qualidades, tantas coisas bacanas e legais que se um homem parasse para olhar de verdade ia se apaixonar por mim. Mas não adianta, ninguém vai chegar a mim e perguntar de primeira como é o meu interior, vão olhar primeiro para a minha bunda, sim, e depois para os meus seios ou vice-versa, depende do gosto do freguês.

Blusas e shorts escolhidos, chegou a vez dos vestidos. Escolhi os mais sexy, é claro, aquele que em São Paulo posso até usar, mas quando os uso pareço um ET ambulante, as pessoas ficam olhando demais e nunca tive coragem de perguntar se acham feio ou bonito o que estou usando. Mas na praia eu ia me libertar desses olhares, pelo menos é o que esperava. Os sapatos tinham que combinar com tudo, duas sandálias, uma para dançar, quem sabe. Um tênis para as minhas caminhadas no calçadão, já pensando em manter a forma, e as sandálias havaianas para ir até as praias. Ah, não podia esquecer as saídas de praia, bem sensuais também. Por último peguei os sutiãs, os corpetes para apertar o impossível, as meias e as calcinhas, peguei as mais charmosas, pequenas e de dar água na boca em qualquer homem. Dois corpetes lindos, cheios de renda, um branco e um rosa também preencheram o espaço da minha mala bem cheia. A nécessaire deixei para arrumar no dia da viagem, coloquei os meus cremes sabores pera e maçã, o meu perfume preferido e os xampus mais cheirosos; era fundamental cuidar das minhas madeixas, já que os cabelos são a moldura do rosto. Cada metáfora que o ser humano inventa, chego a gargalhar quando digo os ditados e as frases populares que as pessoas repetem sem parar, o cabelo é a moldura do rosto.

Mala principal pronta, mas é óbvio que faltava alguma coisa, a mala de mão. Nela coloquei os meus chapéus, os meus sapatos e o meu livro. Não consigo passar um dia sem ler, adoro ler e, se ninguém olhar para mim, nem puxar papo ou me desprezar mesmo, tenho a melhor companhia do universo, meu livro, assim posso enfiar a cara nele e dar a entender a todo mundo que nada é mais interessante do que a história que estou lendo.

Que correria no dia da viagem, quantas coisas para resolver, principalmente as contas que iam chegar, e eu tinha que entregar tudo para a minha amiga Carol pagar para mim. É claro que deixei os cheques com ela, não sou tão cara de pau assim, nem com amigos.

Peguei meu telefone e liguei para Carol, que atendeu no segundo toque como quase sempre.

– Carol, você me leva ao aeroporto? Vou sair de Cumbica, o voo parte 21h55.

– Ok, Helena, eu te pego às 16h30, assim não corremos o risco de não chegarmos. São Paulo está terrível, um trânsito revoltante.

– Estou acabando de arrumar as coisas e te espero.

No caminho ao aeroporto, Carol tentava fazer muita graça, percebia que estava tensa em viajar sozinha, sabia que não andava com muita vontade de ficar comigo mesma, eu vivia reclamando que até olhar no espelho estava me deixando irritada.

– Amiga, relaxa, vai. Você precisa aproveitar mais a vida, pare de pensar que as coisas não estão do jeito que você gostaria. Mas me diz: quem pode dizer que a vida está do jeito que realmente planejou? Ninguém. Todo mundo tem alguma insatisfação, apenas *relax* e *enjoy yourself*.

Carolina tinha essa mania de falar português misturando algumas palavras em inglês. Isso me irritava muito, mas naquele momento eu só conseguia achar graça, era uma mistura de angústia com uma onda de felicidade no meu peito. Será que era um prenúncio de que ia encontrar o amor da minha vida em Fortaleza? Falando sério, realmente tinha essa esperança, tinha a mania de ficar fantasiando um olhar, imaginava em todos os homens que via pelo caminho para o aeroporto como se algum deles, do carro ao lado, coincidentemente, sentaria ao meu lado no avião. Como eu sou ridícula, será que alguma mulher na face da Terra se ilude como eu?

Chegando ao aeroporto, me despedi de Carol com um abraço caloroso.

– Bom, vou indo, tchau. A gente se fala pelo celular.

– Boa viagem, Helena. Aproveite cada momento como se fosse o último, adoraria ir junto com você, mas vou estar aqui torcendo para que se divirta e se jogue. Só cuidado com o tubarão. – É claro que caímos na gargalhada.

– Não sendo uma baleia, amiga, até tubarão eu tô encarando.

– Me avise quando chegar. Bye!

ANIVERSÁRIO EM FORTALEZA

Fui me afastando de Carol, nem olhei para trás com medo de desistir. Fiz o meu *chek-in* e é claro que conversei bastante com o rapaz que me atendeu no balcão, ele me contou sobre o perigo do excesso de bagagem.

– Moça, vai passar quantos dias?

Minha vontade era responder que não interessava a ele quantos dias eu ia passar em Fortaleza, mas dei um sorriso sem graça e respondi que ia ficar dez dias, e como um crítico à bagagem feminina disse:

– As mulheres sempre levam muita coisa, muitos biquínis, muitos vestidos, cremes, perfumes etc.

Eu fiquei olhando para ele com cara de "e você com isso?", mas disfarcei mais uma vez.

– É, nós somos instáveis, indecisas e temos até medo de engordar de um dia para o outro e não termos como usar aquele short que cabia perfeitamente um dia antes.

O rapaz agora me olhou com cara de incrédulo:

– Não tem como engordar tanto assim de um dia para o outro.

– Ah, rapaz bonito e ingênuo, tanta coisa você precisa conhecer sobre as mulheres. Ultimamente tenho certeza de que nós mulheres engordamos no mesmo dia mesmo, de manhã acordamos lindas e à noite já temos que fazer dieta.

O moço desistiu de argumentar e apenas me olhou com cara de abismado e me desejou boa viagem.

Saí dali rindo muito, achei muito engraçada a cara dele. Como é fácil brincar com os homens, sabem muito pouco da alma feminina. Se os homens soubessem o que se passa em nossas cabeças, sairiam correndo, todos, sem exceção.

Ainda era cedo, eu tinha que entrar no portão de embarque apenas às 20h15, eram dezenove horas. Resolvi procurar uma bateria para o meu relógio, mais uma vez saí de casa com um relógio sem bateria. Os meus amigos vivem dizendo que não sabem por que eu tenho relógio, se nunca olho a hora, sempre me atraso nos encontros.

Para mim o importante é chegar, mas é claro que ao cinema e ao teatro, as minhas paixões, eu nunca atraso; agora, quanto ao resto, vou sempre na hora em que estou a fim. Detesto regras e tudo o que tem horário estipulado. A vida é minha e chego na hora em que eu quiser e pronto. Com relação ao trabalho, também sou pontual. O paciente não deve esperar muito tempo com a boca aberta.

Fui procurar um lugar para trocar a bateria do meu relógio inútil. Assim que vi um homem parado com colete de funcionário do aeroporto, perguntei:

– Moço, por favor, sabe onde tem algum lugar aqui no aeroporto onde possa trocar a bateria do meu relógio?

– Olha, moça (adorava quando me chamavam de moça e pensava se eu tinha rejuvenescido do caminho de casa ao aeroporto), você vai até o terminal 2, lá tem um chaveiro e me parece que faz esse serviço.

– Muito obrigada, vou tentar. – dei-lhe um sorriso jovem.

O moço sorriu, achou engraçado o olhar de esperança que eu dei a ele, com relação a conseguir viajar com o relógio marcando a hora certa.

Fui caminhando até o terminal 2, muito homens me olhavam, paqueravam mesmo, de repente um argentino lindo demais, parecia um artista de cinema, olhos azuis, bronzeado de sol, cabelos castanhos médio, malhado e alto, passa por mim e me olha da cabeça aos pés e me dá uma piscada e diz:

– Olá, linda – diz com um sotaque portenho.

Claro que tentei responder em portenho também:

– Holá, que tal? – respondi com muita timidez.

Saí andando rápido, torci para ele não vir atrás, e não veio mesmo.

Depois dessa cantada com o bonitão da terra do Maradona, consegui chegar ao chaveiro e entrei animada. Dois homens estavam sentados, um deles era bem bonito e estava sentado na parte de dentro do balcão, o outro estava sentado logo na entrada consertando alguma coisa a que não prestei atenção direito.

– Olá, boa noite, por favor, não vai me dizer que vocês não fazem o que vou pedir.

– De que você precisa? – perguntou o rapaz bonito e malhado.

– Eu preciso trocar a bateria deste meu relógio, um belo relógio de pulseira amarela que comprei na Itália. – O rapaz bonito olha para o outro e pergunta se ele mesmo pode tentar fazer o serviço, eu tiro o meu relógio e entrego ao rapaz.

– Vou ver se consigo abrir o relógio – disse o rapaz atrás do balcão.

– Espero que consiga, vou ficar feliz. Cuidado com ele porque o comprei em Veneza, na Itália. – Não sei por que falei isso, podia parecer arrogante, mas falei porque é verdade, comprei o relógio na Ilha de Murano em Veneza e não queria que quebrasse alguma coisa. Em pouco tempo, o rapaz sério que ficava atrás do balcão consertou o relógio.

– Que bom que conseguiu. Quanto é?

– Cinco reais. – Pensei na hora que ouvi errado, como uma bateria podia custar cinco reais? Em São Paulo, em qualquer shopping não custa menos do que quinze reais. Agradeci e saí em direção ao portão de embarque.

Quando cheguei nele, todo mundo estava revoltado, vários voos atrasados. Eu fiquei olhando aquela muvuca e torcendo para que o meu voo partisse no horário. Pensei que o atraso seria só com os outros, e comigo daria tudo certo. Ledo engano. Na primeira chamada para entrarmos no ônibus que ia nos transportar até o avião, um rapaz veio pedir para descermos, porque o piloto que nos levaria até o paraíso teve que mudar os seus planos, foi pilotar outro avião, e o novo piloto que nos conduziria a Fortaleza estava chegando de Confins, Minas Gerais. Estava calma, achando graça da situação, e cheguei até a falar para alguns passageiros que iam no mesmo voo que o meu, que aceitassem a situação porque provavelmente o piloto que vinha de Confins era melhor do que o que ia nos levar antes, óbvio que todo mundo riu. Pelo menos uma coisa eu consegui: fazer as pessoas tensas rirem, já valeu a pena. Tentei permanecer calma, não conseguia viver aquele momento ruim com sabedoria, esperar no aeroporto o embarque que não vinha era um tédio, ainda mais estando de salto alto e com os pés doendo demais. A única coisa em que conseguia pensar era em sentar em minha poltrona, à janelinha do avião, tirar as minhas sandálias e descansar. Pensava também em chegar viva e dormir urgente. A minha cabeça não parou um minuto, as duas horas de espera me deixaram anestesiada, não conseguia sentir nada, nem alegria, nem tristeza, não tinha vontade de gritar, nem de lutar pelos meus direitos, o direito de embarcar e viajar no horário marcado, conforme comprei na agência de viagens. Não conseguia me mexer, e quando enfim, uma voz do além pediu que os passageiros para Fortaleza se dirigissem ao portão A2, não acreditei. Só tive a certeza quando um casal olhou para mim e falou que era verdade, enfim íamos embarcar.

Entrei no ônibus que nos encaminharia até a aeronave e, para minha surpresa, consegui me sentar. Ao meu lado um bonito rapaz bem jovem, alto, moreno e com óculos perguntou se podia se sentar ao meu lado, respondi que sim e ele ficou olhando para mim e desabafou:

– Poxa, que droga este voo atrasar. Pior que vou hoje, sexta, para voltar domingo e já entro no trabalho assim que voltar a São Paulo.

– O que você faz?

– Sou médico, faço residência em radiologia no Hospital das Clínicas – engoli seco, um dos motivos de eu estar viajando é tentar esquecer o Richard, um médico baiano, lindo demais e com quem saio há quase um ano em São Paulo. O mais engraçado é que o Richard também faz residência em radiologia. Será que o destino queria me dizer alguma coisa? Era alguma mensagem de Deus? Cheguei a mandar um torpedo para ele contando o ocorrido e respondeu: "Hahahahahaha, tá vendo, não tem como fugir. Beijos".

Engraçadinho e convencido, sabe que sou louca por ele, mas tenho que esquecê-lo, é muito jovem, tem apenas 28 anos e acabei de completar quarenta. As pessoas dizem que isso não tem nada a ver, que idade é uma bobagem, mas acho que, para ele, isso importa sim, só quer sexo mesmo, gosta de transar comigo, sei que é bom transar comigo, sou gostosa mesmo, mas só sexo enche o saco, quero amor, romance. Só sei que fiquei com tanto medo desse novo médico cearense me cantar que sentei bem longe dele no avião, tinha muitos lugares vazios mesmo, não queria mais um garotão querendo passar mais uma noite agradável comigo.

Decolamos tarde, mas decolamos. Não via a hora de chegar a Fortaleza, ao meu lado no avião não sentou ninguém, duas poltronas vazias, e eu tive que ficar sozinha nos ares comigo mesma. Durante as três horas de viagem fiquei lendo um lindo romance: *O tempo entre costuras*, de Maria Dueñas. Adoro ler romances, me fazem viajar, me levam para os lugares mais curiosos, muitas vezes me enxergo nas heroínas das histórias. No fundo eu queria ficar em silêncio na viagem, se pudesse colocaria uma placa pendurada em meu peito: SILÊNCIO. É claro que iria chamar mais atenção com essa palavra presa em mim, ia me expor muito mais. Poderia fingir que sou muda também – já pensou que interessante? –, não iria falar mais, chega de palavras inúteis, assim não iria correr o risco de me magoar. Outra saída seria não ligar tanto para o que as pessoas dizem, esse seria o melhor caminho para a minha vida, mas isso também é impossível. Pelo menos durante as três horas de viagem eu pude ficar quietinha, escutando a minha seleção de músicas do meu *I touch*.

Quando o piloto anunciou a aterrissagem no aeroporto internacional de Fortaleza, fiquei contente. Queria ver o mar, sentir o calor, a brisa do Nordeste e tomar muita água de coco gelada.

Assim que cheguei, o motorista da agência de viagens estava esperando. Ele era muito simpático, e pedi que parasse num supermercado para comprar água, tenho muita sede e no hotel a água é muito cara, cobram caro mesmo em qualquer parte do mundo.

No supermercado fui brincando com todo mundo, estava feliz, as pessoas me olhavam e deviam imaginar que era a mulher mais alegre do mundo, elas tinham razão, naquele momento eu estava sim muito feliz. Exagerada como eu sou, comprei água, salgadinhos, chocolate e pirulito de framboesa, o meu preferido.

Fomos para o hotel, estava morta, queria dormir urgente e foi o que fiz.

Sábado, o sol brindando a vida lá fora de meu quarto e dormi até às quinze horas, horário de Fortaleza, em São Paulo por conta do horário de verão eram dezesseis horas, horário que me incomoda muito, detesto horário de verão, detesto viver na hora errada, no réveillon comemoramos uma hora antes, ou melhor, às vinte e três horas. Quando passo o ano-novo em São Paulo ou no estado de São Paulo, sempre comemoro duas vezes, à meia-noite e à uma da manhã.

Depois que lavei meu rosto, coloquei um macacão preto de ginástica, bem decotado, um modelo com que em São Paulo não dá para andar nas ruas, todo mundo iria olhar e iria me sentir uma ET. Adoro andar livre, solta, sem roupa, ou melhor, com o mínimo possível, e em São Paulo se eu andar de shorts já ficam me olhando como se fosse de outro planeta e fico me perguntando: será que é por que está feio? Ou é porque as minhas pernas são lindas? A minha teoria é a segunda alternativa porque, quando uma mulher tem as pernas muito finas, ninguém comenta que ela está com shorts, talvez porque não chame tanta atenção assim; afinal, no Brasil, os homens preferem as bundudas e as pernudas, e tenho essas qualidades. Bem, essa é uma teoria minha, ninguém precisa segui-la. Mas o importante é que em Fortaleza eu podia ser eu. O macacão era bem aberto nas costas e modelava bem o meu corpo. Assim que pisei no calçadão da Avenida Beira-Mar, comecei a atrair olhares, ouvi os mais diversos elogios: beleza pura, gostosa, tudo lindo, hein, delícia, a mais engraçada que ouvi foi de dois garotos mais carentes – "Olha a gringa" –, é claro que achei graça; por ser muito branca, olhos azuis, acharam que eu era de fora do Brasil. Caminhei bastante, mais de uma hora, depois fui jantar num restaurante que tinha uma sacada com mesinhas e vista para o mar. Pensei em fazer regime, afinal qual mulher não quer emagrecer os seus três quilos? Comi uma salada deliciosa, bem caprichada, alface americana, cenoura, tomate, azeitonas, queijo parmesão e palmito. Um prato tão simples, que como em casa todos os dias, mas que tinha um sabor diferente dessa vez. O sabor da felicidade. É, estava feliz, muito feliz.

Assim que acabei o meu delicioso jantar, fui caminhar mais um pouco, queria ser vista, ser olhada, ser admirada, e foi o que eu consegui. Fui dormir feliz, porque no domingo tinha um passeio para a praia de Cumbuco e teria que acordar cedo, sete horas da manhã, e eu odeio acordar cedo; aliás, acho que devia haver uma lei que proibisse as pessoas de acordarem antes do meio-dia.

Acordei no domingo às sete horas e fui tomar o meu café da manhã. Nossa, quanta coisa, fiquei até confusa quando vi as delícias no bufê. Tinha vários tipos de bolos da região, bolo de fubá, de cenoura e de macaxeira, frutas diversas, abacaxi, melão, melancia, caju, jaca, mamão, maçã, pera, pinha, todas doces como mel, queijo coalho, queijo de minas, queijo muçarela, blanquet de peru, sucos, granola, cuscuz de milho, tapioca feita na hora, fresquinha, de vários sabores: presunto e queijo com ou sem tomate, de coco, de doce de leite e outros sabores, tinha tanta coisa que eu nem conseguia decidir o que comer. Concentrada, bebendo o meu café sem açúcar, senti um olhar insistente e me virei, era um garçom alto, forte, bem bonito me olhando com admiração, cumprimentei-o com a cabeça, e ele veio falar comigo com o sotaque típico do Ceará.

– Oi, tudo bem? – disse animado.

– Sim, e você?

– Tudo bem. Você é de onde?

– Sou de São Paulo, e você é daqui de Fortaleza mesmo?

– Sim, nasci aqui, moro com a minha mãe, que já tem setenta anos. Chegou hoje?

– Não, eu cheguei ontem de madrugada.

– Seja bem-vinda, espero que goste da cidade – percebi nitidamente que os fortalezenses são muito atenciosos e educados.

– Já estou adorando, obrigada.

– Bom, fique à vontade. Se precisar de algo, é só me chamar, ok? – ele saiu de perto de mim, mas não parava de me olhar um só minuto.

A PRINCESA BRANCA DE NEVE NA PRAIA

Acabei o meu café e fui ao quarto escovar os dentes e pegar a minha bolsa para o passeio. Tocou o telefone do quarto e uma voz perguntou:

– É Helena?

– Sim, é ela mesma.

– Não vai ao passeio de Cumbuco?

– Ah, vou sim, já vou descer. – Que gente pontual, pensei.

– Estou esperando-a aqui em baixo. Meu nome é Marcelo – disse o guia.

Passei protetor solar fator 100 no rosto e fator 50 em todo o corpo, só tinha um problema, não consegui passar nas costas. Esse é um problema sério de quem viaja sozinha, é impossível passar protetor nas costas, cheguei até a pensar em inventar uma mão artificial que levássemos na mala só para passar protetor em nós mesmos. Depois de me irritar com a impossibilidade de passar protetor na minha parte traseira, peguei minha bolsa e desci.

– Oi, você é o Marcelo do passeio para Cumbuco?

– Sim, sou eu, muito prazer. Vamos?

Segui-o e entrei no ônibus de turismo. Para minha surpresa tinha pouca gente, mas o ônibus foi parando em outros hotéis, e entraram mais umas cinco pessoas ao todo. Coloquei meus fones de ouvido e fiquei escutando as minhas músicas, só interrompi quando o Marcelo começou a explicar algumas coisas sobre a cidade.

Chegando a Cumbuco, um lugar adorável, logo Marcelo foi nos indicando o passeio de bugue pelas dunas. Como estava sozinha e não valia a pena ir só, pelo preço, conversei com três jovens se podia ir com eles, o André, a Mariana e a Tatiana. Eles concordaram e fui. O André era lindo, um rapaz muito simpático e educado, logo a gente se entrosou e batemos altos papos. Ele devia ter uns vinte e cinco anos, e eu boba cheguei a pensar que podia estar me paquerando, me sentia ridícula toda vez que pensava nessa possibilidade. Ele me dava muita atenção, era um fofo, e não entendia se era o jeito dele ou se estava me dando bola. Descemos pelos pneus que substituíam uma escada na areia até uma lagoa deliciosa. As primas de André não quiseram entrar na lagoa, mas eu não resisti; assim como ele, eu adoro água doce. Dentro d'água começamos a conversar.

– Helena, você faz o que em São Paulo?

– Eu sou dentista, e você?

– Deve ser nojento checar bocas hein? – ele riu e concluiu – Eu sou funcionário público.

– Quando estou de férias, checo bocas para outras coisas – sorrio irônica. É concursado?

– Sim, foi difícil, mas passei depois de três anos tentando.

– Pelo menos está estabilizado, tão jovem e com o futuro garantido – é claro que joguei verde para colher maduro, esperava que ele dissesse que não é tão jovem assim, ou melhor, que tinha idade suficiente para namorar comigo, mas disse apenas que já tinha se formado havia oito anos, acho que no fundo quis dizer que não era tão menino assim.

– Nossa! Como tá gostosa essa água, é difícil sairmos daqui. Que delícia, quentinha e limpa – ele disse.

– Eu adoraria ficar aqui mais tempo – quando acabei de falar isso, um moço pergunta os nossos nomes e, ao respondermos, nos disse que as primas do André estão pedindo para subirmos logo. Olhamo-nos e rimos, mas subimos pelos pneus. A subida era bem cansativa, mas enfrentei, não podia deixar o moço perceber que já não tinha mais tanto fôlego. Para minha surpresa, ele também ficou bem cansado quando chegamos. Entramos novamente no bugue e continuamos o passeio pelas dunas, foi lindo, só tinha areia branca pela frente, me sentia em um deserto, isolada do mundo e de todas as minhas angústias. Nas dunas podemos pedir os passeios com emoção, que é empinar o bugue, descer as montanhas de areia em alta velocidade, mas nosso grupo pediu sem emoção, graças a Deus, e conseguimos sentir a brisa em cada descida, tiramos fotografias de todos os lugares possíveis. Até sobre um jegue me deixei fotografar, o nome dele era Leo, em homenagem a alguém que não descobri quem era. E para subir no jegue, no ato de subir foi que pensei, será que consegueria? E se eu não conseguisse? Que vergonha! Mas subi, fiz força, fé em Deus e pensamento positivo.

– Moça, pode passar a mão no jegue, ele é bonzinho – disse o senhor que era dono do jumento.

– Mas ele não morde?

– Morde, sim, é só não chegar muito perto da boca dele.

– Tá bem, mas eu não pretendia chegar perto dos dentes dele mesmo. Até hoje só coloco as mãos em dentes de gente – é claro que ele riu. Todos riam para mim, talvez porque naquele lugar eu podia ser eu mesma, inteira, verdadeira e amável como gosto de ser com as pessoas.

– Quer ajuda para descer? – perguntou ele.

– Claro, por favor – louca para que ele fizesse essa pergunta e me ajudasse a não passar vergonha caindo na areia feito uma idiota.

Logo que desci, dei um dinheirinho a ele e entrei no bugue novamente para mais descobertas.

Assim que voltamos à praia de Cumbuco, os meus novos amigos almoçaram e eu não, preferia jantar, gosto mais da noite para me alimentar, adoro o ritual de ir a um restaurante, beber alguma coisa gostosa, claro sempre com esperança de encontrar o homem da minha vida em algum lugar. O cheirinho da comida devia me deixar com cara de fome, eles me ofereciam o tempo todo.

– Helena, você não quer nem um pouquinho? Está uma delícia. – perguntou André com todo o carinho

– Não, muito obrigada, estou sem fome mesmo. Vocês vão fazer o passeio de jangada? – tentei mudar de assunto.

– Sim, eu e a Mariana vamos. Quer ir?

– Não sei, estou com medo de me enjoar.

Acabei de dizer isso, vem um moço da jangada e pergunta:

– Quem vai ao passeio de jangada? – ele olhou para mim, eu tentei desviar o olhar para não me chamar, mas doce ilusão.

– E aí, Branca de Neve, vamos passear de jangada? – disse rindo para mim.

– Não, obrigada, vou ficar por aqui mesmo – tentei a todo custo me safar desse passeio.

– Que é isso, Branca de Neve, vamos lá, você não vai se arrepender – o rapaz insistiu.

André riu por causa do apelido de Branca de Neve, e o moço jangadeiro explicou:

– Sabem o que quer dizer Branca de Neve aqui? – eu imagino, pensei. Fizemos cara de que não sabíamos.

– Quer dizer mulher bonita, linda como ela. Morena com olhos azuis. – amoleci com essa declaração.

Todos me olharam e morri de vergonha, será que esse apelido combinava comigo aos quarenta anos?

– Vamos, moça, não tem perigo – insistiu mais uma vez o moço da jangada.

– E se eu me enjoar? – dei a última cartada.

– Mas você não tem cara de enjoada, não. Moça que enjoa tem cara de enjoada – aí ele me ganhou. Paguei os dez reais e fui com o André e a Mariana a caminho da jangada.

Quando cheguei perto daqueles paus, fiquei com medo e pensei em desistir, mas o André insistiu:

– Vamos, Helena, vai ser divertido.

Então fui. É óbvio que coloquei o colete salva-vidas, não ia querer arriscar.

– Senta ali, Cinderela – disse, olhando para mim, um senhor que segurava o remo com uma das mãos.

Ah, não! Cinderela já era demais, eles tinham obsessão pelos personagens de desenhos da Disney naquele lugar, só faltavam os sete anões, o príncipe e a rainha malvada.

– Olha aqui, como sou a quase rainha, eu que mando então. Vamos voltar a terra agora – todo mundo gargalhou, e fiquei ali me fazendo de forte, mas estava com muito medo de aquele troço afundar, afinal o mar é tão imprevisível.

Nada de ruim aconteceu em alto-mar, apenas o meu medo não diminuía, na verdade eu não via a hora de voltar sã e salva e tomar minha água de coco gelada.

O pescador e o comandante da jangada resolveram "estacionar" em alto-mar para o meu desespero, assim quem quisesse poderia dar um mergulho e se refrescar. Preferi ficar sentada, com a boia presa em meu corpo, bem encolhida e apreciando aqueles que tiveram coragem de mergulhar em alto-mar. Não sei por que, mas eu tenho a impressão de que vai aparecer um tubarão branco em pleno Oceano Atlântico com um tamanho de seis metros, pesando três toneladas e me pegar. É claro que é um tipo de tubarão que habita em todos os oceanos, mas vivem mais na costa da Austrália, Califórnia e África do Sul e, de repente, vai saber se um deles não resolveu dar uma volta no mar quente do Nordeste só para me devorar inteira. Só de imaginar isso, encolhi mais ainda os meus pés e rezei em silêncio para voltarmos logo para a praia.

Depois de alguns minutos rindo como uma boba para aqueles que se divertiam dentro d'água, o pescador mandão começou a recolher os candidatos a afogados, e todos passaram a subir novamente na jangada. Essa também era uma de minhas preocupações, como aos quarenta anos eu ia conseguir subir sozinha sem uma mão me ajudando? Que vergonha iria passar, e o André me olhando e pensando: Nossa, que mulher fraca, mole e – o pior – Velha! Nossa, como sou insegura, estou sempre achando que os outros vão pensar as piores coisas de mim e muitas vezes nem prestam atenção quando eu espirro.

– Todos a postos? Vamos virar agora, não se assustem com o balanço, que a gente chega vivo logo, logo – disse rindo o pescador metido a comediante.

– É o que esperamos, não podemos morrer na praia – disse às gargalhadas uma senhora gordinha e cheia de celulite, mas feliz da vida.

Fiquei quieta, não fiz nenhum comentário, apenas olhava desanimada a distância de onde estávamos para a praia e achava impossível chegar lá de novo.

– Será que vamos conseguir voltar? Pra mim parece impossível – falei alto o que estava pensando, e todo mundo riu.

– Branca de Neve, você chegará vivinha da silva, estou aqui para protegê-la e, se depender de mim, nada de mal irá acontecer a você.

– Se você falou, tá falado. – Depois que falei isso, a jangada deu um pulo que meu coração veio parar na minha boca.

– Quase virou ou foi impressão minha? – questionei.

– Mas que princesa medrosa, tá pensando que o comandante do navio é bunda mole, é? – o obcecado pela Branca de Neve respondeu.

– Não tô pensando nada, confio plenamente no senhor, na sua experiência, é no mar que não confio, geralmente ele é instável como eu – ri para disfarçar a verdade que falei sobre mim mesma.

– Todas as mulheres são instáveis, pelo menos as que conheço, a minha cada dia tá de um jeito, acho que por isso gosto tanto do mar, tenho a ilusão que pelo menos ele consigo dominar, já a minha mulher é impossível – disse o remador filosofando sobre a sua vida.

Com a cabeça longe e admirando o que o humilde pescador disse com sabedoria, de repente chegamos à praia, só vi quando disse:

– Podem descer com cuidado, chegamos!

– Até que enfim – pensei. Parecia que nunca mais íamos sair de alto-mar. Agora vou devorar a minha água de coco gelada e descobrir qual é a do André.

Voltamos à nossa mesa e o trio pediu batata frita e peixe grelhado. Eu não quis comer nada, só bebi a minha água de coco gelada e fiquei olhando o mar, as ondas que iam e vinham faziam meu coração se sentir bem, amparado. Fechei os olhos para sentir a brisa e veio uma onda de felicidade em meu peito, uma vontade de abraçar todo mundo, mas é claro que me contive, afinal iam pensar que sou maluca. Abri os olhos e continuei a sonhar com eles abertos, de repente o André falou comigo:

– Helena, o que você vai fazer hoje à noite?

– Acho que vou à casa de forró mais famosa de Fortaleza.

– Nós também vamos, me dá seu telefone que combinamos o horário depois. Pode ser?

– Sim, claro. – Anotei meu telefone celular e dei a André.

– Vocês gostam de dançar? – perguntei.

– Sim, adoramos – responderam as meninas ao mesmo tempo.

– Eu gosto, mas não sei muito bem – disse André me olhando com os olhos castanhos e cabelos negros.

Nesse momento viajei: Será que ele queria que lhe ensinasse, mas e se eu não soubesse também? André nem perguntou se eu sabia dançar. Pensava tanto nas possibilidades de ficar com ele que resolvi dar um mergulho para espairecer um pouco e refrescar a cabeça, que não parava de sonhar e de imaginar as coisas que eu inventava. Por um minuto fiquei mirando o mar, mentalizando o poema "O Amor", de uma poetisa que eu adorava, Leila Balh.

O Amor!

Como eu te amo
E preciso tanto de amar
que me alimento de amor
Como, durmo e respiro amor.
Falo o dia inteiro
É preciso amar o amor
Embebedar-se deste sentimento
doce e forte como um licor.

Te amo por encanto
E quando não sinto nada
Invento o amor por um santo
preencho de vida a minha alma
sagrada com o poder deste manto.

Invento você
preenchendo os meus vazios
de uma vida vivida intensamente
Guardo você como um topázio
Iluminando-me de amor completamente.

Amo os momentos
que invento em meu solitário pensamento
repleto de ilusão.
Amo o amor que não me ama
E só amo porque inventaram o amor.

Doo-me e me jogo no precipício
para não morrer existindo sem amor.
Eu te amo simplesmente
E me amo por amar você
E me pergunto: quem criou o amor?

Te amo porque te amo
Ao contrário disso, sou cega, muda e surda
quando o assunto é desamor?
Danem-se as questões absurdas.
O que importa é que amor rima com humor.

– Vou dar um mergulho e já volto – falei me levantando a caminho do mar.

– Tem certeza que não quer comer nada mesmo? A comida está deliciosa. – André insistiu.

– Não André, obrigada. Eu prefiro jantar, tomei um belo café da manhã no hotel e estou sem fome.

Fui caminhando até a praia, o vento jogava os meus cabelos para trás, sentia a brisa intensamente e mergulhei. As ondas eram fortes e não conseguia boiar, a toda hora caía e, quando tentava levantar, caía de novo. Era muito engraçado, eu ria como uma criança. Quando dei uma olhada à frente, vi umas mãos em movimento me chamando, todos do grupo estavam em pé. Deixei as ondas para trás e fui perguntar o que estava acontecendo.

– Helena, o guia está nos chamando. É hora de ir embora – Mariana falou.

– Que pena, agora que o sol está mais fraco. Vou me trocar.

Entrei no banheiro feminino cheio de mulheres se arrumando, se trocando. O chão cheio de areia da praia, muito sujo. É incrível como as mulheres sujam os banheiros por onde vão, algumas fazem xixi em pé e molham toda a privada, e dá uma raiva tão grande, fico nervosa e xingo todas. Não via a hora de sentar no ônibus e ouvir meu *I touch* e descansar. Uma coisa que não dá para fazer numa viagem é descansar, é um tal de acordar cedo para conhecer isso e aquilo que já fico morta antes de começar a viagem. Mas faz parte, precisamos conhecer tudo, sugar tudo, e viajar e não conhecer o máximo de lugares que a cidade proporciona é uma viagem perdida. O guia na volta ia explicando sobre os lugares por onde passávamos, mas confesso que dormi, não aguentei, o balanço do ônibus me deixava inerte e surda, me sentia um bebê no berço sendo embalado.

Assim que coloquei os pés no hotel, fui direto ao meu quarto, precisava de um banho gostoso e de olhos fechados sentir a água escorrendo em meu corpo. Como estava um pouco bronzeada, passei o meu creme de maçã por todo o corpo, depois deitei um pouco na cama para descansar. A brisa entrava pela janela do quarto, e eu só pensava em como era bom estar ali. Liguei o rádio para ouvir música romântica e sonhar com o homem da minha vida que ainda não tinha aparecido, mas ia aparecer, pelo menos é o que esperava. Olhei o celular ansiosa algumas vezes, acreditando que o André me ligaria e dançaria comigo a noite toda, mas o telefone nem tocou. Quando o relógio bateu dezenove horas, coloquei um short jeans, uma blusinha sexy cor-de-rosa e desci para jantar, não quis jantar no hotel, saí pela Avenida Beira-Mar à procura de um lugar gostoso para matar a minha fome. Do outro lado do calçadão, vi o restaurante do Alfredo, bonito, elegante e me parecia agradável. Toda vez que chego a um lugar sozinha, por mais descolada que eu seja, sinto um pouco de vergonha, dá a impressão de que as pessoas pensam que eu devo ser uma chata para estar viajando solitária. Mas, depois que sento à mesa e o garçom vem todo sorrisos me atender, esqueço que não tem ninguém comigo, afinal antes só do que mal acompanhada. O restaurante era muito gostoso, grande, com mesinhas na varanda com vista para o mar. A brisa parecia um ventilador ligado o tempo todo no céu, os guardanapos voando, os cabelos caindo o tempo todo no rosto. O garçom me olha todo sorridente e pergunta:

– Olá, o que vai querer beber?

– Por favor, quero um suco de caju com adoçante.

– Só se for agora – responde com o sotaque alegre nordestino e sai para providenciar minha bebida, enquanto isso eu olho o cardápio, que tem desde pizza até petiscos e pratos sofisticados, como peixes diversos, camarões de todos os tipos, lagostas e carne vermelha e branca.

Continuo olhando o mar enquanto meu suco não vem, em alguns instantes me bate uma tristeza, uma angústia e me dá vontade de chorar, mas o meu surto de me sentir mal-amada é interrompido quando o garçom chega com meu suco.

– Está aqui, senhora, no capricho – disse animado.

Eu sorrio, claro, e fico olhando para ele e pensando como um ser humano pode ser tão feliz, pelo menos é a ideia que ele me passava.

– Ah, obrigada, parece delicioso.

– Está mesmo e é natural. A senhora é de onde?

– Por favor, não me chame de senhora, odeio, me sinto uma velha. Sou de São Paulo.

– Me desculpe, é por educação apenas, mas você não é velha, está muito bem.

O que será que ele quis dizer com está muito bem, que para a minha idade estou bem? Ou que sou velha, mas conservada? Nem quis perguntar, tenho medo de ficar mal com algumas respostas, prefiro ficar quietinha a sofrer com as minhas interpretações variáveis.

– Obrigada, na verdade sou senhorita, pois nunca me casei.

– Mas nunca é tarde para o amor. Está sozinha?

– Sim, vim sozinha comemorar meu aniversário, aliás hoje é meu aniversário.

– Parabéns! Muitas felicidades.

– Obrigada.

– E não vai comemorar? – perguntou o garçom, curioso.

– Vou sim, hoje vou dançar forró na casa mais famosa daqui. Você sabe se lá é bom?

– Ah, sim, o Cangaço?

– Sim.

– É ótimo, mas é uma casa mais para turistas. Hoje é bem animado, você vai gostar. E o que vai querer jantar? Já escolheu?

– Ah, sim, vou querer um escondidinho de carne de sol.

– Ok, só isso?

– Sim, obrigada.

Pediu licença e saiu. Eu continuei ali, sentada, pensando na vida e olhando aquele mar imenso sem fim. Os pescadores sorriam puxando as cordas de suas jangadas, pareciam tão felizes, imaginava como seria viver precisando apenas do mar, pelo menos com o mar eles poderiam sempre contar, o mar nunca os demitiria, nunca os abandonaria e nunca os faria chorar. O mar estava sempre ali para o que der e vier, os peixes sempre prontos para serem pescados e devorados ou vendidos para outras pessoas os devorarem. Fiquei com inveja dos pescadores, precisam de tão pouco para viver, como conseguem sobreviver assim? Será que sabem que existem outros mares e que existem outros países? Conhecer outras nações, outros povos e outras culturas está nos planos desses pescadores humildes? Sinceramente acho que não, com o brilho no olhar deles, acredito que só o mar lhes interessa, e para que mais? O sol brilhando o ano inteiro, a água quente abraçando o corpo deles, penso que a paz que sentem é o que basta. Já eu vivo um inferno dentro de mim, um oceano cheio de tubarões famintos, arraias agressivas e outros animais violentos que habitam o oceano. Dentro de mim há um turbilhão de seres vivos que precisam respirar para não morrerem sufocados. Os meus pensamentos foram interrompidos mais uma vez pela presença do garçom.

– Senhorita, posso servi-la?

– Ah, sim, claro.

– Prefere comer na cumbuca? Ou quer que lhe sirva no prato?

– Como na cumbuca mesmo, estou morta de fome. Obrigada.

– De nada. Bom apetite. Se precisar de mim, estou logo ali.

Fiz que sim com a cabeça e ele saiu.

Dei a primeira garfada, estava uma delícia, bem temperado e por uns instantes esqueci dos meus problemas, da minha solidão, o escondidinho de carne de sol me fez companhia.

UM BELO ITALIANO

De volta ao hotel, fui diretamente ao quarto, escovei os dentes e escolhi a roupa para a balada da noite. Antes de tudo comecei a me maquiar, passei uma base mais escura na pele, pois estava um pouco bronzeada, passei blush cor-de-rosa bebê, sombra nude, rímel preto e batom vermelho, bem fatal. Os cabelos, deixei-os soltos, caindo sobre os ombros. Coloquei um vestido branco com as costas nuas, frente única e um par de sapatos azul-turquesa, bons para dançar, meus pés são sensíveis e não é todo sapato que posso vestir. Dei a última olhada no espelho e sorri; ao meu gosto, estava linda, perfumada e sexy. Peguei a bolsa e saí.

No elevador alguns homens me olhavam com admiração, percebi que um deles me encarava com ar de quem queria puxar conversa. Em inglês disse que estava linda e perguntou aonde iria. Eu respondi que iria dançar para comemorar meu aniversário.

– *Congratulation. Enjoy yourself* (Parabéns. Divirta-se) – disse o gringo, de olho em meu decote.

– *Thanks* (Obrigada). – Saí do elevador, e ele continuou me olhando com aquela cara de lobo mau louco para devorar a Chapeuzinho.

Ao pisar no hall de entrada do hotel, olhares masculinos me devoraram, é claro que fiquei feliz e convencida, mas fiz de conta que nem percebi nada. Fui até o balcão da recepção solicitar um táxi, que chegou bem rápido.

Comentei com o taxista que era meu aniversário e ele me deu os parabéns.

– Obrigada, mas na minha idade não é vantagem fazer aniversário – respondi com sinceridade.

– Uma mulher bonita como você não pode dizer isso – o taxista falou perplexo.

– Às vezes me acho velha – falei com certa angústia.

– Mulher bonita não tem idade, é bonita e pronto – disse o filósofo taxista.

Assim que cheguei ao Cangaço, entrei direto, pois já tinha comprado o ingresso. Confesso que fiquei um tanto sem graça, muita gente me olhou e percebi que deviam se perguntar o que uma mulher sozinha fazia naquele lugar, mas quando me sinto assim, amuada e desafiada, apenas levanto a minha cabeça e me imponho. Vi uma mesa vazia e logo sentei, pedi uma caipirinha de frutas vermelhas com adoçante e fiquei em silêncio observando as pessoas dançarem, se divertirem. Alguns homens desinteressantes tentavam chegar até mim, mas eu logo virava o rosto fazendo questão de mostrar que não tinha interesse em conhecer ninguém, pelo menos eles. A caipirinha chegou bem gelada, e comecei a tomá-la, mas antes fiz um brinde em silêncio a mim mesma. Brindei todos os meus anos na Terra, todos os meus sofrimentos, as minhas perdas, também brindei as minhas conquistas, as minhas vitórias e fechei os olhos imaginando que o homem da minha vida ia chegar em breve, na minha frente, sem eu precisar procurar. De repente, quando olho para frente, vejo um belo homem me olhando, ele levantou o copo e me ofereceu sua bebida, balancei a cabeça que não. O homem parecia um príncipe, alto, loiro mel, olhos cor de mel, pele levemente bronzeada, lábios carnudos, simplesmente lindo. Ele não tirava os olhos de mim, e eu também, é claro. De repente esse homem veio em minha direção e falou com um sotaque italiano.

– Olá, posso me sentar?

– Claro, fique à vontade – tentando disfarçar que estava esperando por isso.

– Você é muito bonita e simpática.

– Você também é um homem muito bonito.

– Está sozinha? – É óbvio que esta pergunta clássica não poderia faltar.

– Sim, estou sozinha. Vim comemorar o meu aniversário em Fortaleza, inclusive hoje é meu dia.

– Nossa, meus parabéns! Que tudo de bom aconteça a você.

– Obrigada. – Fiquei olhando para ele com cara de quem estava esperando alguma coisa, um convite para dançar ou para dar uma volta, eu precisava beijar aquela boca linda, mas não ia me atrever a fazer isso.

– Está gostando daqui? Ou gostaria de ir a algum outro lugar?

– Aqui é legal, mas a que outro lugar você se refere? Tentei sugerir alguma coisa.

– Poderíamos conversar lá fora, aqui é muito barulhento. O que acha?

Pensei rápido: certamente eu não tinha o que fazer no Cangaço, tinha perdido as esperanças de um cangaceiro macho me sequestrar dali e me seduzir, então o que poderia esperar mais? O André não ligou como combinado, então aceitei!

– Sim, vamos, lá fora com certeza vou ouvir o seu sotaque mais claramente. – Ele riu sem entender muito bem a minha brincadeira, mas, enfim, que se dane.

– Você não disse seu nome e eu não disse o meu – perguntei para disfarçar meu nervosismo.

– Nossa, que distração, o meu é Giuliano e o seu?

– O meu é Helena.

– Muito prazer, querida – disse com a maior cara de safado. Sorri e saí para pagar a minha conta, ele ficou olhando eu desfilar com o meu vestidinho branco decotado, pouco bronzeada e bem segura de mim. Voltei e ele estava me esperando, conversando com uns amigos, também italianos. Segurou minhas mãos e se despediu dos amigos, saímos.

Giuliano nem me perguntou nada e já foi me levando ao carro dele, eu fui seguindo-o, não sei se era a caipirinha ou a sem-vergonhice mesmo; sem titubear entrei no carro, sem pensar que ele poderia ser um maníaco, um tarado e me deixar em pedacinhos depois de degustar todo o meu corpinho. Na verdade, no momento, pensei que a vida é curta e que, para encontrar um belo italiano como aquele, teria que gastar passagem, hospedagem na Itália, então preferi arriscar. A vida é o momento, e se deixasse o cavalo branco passar e não o montasse poderia me arrepender para o resto da vida. Ele foi dirigindo como se conhecesse bem a cidade e parou em frente a uma garagem, pegou o controle e abriu o portão. Apenas me deixei levar pela situação. Na minha cabeça até pensei que íamos só conversar em seu apartamento, tomar um vinho, que seria algo mais romântico, mas quando ele abriu a porta de seu apartamento me direcionou para o quarto e me beijou, era um beijo quente, gostoso e macio, fazia tempo que não beijava na boca e precisava daquele carinho. Fechei os olhos e me deixei levar, afinal era uma mulher, não uma menininha ou uma adolescente. O mais incrível e surpreendente na vida é que nada acontece como planejamos, geralmente as coisas ocorrem de uma forma oposta. Giuliano olhou em meus olhos e afirmou:

– Eu sou o seu presente de aniversário?

– Sim, é você. – Respondi sem acreditar no que dizia, deixei a vida me escolher este presente? Ou fui eu mesma que escolhi? Sem saber a resposta, apenas o beijei, louca para ser acariciada, penetrada, não queria mais ouvir aquele sotaque italiano, queria amor no meu aniversário, qualquer tipo de amor valia a pena naquele momento só meu.

Depois do gozo, Giuliano relaxou, parecia que queria dormir, mas eu o mantive acordado com um monte de perguntas, depois de certa hora o que mais queria era voltar ao hotel e dormir sozinha. Pedi que me levasse, ele se levantou friamente, colocou a roupa e se dirigiu à porta, descemos sem dizer uma palavra. No caminho expliquei onde ficava o meu hotel, mas ele se perdeu mesmo assim.

– Você não sabe onde você está? – questionou, agressivo.

– Lógico que sei, já te disse o nome do hotel, mas você não conhece.

– Que droga, a minha gasolina está acabando e vamos ficar na rua.

– O que tenho a ver com isso? Você vai ter que me levar até o hotel, não quero nem saber – disse, muito irritada.

– Olha um táxi aí, você pega e vai para o seu hotel.

Eu o fuzilei com os olhos. Que desgraçado, que grosso! Depois de literalmente me comer, o cara quer me deixar na rua, como se fosse uma prostituta, o meu sangue italiano subiu.

– De jeito nenhum, não vou descer deste carro, você tem que me deixar no hotel, entendeu?

Ele fez cara feia e eu não tava nem aí, apenas ao chegar ao hotel desci sem me despedir e sem olhar na cara daquele carcamano estúpido. Ele falou alguma coisa que fiz questão de nem entender. A minha vontade era de dar um soco na cara dele, mas me contive. Ao subir em meu quarto, liguei para a minha amiga Carol.

– Alô – Carol atendeu com uma voz horrível de sono.

– Amiga, sou eu – respondi quase chorando.

– Nossa, Helena, são quatro horas da manhã, você me acordou. Aconteceu alguma coisa? Você está bem?

– Não estou bem, estou chateada.

– Fala, vai, o que aconteceu? Como foi seu aniversário? Te liguei o dia inteiro, mas não consegui falar com você, deixei vários recados, te enviei e-mail. Até a sua mãe me ligou dizendo que não conseguiu te dar os parabéns.

– Eu saí o dia inteiro e nem levei o celular. Amanhã ligo para a minha mãe. Carol, eu fui ao Cangaço e...

– O que é isso? Agora tá atrás de cangaceiro, amiga? *I don't believe* (Eu não acredito).

– Engraçadinha. É uma casa de shows, de dança – respondi aos prantos.

– Ok, continue.

– Então, conheci um italiano e acabei na cama dele e, depois que o cara gozou, foi tão grosso que, se eu tivesse uma peixeira, juro que tinha cortado a cabeça dele.

Carol já estava às gargalhadas ao telefone, imaginava as cenas que Helena contava e se divertia.

– Mas o que esse italiano de meia-tigela fez a você?

– Ele nem ao hotel queria me trazer, no meio do caminho disse que deveria pegar um táxi porque a gasolina do carro dele estava acabando.

Carol não conseguia nem falar de tanto que ria, o problema é que, para quem está de fora da situação, a visão é completamente diferente.

– Para de rir, Carol! Que coisa, não tem graça nenhuma. Foi horrível, tô mal.

– Tá mal porque quer. Você escolheu ficar com o cara, se divertiu, transou e esperava o quê? Ele não ia te dar flores nem beijinhos. Ele queria o mesmo que você, por isso relaxe, durma e descanse. Amanhã é outro dia. Você usou camisinha?

– Claro, né? Bom, você tem razão, vou tentar dormir e esquecer por algumas horas que conheci esse grosso.

– Descanse e amanhã nos falamos. Te amo, Helena.

– Também te amo. Beijos.

Fui dormir, o que está feito está feito, e eu não podia voltar atrás. Como disse Carol, amanhã será um novo dia.

Embora tenha dormido tarde, acordei cedo para aproveitar o dia após aniversário, quarenta anos pesam muito, mas fazer o quê?, é a vida, estava viva e só me restava viver e ficar mais velha a cada ano.

O que me preocupava era estar sozinha, sem filhos, sem marido. Quem iria cuidar de mim? Quem iria envelhecer ao meu lado e andar de mãos dadas comigo na época da delicadeza e dar risada da minha bengala gasta pelo tempo, de tanto uso? Até aquele momento não tinha ninguém. O que havia de errado comigo, se é que havia algo errado? Que os homens me olhavam, me paqueravam, isso era fato, mas e o meu interior, a minha alma de mulher? Quem definitivamente iria enxergar? Na praia, os olhares para o meu bumbum eram incontáveis, mas eu não sou uma bunda ambulante, nem seios em promoção. Por que será que a maioria dos homens só consegue ver o físico de uma mulher? Mas também eu não podia reclamar, haverá um dia em que ninguém mais olhará para o meu corpo, apenas sorrirão para a velhinha em que vou me tornar e o máximo que dirão será: "Que fofinha essa velhinha", ou "Que gracinha, parece minha avó", e o meu belo corpo será uma lembrança vaga do passado. Quando eu era jovem, achava que tudo seria perfeito, que aos quarenta teria uma linda família, com filhos, marido, cachorro e papagaio, mas nada aconteceu como eu imaginava, só o tempo que passou e isso não tem acordo. O tempo não para. Todo mundo me diz para parar de me lamentar, pois existem muitas mulheres sozinhas como eu, mas que se danem as outras, cada um com seus problemas, cada um com suas lamentações, eu tinha que correr atrás de meu prejuízo, já pensou se ainda eu ficasse cuidando da carência das outras?

Fui até a janela do quarto, tentei olhar o mar, só dava para ver um pedacinho, o meu quarto ficava na lateral e não de frente para o mar. Fechei os olhos e senti a brisa me acariciando e por um momento senti uma esperança percorrer meu corpo. Senti uma onda subir e descer no meu peito, aquela sensação de que viver era preciso, de que viver valia a pena. Passei protetor solar em meu corpo todo, depois coloquei um biquíni vermelho, cor da paixão, uma saída de praia branca e desci ao restaurante do hotel para tomar meu café da manhã.

Olhei atenciosamente para o celular tentando encontrar alguma ligação do André, mas percebi que não havia e não iria ter mais nenhuma.

– Bom dia! – O garçom disse todo animado.

– Bom dia, me traz uma água de coco, por favor – pedi para ver se ele saía logo dali.

– Só se for agora. – Saiu sem olhar para trás, feliz da vida.

Fiquei olhando para ele e pensando o que o deixava tão feliz. Será que era o sol do Nordeste, será que era o fato de ser nordestino e ver a vida de uma forma mais simples, mais autêntica, ou será que nasceu assim, do ventre de sua mãe apareceu para o mundo já sorrindo ao invés de chorar. Eu o invejava como ao pescador, parecia que não tinham problemas. Ele voltou todo sorriso a minha mesa carregando um coco enorme nas mãos.

– Está aqui, bem gelado e doce.

– Obrigada, você é muito gentil. Qual o seu nome?

– É Washington, e o seu?

Pensei: Por que as mães no Nordeste têm obsessão por nomes internacionais? Dei um sorriso disfarçado e respondi:

– Meu nome é Helena.

– O nome é lindo como a dona dele – disse mostrando os dentes brancos e bem cuidados.

– Obrigada, confesso que ouvir um elogio desses logo de manhã me deixa bem animada para continuar o dia.

– Eu só falo a verdade – respondeu ainda sorrindo.

– Bom, acho que vou pegar uma tapioca para engordar um pouquinho – falei me levantando e deixando claro que queria comer sozinha.

Washington saiu, foi atender outras mesas e enfim pude terminar o meu café da manhã em paz.

UM OLHAR NA PISCINA

Na piscina, peguei a minha toalha e deitei nessas cadeiras brancas de piscina. O meu livro pertinho, sempre me acompanhando fielmente. Tocavam umas músicas gostosas no rádio da piscina, desde MPB a pop rock. Estava concentrada em meu romance quando senti um olhar insistente, me virei e o vi, o mesmo homem que encontrara outro dia no elevador, aquele que só falava em inglês. Ele sorriu e acenou com a mão direita. Era magro, não muito alto, olhos castanhos, meio careca, lábios pequenos e usava óculos arredondados. Tinha cara de inglês e era fanático por malhação. Vivia com a toalhinha nos ombros para usar na academia de ginástica do hotel. Toda vez que ia à sauna, ele estava correndo na esteira e eu fazia questão de fingir que não o via. Eu não andava com vontade de falar nem em português, ainda mais em inglês, só de imaginar isso me cansava.

Continuei ali deitada, tentando pegar uma corzinha, era muito branca, demais, e mesmo usando protetor solar 50 tinha esperanças de ficar mais moreninha. Ao meu redor tinha de tudo, famílias com filhos pequenos e grandes, casais apaixonados se beijando o tempo todo na banheira de hidro. De vez em quando um menino com mais ou menos dez anos jogava água em mim toda vez em que pulava na piscina, a minha vontade era dar uns tapas na bunda dele, mas a mãe do pentelho não ia gostar nem um pouco. Lembrei-me da frase "quem está na chuva é para se molhar" e ri, cada uma que eu pensava, o que tinha a ver a chuva com alguém me molhar com a água da piscina? Mas, pensando bem, ele tinha razão: eu podia mudar de lugar, ficar longe da piscina. Porém, não o fiz, ele que deveria ter educação e perceber que havia uma senhora lendo ali e não jogar água nela. Gargalhei e todos me olharam assustados, disfarcei com cara de boazinha, mas tinha imaginado eu afogando aquele ser na piscina, afinal todo mundo tem um lado mal, mesmo que só exista no pensamento. No fundo eu devia estar com inveja da mãe do moleque, ela era mãe e eu não; se não encontrasse logo a minha cara-metade, eu nunca seria. Fiquei olhando aquela mulher gorda, com maiô preto, olhos cansados e cabelos curtos, atrás dos meus óculos escuros e pensava por que ela era mãe e eu não. No que ela era diferente de mim, por que um homem a escolheu para procriar, será que era feliz e o marido onde estava?

De repente chega um homem enorme de gordo e diz oi à mulher obesa. Que horror, pensei, a *fat family* combinava. Sinceramente preferia ficar sem filhos e com o meu corpinho no biquíni a ter uma vida daquelas. Ninguém podia ser feliz com aquele peso todo, o marido devia roncar muito e ela não tinha nem amor-próprio para se cuidar. Depois dessa cena, perdoei ao menino jogando água em mim, ele tinha que extravasar em algum lugar a sua fúria. Fiquei tão empolgada com o que era aos quarenta anos que mergulhei na piscina bem gelada, não era tão ruim assim ser eu mesma, pior era ser como aquela mulher casada, obesa, acabada e com um marido que provavelmente devia ficar cansado só em beijar na boca.

– Garçom, seu nome, por favor?

– Robert Bach, senhora.

– Pode tirar o senhora. Por que sua mãe gosta deste nome?

– Ela gosta de um escritor, aquele que escreveu um romance sobre uma gaivota. A senhora conhece?

– Ah, sim. Pelo que eu saiba, o nome do autor é Richard Bach e não Robert, ele é autor de *Fernão Capelo Gaivota*, romance publicado em 1970.

– Xiiii, minha mãe errou no meu nome, mas fazer o quê, dona?, agora é assim que me chamo. Vou contar isso pra ela.

– Não, deixa pra lá, ela pode ficar chateada. Seja original, Robert Bach.

– Tem razão – ele ficou pensativo, olhando para a bandeja que segurava, enquanto eu esperava ansiosa para fazer o meu pedido. – Desculpe, o que a senhora, ou melhor, você deseja?

– Estou precisando urgente de uma caipirinha de frutas vermelhas com adoçante.

– É pra já – disse Robert, saindo com agilidade, como se adiantasse alguma coisa, pois no Nordeste tudo demora muito a acontecer, o tempo deles é outro, eles têm a bela natureza a favor e nenhuma pressa em viver. Eu acho que é por isso.

Continuei lendo o meu livro e escutando as músicas do meu *I touch*, depois de quase uma hora chega a caipirinha no capricho.

– Sua caipirinha, moça – disse o garçom, bem sorridente.

– Obrigada, meu querido, pela demora deve estar maravilhosa. Foram buscar as frutas vermelhas em São Paulo?

– Não, que é isso?, tem tudo aqui – disse Robert rindo muito. Ficou olhando eu dar o primeiro gole e saiu.

Realmente a caipirinha estava deliciosa e tomei-a toda, sem deixar nenhum morango para contar história.

Fechei os olhos para sentir a brisa, sentir o calor bom e profundo do Nordeste, dei uma relaxada geral, nem percebi que estava fazendo uma pose estranha, as pernas abertas sobre a cadeira de piscina, como se estivesse em minha casa. Abri os olhos voltando à realidade, não estava em meu lar, estava ao lado de várias pessoas que nem sequer eu conhecia.

Virei para olhar e ver se alguém havia reparado na minha postura confortável, mas quando olhei para uma mesa embaixo do toldo da piscina, vi um homem com um olhar brilhante e profundo me encarando. Tinha os cabelos quase brancos, olhos cor de mel, lábios grossos e um nariz estranho, diferente, parecia uma batata-doce pequena. O mais interessante é que era lindo com aquele nariz, combinava com o seu rosto. Senti algo ocorrer dentro de mim, uma onda de calor subiu o meu corpo e um tremor aconteceu em minhas pernas. Tentei desviar o olhar para ao redor da piscina, mas algo me atraía para olhar aquele homem misterioso e o fiz curiosa. Ele me sorriu e ao redor dos olhos dele havia belas rugas de expressão que o deixavam ainda mais interessante. As marcas de seu rosto me excitavam e me vi apaixonada. Será que era brasileiro?, tinha um ar de espanhol, de italiano, de homem rústico. De repente, em meus devaneios, em meus pensamentos, vi-o se levantar e fiquei com medo de que viesse falar comigo. Era magro, alto, devia ter mais de um metro e oitenta. O belo homem calçou os chinelos havaiana, pegou o seu livro, deu mais uma olhada para mim e saiu, entrou no hall do hotel em sentido ao elevador. Fiquei olhando-o, encantada, apaixonada e angustiada.

E se eu nunca mais o visse, e se fosse embora naquele mesmo dia? Se ele não mais passasse em minha frente, nem no café da manhã? Uma tristeza apareceu em meus lábios, vontade de chorar, de correr atrás dele e dizer:

– Poxa, me olhou daquele jeito e nem vai me perguntar como eu me chamo? Ou nem vai pedir o meu telefone?

Depois desse desprezo sem sentido, brochei em ficar ao sol como uma tonta romântica. Levantei-me, coloquei minha saída de praia, os meus chinelos com plataforma, peguei minha bolsa e fui para o quarto. Deitei-me na cama, desiludida. Aquele homem não saía da minha cabeça, e sabia que seria por um bom tempo. Eu era assim, quando me apaixonava à primeira vista, desde criança, sofria para esquecer. O pior é que eu pensava naquele homem e me arrepiava, ficava mole, só queria vê-lo de novo, saber seu nome, de onde era, o que fazia e o principal: se era casado ou estava disponível no mercado para mulheres à procura da outra metade como eu.

Chega disso, Helena, pensei. Não podia transformar o meu destino, o meu futuro, apenas para encontrar um grande amor. Na vida, outras coisas eram importantes, precisava focar em comprar o meu primeiro apartamento; com quarenta anos de idade morava de aluguel e isso me deixava mal. Eu tinha tantos livros para ler, tantos filmes no cinema para assistir, tantas viagens para realizar, tinha que virar esse jogo, mudar as coisas. Eu não podia me permitir ser infeliz, na vida escolhemos ser felizes ou infelizes, e eu tinha que ser feliz. Resolvi começar ligando para minha mãe, tinha que ser mais atenciosa com quem me colocou no mundo, ela sempre me ouvia, claro que os seus conselhos nem sempre eram os melhores, mas ouvir a voz dela me dava um conforto, uma saudade daquela menina que gostava de deitar no colo da mãe para que ela tirasse os cravos e as espinhas do meu rosto, senti saudade daquela época em que ainda não sabia quase nada da vida.

Peguei o telefone do quarto e disquei. Tocou cinco vezes até que minha mãe atendeu.

– Alô, pois não – atendeu minha mãe com classe, como sempre fazia.

– Fala, dona Sofia, como está? – Não fiz nenhuma crítica quanto ao "pois não", que ela sempre dizia quando atendia o telefone. Aquilo era irritante.

– Oi, filhinha, você sumiu. Como está aí?

– Estou bem, hoje me deu uma saudade apertada de você, mãe.

– Então aconteceu alguma coisa, o que foi?

– Nada, mãe, apenas queria ouvir a sua voz

– Te conheço, Helena, alguma coisa aconteceu. Conheceu alguém interessante?

– Ainda não, só o vi na piscina.

– Mas conversou com ele? Qual o nome dele?

– Ainda não sei o seu nome e nem conversei com ele, apenas o vi – odiava a insistência dela quando cismava com alguma coisa.

– Como pode dizer então que ele é interessante? Às vezes é um crápula, um homem insensível, aproveitador ou mesmo nem gosta de mulher.

Fiquei em silêncio ouvindo a minha mãe falar e arrependida de ter ligado para ela, não queria ouvir nenhuma verdade, queria que dissesse o que eu gostaria de ouvir, que este homem poderia ser o meu amor. Ela continuou...

– Ele pode ser um maníaco, um psicopata. Filha, tome cuidado. Não vá para a cama de cara, conheça primeiro, seja difícil, homem não gosta de mulher fácil.

– Mãe, por favor, chega de falar essas coisas. Eu liguei para saber de você e de papai. Como ele está?

– Ele está bem, mas trabalhando muito, como sempre. Nem almoçar mais vem. Eu almoço sozinha e quase janto sozinha também. Sempre foi assim, filha: o trabalho sempre esteve em primeiro lugar na vida dele.

– Você tentou mudá-lo mãe?

– Tentei, sim, a mulher sempre quer mudar o homem, acha que tem o poder de transformá-lo num ser mais evoluído, somos tolas, minha querida, ninguém muda ninguém que não quer mudar. As pessoas mudam se quiserem apenas. Aprendi que temos que amar as pessoas como são e aceitá-las assim, e isso é o mais difícil. Quando você encontrar alguém especial, não se esqueça disso.

– Será que encontro, mãe? Aos quarenta anos, perdi a esperança. Por que fiz isso com a minha vida?

– Você escolheu isso, filhinha, nós fazemos as nossas escolhas. Você é responsável pela sua vida, o caminho que traçou, você mesma decidiu por ele. Posso te falar uma coisa?

– Claro! Mas cuidado, pois estou sensível demais.

– Você não vai encontrar um homem perfeito, querida. Não existe. Simplesmente é impossível. Desde pequena você sonhava com um homem que lia nos contos de fadas. Já deve ter descoberto que não existe esse homem, se você procurar conhecer alguém que tenha muitas qualidades já está ótimo, ponha na balança se o sujeito tem mais qualidades ou mais defeitos. Assim conseguirá decidir em ficar com ele ou não. Deixe-o descobri-la, não fale tudo o que pensa, isso assusta. Homem é bundão, eles têm medo de mulher muito sincera, a maioria deles não quer ouvir a verdade, e sabe por quê? Porque dói e os desmascara. Eles preferem se enganar que são os super-heróis e que nos protegem, sendo que nós que os protegemos. Quando casei com seu pai percebi que casei com um garoto, tive que ser mãe, mulher, amiga, amante e confidente daquele menino inseguro. Eles são covardes na hora de amar, fingem que são fortes, mas estão morrendo de medo de sofrer. Você me entende, querida?

Como minha mãe falava bonito, era tão bom ouvi-la, eu ficaria horas só ouvindo a voz dela me dizendo aquelas verdades absolutas sobre os homens, sobre o amor.

Minha mãe tinha razão, nós mulheres estamos equivocadas quando achamos que os homens são fortes o bastante para não sofrerem de amor. Isso é cultural, lemos muitas histórias infantis que nos deixam na posição da eterna bela adormecida sobre as verdades dos fatos, não existem príncipes encantados, muito menos princesas, acredito que existem mais bruxas e mais sapos. O mundo seria mais belo se pudéssemos viver como nos contos de fadas, mas será? Não seria chato tudo tão certinho e sempre com final feliz? Tudo na vida tem um começo, meio e fim, e precisamos acordar e olhar as coisas como são, sem tanta fantasia; muitas vezes o começo é bom, o meio é mais ou menos e o fim catastrófico; e, muitas vezes, essa ordem se inverte, o início pode ser ruim, mas o fim maravilhoso. Viver tem um fim, então por que tudo não terá? Não sabemos o que vem depois, então por que sofremos por antecipação? Talvez porque é romântico o sofrimento, nos faz lutar pelo que queremos com mais garra. Também porque imaginamos um futuro cheio de magia e nem sabemos se teremos o amanhã, somos tão imaturos, como é difícil crescer, como é complicado vivermos o minuto com verdade e inteiro, cuidando para que as coisas deem certo. Cada momento da vida deve ser bem vivido, respeitando o outro, mas e se somos assim e o outro não for, como vamos conseguir construir essa corrente?

Fiquei ali, sentada na cama ouvindo o barulho do mar, curiosa em desviar o meu pensamento e descobrir qual o tempo exato em que as ondas vêm e vão. Achei graça, a onda que veio e se foi nunca será a mesma que vem de novo, nada é como o segundo que se passou, nenhuma onda é igual à outra; e como cada olhar vai ser o mesmo, cada beijo igual ao anterior? O que devo fazer da minha vida? Sei que não encontrarei respostas no outro, e sim em mim mesma, apenas dentro de mim. As minhas férias pareciam um inferno na minha cabeça; como tirar essas ideias infernais de minha cabeça, se estavam me acompanhando o tempo todo? Resolvi ligar para a Carol, quem sabe ela tivesse alguma resposta. O telefone tocou e quase desisti porque Carol demorou demais a atender.

– Carol. Oi, amiga.

– Fala, Helena. Como está curtindo as suas férias? Deve estar com vontade de voltar ao trabalho, porque não para de me ligar, não me esquece por nenhum minuto.

– Como você é fofa, Carol. Tô em crise.

– Em crise em Fortaleza, no paraíso? Então vou te colocar no meu lugar aqui no escritório de advocacia enquanto eu vou pra aí curtir a praia e os gatos cearenses.

– Aqui está o maior sol, e aí? – tentei mudar de assunto.

– Aqui só chove, minha amiga, e você reclamando. O seu maior problema é que não sabe viver a vida, fica procurando pelo em ovo. Pelo amor de Deus, Helena, vá andar no calçadão, sinta o vento, tome um sorvete, beba uma água de coco, o que te aflige tanto, amiga?

– Viver me aflige – respondi, quase chorando.

– Desculpe lhe informar, mas você tem duas alternativas: continuar vivendo ou continuar morrendo.

– Não tem uma terceira opção? – Comecei a rir de nervoso de novo.

– Não... mas...

Depois dessa, desliguei o telefone na cara de Carol, não podia dizer mais nada. Ela tinha razão. Na hora me veio a questão que me torturava, no fundo eu queria controlar a cabeça masculina, queria olhar e enxergar o que os homens pensavam de fato. Mas eu jamais ia conseguir isso, impossível, não tinha como eu nem ninguém saber o que o outro está pensando. Levantei-me da cama, liguei o chuveiro na água morna, peguei o meu sabonete líquido com cheiro de maçã, o meu xampu e condicionador de cereja, a minha esponja macia e entrei no banho. Deixei a água morna percorrer meu corpo quente do sol, coloquei o xampu nos cabelos e o cheiro da cereja me fez bem, depois, com delicadeza, coloquei o condicionador. Enchi a esponja com o sabonete e, enquanto o condicionador fazia efeito, ensaboei o meu corpo começando pelo pescoço. Como um banho é revitalizante, ainda mais com o cheiro das frutas no ar. Quando fui passar o sabonete nas minhas partes íntimas, dei um suspiro de prazer, aproveitei que estava sozinha e que a minha imaginação era fértil, gozei forte imaginando a boca daquele homem que acabara de ver na piscina me beijando inteira. Deu aquela moleza e uma sensação boa. Achei graça em lembrar que podemos pensar no que quisermos, somos livres no pensamento, somos capazes de matar, amar, gozar, odiar, ir e vir e sonhar com a nossa cabeça, o poder do cérebro. Esse poder ninguém nos tira e isso é excelente. Eu o tinha de alguma forma, podia ter quem eu quisesse, até o Brad Pitt, era só fechar os olhos. A gente faz tanta coisa, mas não pensa na mágica do que estamos realizando. Sozinha, nesta viagem, comecei a refletir sobre tantas coisas. Como trabalho direto, até finais de semana e com a correria da cidade de São Paulo, não consigo parar e refletir muitas vezes, apenas faço as coisas automaticamente e a vida vai passando sem me lembrar muitas vezes que o que acabei de fazer pode mudar a minha vida.

“COM PRAZER É UMA NOTA PRETA”

Escolhi a roupa mais confortável, um shorts jeans com rasgos, uma blusa estilo nadador com lilás, tipo pintura moderna. Vesti meias e um tênis confortável. Os cabelos, deixei-os soltos para que o vento os jogasse para trás. Sem maquiagem, apenas passei um batom cor-de-rosa e saí do hotel. Atravessei a Avenida Beira-Mar e comecei a andar no calçadão.

Como era fim do dia, muitas barracas estavam montadas vendendo desde castanhas torradas e salgadas a bijuterias e roupas. Fui caminhando em direção a lugar nenhum, apenas queria andar e sentir a brisa. Muitas pessoas também caminhavam ao contrário da direção em que eu estava, muitas usavam patins, principalmente os jovens. Os restaurantes à beira-mar estavam todos abertos, muitas pessoas já estavam chegando para jantar e outras já sentadas às mesas comendo, conversando e rindo muito. Parecia que a única pessoa sozinha no mundo era eu, todo mundo estava acompanhado. Andei sem parar, cheguei a caminhar uns cinco quilômetros. Só na frente do hotel tomei um sorvete de pinha, fruta que adoro, é doce e saudável.

O meu interesse por esta fruta é porque foi descoberto por cientistas que ela tem altíssimos poderes anticancerígenos, é uma fruta que possui muitas propriedades, mas o mais importante é o efeito que produz sobre os tumores, é um remédio comprovado para cancros de todos os tipos. É considerada um agente antimicrobial contra as infecções bacterianas, sendo eficaz contra os parasitas internos e gusanos, além de regular a tensão arterial e combater a depressão, a tensão e os distúrbios nervosos. Desde 1970, um dos maiores fabricantes de medicamentos do mundo descobriu, depois de analisar mais de duzentas provas de laboratório, que a pinha destrói as células malignas de doze tipos de cancro, como do peito, do cólon, da próstata, do pulmão, do pâncreas, e vários outros tipos de câncer. Mas por que será que estou falando desse assunto tão ruim?, sei lá, de repente alguém que esteja lendo a minha história agora precise de ajuda, então por que não colaborar? Os homens têm preguiça de comer pinha, pelo menos todos que eu conheço, dizem que é porque ela tem muita semente e ao comê-la dá trabalho cuspir a semente. Mas só faltava isto: quando conhecer um homem vou perguntar se come pinha, dependendo da resposta nem vou dar o telefone. Preguiça de comer uma fruta porque dá trabalho é demais. Tenho uma teoria, de novo vou falar das mães: acho que elas é que educam mal esses meninos, não é possível que um ser adulto tenha preguiça de comer uma coisa tão saborosa só porque tem caroço, esse ser deve ter preguiça de transar com uma mulher quando o sutiã fica complicado de tirar. Se um dia eu ainda tiver um filho, com certeza vou dar pinha para ele desde pequenininho, mas, pensando bem, de pequenininho não dá, já sei por que as mães morrem de medo de o filho se engasgar com a semente e morrer. Será que isso é possível? Sei lá, também não me interessa saber, já que nem o pai do meu futuro filho encontrei ainda. Fazendo as contas, até eu conhecer o tal suposto marido, começar a sair, iniciar um namoro, ficar noiva e casar, pode demorar anos, isso quer dizer que, se não acontecer tudo dentro de um ano, os meus óvulos vão estar mais velhos, cada ano mais velhos, e a chance de eu ter um bebê cada vez mais longe, e eu cada vez mais velha.

– Droga, derrubei todo o sorvete! – Meus pensamentos me fizeram esquecer que tinha o sorvete de pinha nas mãos.

Todos que estavam perto de mim me olharam, nem percebi que tinha gente ao meu lado, a palavra *droga* chamou a atenção do povo.

Resolvi voltar ao hotel e sentei no bar para tomar um café e escutar música. O bar estava cheio de homens discutindo negócios, alguns me olharam e cumprimentaram e fiz o mesmo. Fiz um sinal ao garçom que era baixinho, um metro e sessenta, mais ou menos, barrigudinho, meio careca, olhos castanhos e dentes salientes.

– Por gentileza, me traga um café bem forte.

– A senhora quer um pano com detergente para limpar a blusa também?

– Ah, bem lembrado. Derrubei sorvete. Por favor, quero sim, duas coisas: o pano e que não me chame de senhora.

– Sim. Já venho – disse sorrindo.

O bar era bem bonito, todo de madeira, com carpete vermelho, uma TV grande, bancos altos e mesas de madeira com quatro cadeiras cada, espalhadas com harmonia. Era um lugar aconchegante e tranquilo. Eu estava sentada numa mesa que ficava de costas para a entrada do hotel, é como se eu estivesse de costas a tudo que estava me deixando triste.

– O seu café, senhorita – e sorriu.

– Muito obrigada!

– E o pano para limpar a sua blusa – continuou sorrindo.

– Nossa, tinha me esquecido. Obrigada.

Peguei o pano e esfreguei na blusa, ele ficou parado me olhando.

– Pode deixar o pano comigo. Quando acabar, eu lhe entrego.

– Não é isso, pensei que podia precisar de ajuda.

Será que queria colocar a mão nos meus seios?, pensei. Que garçom atrevido, queria limpar a minha blusa sem ao menos nunca ter me visto. Comecei a rir, acho fantástica a maneira natural como o nordestino faz as coisas, são bem espontâneos.

– Não precisa, muito obrigada, acredito que sou capaz de fazer isso sozinha.

– Então fique à vontade. Se precisar de mim, me chame, estarei logo ali no bar.

– Obrigada pela gentileza.

Ele sorriu com carinho, deve ter percebido que estou carente, que preciso de carinho e atenção. As pessoas percebem as coisas mais do que imaginamos, não podemos subestimar ninguém.

Bem no ato de esfregar o pano em minha blusa com raiva e impaciência, escuto uma voz atrás de mim e me viro para olhar. Era ele, o moço que vi na piscina à tarde. Coloquei o pano sobre a mesa e me virei novamente para frente, fiz de conta que não o vi.

– Posso me sentar? – ele me perguntou, para minha surpresa.

Fiquei olhando para a cara dele sem saber o que dizer. Ele insistiu:

– E aí, posso me sentar ou não?

– Ah, claro, pode sim.

– Desculpe incomodá-la na hora da sua limpeza – disse rindo.

– Que limpeza? Não entendi.

– A da blusa.

– Sim, é mesmo, derrubei sorvete.

– Costuma fazer isso?

– O que?

– Derrubar sorvete na blusa?

Não acreditei no que estava ouvindo, o cara era metido a engraçadinho ou queria me irritar.

– Só quando estou pensando na minha vida e me distraio, aí até de bater o carro corro o risco.

Ele começou a rir mais e ficou olhando em meus olhos por alguns segundos.

– Pra que gastar neurônios pensando na vida, basta vivermos a vida.

– É lindo isso, mas é justamente isso que estou tentando fazer, viver a vida, mas do jeito que eu gostaria e não do jeito que está.

– Isso é um erro.

– Por quê? Erro aqui, por enquanto, é não sabermos o nome um do outro e estarmos conversando.

– Oh, me desculpe, o meu nome é Milton e o seu?

– O meu é Helena, muito prazer.

– Com prazer é melhor – ele ainda ria.

Fiquei sem graça e pensei seriamente em dizer "Claro que sim, seu bobo, com prazer é uma nota preta", mas me contive e sorri.

– Você ficou sem graça, Helena.

– Deu para perceber? Fiquei mesmo, não é sempre que eu recebo este tipo de cantada *exaggerated*.

Depois que disse isso, lembrei é claro da minha amiga Carol, que às vezes misturava português com inglês. Comecei a gargalhar, ele me olhava assustado, sem saber o que fazer, é o que parecia.

– Você tem uma bela gargalhada, mocinha.

– Obrigada, que forma divertida de dizer que tenho um belo sorriso.

– É isso aí, você tem. Mas você gargalhou de nervosa ou pensou em alguma coisa?

– Não, apenas achei engraçado como disse. Me fala de você, no que trabalha?

– Eu sou advogado criminalista.

– Nossa, sua vida deve ser pesada.

– Por quê?

– Porque não deve ser fácil defender uma pessoa que matou alguém ou que violentou uma criança, por exemplo.

– Nada na vida é fácil, mas, por pior que seja o crime cometido, todo mundo tem direito à defesa.

– Eu não acho. Se eu fosse advogada, jamais defenderia uma pessoa que fez mal a uma criança. Que tipo de defesa uma pessoa dessas pode ter?

– Ela tem o motivo dela para ter feito tal coisa, e se ela for doente? Ela também precisa de ajuda, precisa pagar pelo erro que cometeu de alguma forma, e o único jeito é o julgamento, para poder se defender e dizer por que fez aquilo.

– Mas nada no mundo justifica cometer um crime desses, por exemplo, um pai que joga a filha pela janela porque ela está chorando. Essa pessoa merece perdão? Merece ser ouvida? O que justifica tal atitude?

– A única justificativa de imediato que posso lhe dar é que somos humanos, erramos e algumas atitudes não têm volta e tudo tem um preço a ser pago. Um pai que fez isso a um filho vai ter que pagar de alguma forma; aliás, a meu ver ele já está pagando, pois conviver com isso o resto da vida já é uma prisão.

– Ah, sim, claro que é. Todo mundo tem direito à defesa, mas todo mundo também tem que pagar pelos erros que comete. A justiça deve ser feita, o que me dói é quando a pessoa que cometeu o crime consegue se livrar da pena, consegue a liberdade, e a vítima e os familiares, além de todo o sofrimento da perda, ainda sofrem com a injustiça.

– Isso acontece e muito, ainda mais se o advogado for bom e o promotor não tiver provas contra o acusado, este fica livre como um passarinho mesmo depois de ter matado umas vinte crianças. O problema é que no direito não podemos acusar uma pessoa sem provas. Mesmo um homem que matou o próprio filho para ser preso e condenado é preciso provas, infelizmente esse é o mundo em que vivemos.

– Ainda bem que não sou advogada, eu ia me revoltar com as injustiças, querer fazer justiça com as próprias mãos, ia ser um abacaxi.

– Mas abacaxi é uma fruta tão boa, ainda mais aqui em Fortaleza, é bem doce – disse Milton rindo e tentando claramente mudar de assunto.

– Você entendeu o que eu quis dizer, não é? – falei brava.

– Calma, estava brincando e tentando mudar a prosa, esse assunto me deixa desanimado, pois estou de férias e trabalho com crimes o ano todo. Você faz o que, Helena?

– Sou dentista – Ele sorriu prevendo que eu olharia os dentes dele.

– Aposto que já checou a minha arcada. Gosta do que faz?

– Sim e não, tô cansada de fazer a mesma coisa na vida. Acabei me dando bem como dentista, mas fazer a mesma coisa, a vida inteira, enjoa.

– Mas só depende de você mudar, tente descobrir o que faria mais significado em sua vida. Você namora?

– No momento estou sozinha, mas o que isso tem a ver com o meu trabalho?

– Tudo a ver, quando temos um amor, um companheiro de verdade para seguirmos em frente, talvez as coisas fiquem mais fáceis de aguentar. Sente falta de ter um namorado?

– Depende do dia, sinto falta sim, mas dependendo do dia, não sinto.

– Eu adoro ficar sozinho – Milton disse me encarando.

– Que bom pra você – respondi, irônica.

– Acho que foi irônica.

– Por que seria? Nem te conheço. – Tentei disfarçar.

– Me pareceu, apenas.

– Está enganado, não fui, apenas disse o que pensava.

– Ok. Você quer jantar comigo?

– Estou sem fome – tentei me libertar daquilo.

– Vamos, se desarme, mocinha, prometo pagar a conta.

– É uma oferta tentadora – disse, com ironia de verdade.

– Agora foi irônica.

– Agora fui, sim – nós rimos.

Fiquei olhando nos olhos dele, tentando entender o que aquele homem queria comigo. Levantei-me bruscamente.

– Bom, convite aceito! Vou subir, tomar um banho e colocar algo mais apropriado para um jantar e desço em meia hora. Está bem assim pra você?

– Perfeito! Encontramo-nos aqui no hall às 20h30.

“É PEGAR OU LARGAR!”

Quando entrei no elevador, o homem que tinha cara de inglês e que adorava malhar na sala de ginástica próxima à piscina me cumprimentou e disse que estava bonita. Apenas agradeci, e, por sorte, o elevador parou no meu andar bem rápido, o nono andar. Abri a porta do quarto com pressa e me senti segura quando entrei. Engraçado como nos sentimos seguros sozinhos, é como se não houvesse espiões nos vigiando e pudéssemos cantar, gritar, chorar, espernear e fazer coisas íntimas, que isso não faz falta a ninguém. Senti-me aliviada em poder estar comigo de novo, eu e eu. Tirei toda a roupa e circulei pelo quarto livre, fui até o armário de madeira logo na entrada do quarto e escolhi um vestido estampado com flores rosas e amarelas, frente única, acima do joelho, e sandálias cor-de-rosa. Separei os brincos de argolas grandes e douradas e coloquei tudo sobre a cama. Liguei o chuveiro com água morna e deixei a água cair sobre o meu corpo quente do sol. Eu sorri ao lembrar como estava agressiva com os homens, ainda bem que o Milton tinha um bom humor porque poderia ter me achado insuportável. Será que ele não achou? Se tivesse achado não teria me convidado para jantar. É melhor acreditar nisso.

Desci toda perfumada, usava o Opium masculino, adoro perfumes masculinos, sempre justifico dizendo que os uso porque adoro o cheiro dos homens, mas a verdade é que perfume feminino me dá muita dor de cabeça, me enjoa, é doce demais.

– Cheguei – disse a Milton, sentado num sofá vermelho do hall de entrada do hotel.

– Nossa, mas você está linda.

– Obrigada. Vamos então – falei para quebrar a minha timidez, odeio ser elogiada.

– Vamos, sim, pensei em irmos ao Sarau Restaurante, dizem que o camarão de lá é uma delícia.

– Por mim pode ser, não conheço mesmo – ele riu com a minha sinceridade.

Chegamos ao restaurante e sentamos numa mesa de canto, à luz de velas. O Sarau era meio escuro, chique, pequeno, com umas vinte mesas aproximadamente. O bar ficava logo na entrada e algumas pessoas estavam sentadas para beber drinques e comer castanhas de caju. Na parede do restaurante havia quadros com pinturas da cidade, talvez século XIX. O garçom logo nos encaminhou até a nossa mesa, que era redonda, com a toalha branca, talheres para peixes, o que deduzi ser a especialidade da casa. Pedimos um vinho branco bem gelado e francês.

– Você sabia que é comum na Espanha, na Itália e na França tomarem vinho tinto ao comerem peixe e frutos do mar? – Tentei puxar assunto.

– Sério? Será? – ele fez cara de dúvida.

– É, sim, o importante é sabermos escolher o vinho para que ele seja compatível com a estrutura do prato. Vinhos leves com pratos sem temperos fortes e vinhos intensos com pratos mais condimentados.

– Eu não sabia disso. Que interessante. Você quer trocar o nosso vinho? – ele propôs.

– Não... não. Eu apenas quis falar sobre isso.

– Da próxima vez que sairmos prometo te consultar antes de escolher o vinho – disse, carinhoso.

– Hum – Fiquei imaginando se teria uma segunda vez, geralmente comigo é só a primeira mesmo.

– Bom, vamos pedir, querida.

– Ah, sim – fiquei vermelha com o querida e ele percebeu, deu um sorriso espontâneo. – Eu vou querer um camarão à provençal e arroz com brócolis, o arroz também pode vir com alho, hoje não pretendo beijar ninguém – com este comentário nem tive coragem de olhar para o Milton.

– Bom, como também não vou beijar ninguém, quero tudo com muito alho... muito mesmo – disse olhando fixo para o garçom.

– Sim, senhor, mas o que vai querer com bastante alho? – questionou o garçom.

– Eu quero o bacalhau em natas com muito alho francês. Bem laminado, bastante e exagerado – confirmou Milton.

O garçom olhou-o assustado e não resistiu:

– Tem certeza que o senhor quer mais alho que bacalhau?

– Sim, tenho, já que nós dois, quer dizer, eu e ela não vamos beijar ninguém, qual o problema de ficarmos com a boca fedendo a alho.

– Com certeza, senhor. Vou providenciar – o garçom saiu em direção à cozinha com um sorriso no canto da boca.

– Você foi ríspido com o garçom, coitado, pra que falar assim? – desabafei.

– Que nada, querida, esse é meu jeito de tratar gente que não entende o que eu digo.

– Espero sempre entender o que diz – dei uma risadinha para disfarçar o comentário.

– O couvert está uma delícia. Esse pãozinho com este patê de roquefort está divino.

– Está mesmo, hoje é o dia de comermos coisas bem picantes – comentei.

Ele olhou para mim com ar malicioso e mordeu o pão de uma forma provocante. Fiquei tão sem graça que bebi todo o vinho que estava em minha taça de uma vez só.

– Você fica vermelha com facilidade, Helena, é sempre assim?

– Deve ser a comida, toda afrodisíaca – novamente me senti constrangida, mas o vinho estava subindo.

– Quer mais vinho?

– Quero sim. Obrigada. Fale-me de você, Milton, já foi casado?

– Fui, sim, e este erro nunca mais vou cometer em minha vida.

– Foi tão ruim assim o seu casamento?

– Foi péssimo. A minha ex-mulher só se preocupava com o trabalho e me cansei. Eu quis muito um filho, mas ela sempre adiava, um dia acordei e saí de casa, deixei tudo pra ela.

– Poxa, sinto muito.

Milton ficou triste de repente, devia doer muito a perda da mulher.

– Bom, mas não vamos falar da falecida. Gostaria de te dizer uma coisa antes que a comida chegue. Posso?

– Claro! – respondi, preocupada.

– Eu me aproximei de você, não é porque estou procurando uma namorada, um amor, nada disso. Eu me aproximei porque te achei uma bela mulher, gostosa e gostaria de passar a noite com você. – Milton a surpreendeu.

Fiquei muda, apenas bebi mais vinho, não sabia se devia ficar magoada ou envaidecida. Eu não sabia definir. Estava em dúvida, se dava um tapa na cara dele ou se o beijava. Fiquei confusa, perdida, nunca um homem tinha sido tão direto comigo dessa forma. Recostei-me na cadeira, coloquei o guardanapo sobre a mesa, pedi licença para ir ao toalete e saí. No banheiro, uma lágrima rolou em minha face, mas eu a enxuguei, olhei-me no espelho e disse: "Que é isso, Helena? Você não é mais uma menininha, você é uma mulher. Qual o problema de um homem dizer que quer transar com você? Bobagem. Erga esta cabeça e diga apenas não. Mas se eu disser não, será para ele pensar que sou difícil? Ou porque não quero mesmo transar com ele? Não, Helena, o que te magoa é que os homens só querem sexo. Eu quero amor, droga. Então se vingue, sua boba. Cobre, seja uma puta, goze, divirta-se, mas também ganhe algo com isso".

Voltei à mesa e a comida já estava lá esfriando, como os meus sentimentos.

– Demorei?

– Não, querida, é que um minuto longe de você é uma eternidade para mim.

Olhei para a cara dele como quem diz "para de ser babaca", mas acho que não entendeu.

– Está bom o seu prato? – ele demonstrou atenção.

– Uma delícia, e o seu?

– Muito bom e com bastante alho. Esta noite conseguiremos afastar até o Drácula – Milton gargalhou e eu não achei a menor graça.

De volta ao hotel, apenas dei-lhe um beijo no rosto e ele tentou me seduzir novamente.

– Quer conhecer o meu quarto, Helena?

– Tem maçaneta?

– Claro, né!

– Tem banheiro com patente e banheira?

– Sim, tem.

– Então não preciso conhecer, é igual ao meu.

Ele riu muito e percebeu que eu estava arisca, querendo escapar do golpe. Eu disse novamente boa noite e saí em direção ao elevador, mas ele entrou também, assim que a porta se abriu. Infelizmente estávamos só nós dois e ele ficou me encarando como se quisesse dizer algo; quando a porta se abriu para o meu andar, ele também saiu comigo.

– Helena, por que não quer passar a noite comigo, o que acontece, querida?

– Primeiro, para de me chamar de querida, isso me irrita muito. Segundo, eu procuro algo diferente de você. Eu quero amor, paixão, um relacionamento. Você só quer sexo, então tem que ir à caça de alguma vadia disponível que não seja eu.

– Não te acho uma vadia, te acho uma mulher incrível, tanto é que quero ficar com você.

– Mas só porque quer ficar comigo devo me achar incrível? Ora bolas, pare de me enrolar. Você quer sexo, e eu não estou a fim de satisfazer o seu desejo. Não quero me machucar.

– Você está sendo criança – essa frase me deixou furiosa, quase pulei no pescoço dele, mas respirei fundo.

– Ok, então, eu aceito, mas cobro, você topa me pagar?

– Mas você não é uma puta.

– Comecei a carreira agora, vamos lá. Topa?

– Mas eu paguei o jantar e...

– Não fez mais do que a obrigação de um cavalheiro. É pegar ou largar!

– Ok, eu quero, quanto seria?

– Quanto seria o escambau. Quanto é?

– Isso – ele estava perplexo e me olhava duvidoso.

– Três mil reais, sem oral e sem anal.

– Mas que putinha cara – disse às gargalhadas.

No fundo estava torcendo para ele dizer não...

– Eu topo, mas sem sexo oral não dá, se você fizer em mim pelo menos quanto seria a mais?

– Dois mil reais – disse insegura e torcia para ele dizer que não valia a pena e me deixar em paz.

– Fechado, com oral, o cuzinho não faço questão.

Fiquei parada olhando para ele, o hall era grande, devia ter uns vinte quartos no andar, as pessoas passavam e nos olhavam, e dava a impressão de que todos estavam ouvindo a nossa conversa. Não me movi, tinha esperanças de ele dizer que estava brincando e sumir da minha frente.

– Bom, vou ao meu quarto pegar umas coisas e já volto, ok?

– Ok, Helena! Espero-te aqui em frente ao elevador, mas não demore.

– Ok – respondi, angustiada.

Quando fechei a porta do meu quarto pensei em não sair mais, nunca mais, olhei-me no espelho e eu estava toda vermelha. A minha esperança é que ao sair do quarto ele tivesse subido para o décimo quarto andar, que era o lugar dele. Deitei-me na cama, respirei e fiquei com vontade de chorar. Por que eu estava fazendo isso? Virar puta aos quarenta anos era hilário, era ridículo. Eu devia levar essa brincadeira até o fim ou devia sair do quarto e dizer a ele: "Olha, estava brincando, vou dormir e esqueça essa bobagem que te disse".

Ouvi uma batida na porta e perguntei quem era.

– Sou eu, vamos? Vai demorar muito ainda? – Milton disse aflito.

– Saio em um minuto.

Abri a porta com a mesma roupa que estava antes, ele me mediu e deve não ter entendido por que pedi um tempo se não fiz nada de diferente.

– Vamos, querida.

Ele me conduziu até o elevador, eu estava muda, sentia vergonha, uma timidez incontrolável. Segurou em minha cintura com delicadeza e nem consegui mais olhar para ele. Do nono andar ao décimo quarto fiquei em silêncio.

No andar dele, deu espaço para eu passar, abriu a porta do quarto e entrei. Fiquei ali parada, inerte, me abracei e comecei a tremer. O quarto era um pouco maior do que o meu, tinha duas camas de viúvo, uma escrivaninha grande na frente, uma TV grande e uma varanda com rede. O quarto dele era de frente para o mar.

Milton pegou a minha bolsa (bolsa para subir de um andar para outro, estranho) colocou-a na cadeira e me abraçou.

– Relaxa, querida – e me beijou.

Eu fui me endurecendo ao invés de relaxar como ele pedira. Ele se afastou e caminhou até onde estava a carteira e tirou o dinheiro, colocou a soma sobre a escrivaninha e me agarrou.

– Calma, me deixa tirar as sandálias – eu precisava ganhar tempo.

– Eu tiro pra você. – Ele se ajoelhou literalmente aos meus pés e começou a desabotoar as sandálias.

Milton tirou-as com toda a delicadeza e foi lambendo os meus dedos, um por um, depois passou a língua na sola dos meus pés. Estava visivelmente excitado e eu estava começando a relaxar. Quando ele tocou em meu tornozelo, comecei a desamarrar o meu vestido atrás da nuca. Deixei-o me ajudar a tirar. Ele olhou os meus seios, que estavam eriçados, lambeu-os com carinho, com vontade os sugou e eu já estava toda molhada.

Com delicadeza, Milton foi subindo pelo meu pescoço e começou a passar a língua no lóbulo da minha orelha direita, me deixando louca de tesão. A língua foi descendo pelo meu pescoço e ele me cheirava como um animal. Ficou um tempo considerável nos meus seios e eu gemia como uma fêmea no cio. Ele começou a passar a língua em círculos nos bicos dos meus seios e sugava cada mama com gosto. Eu delirava. Nossa! Como eu precisava daquilo e nem sabia. Ele me deitou na cama e foi beijando a minha barriga, tirou a minha calcinha, que já estava ensopada, e lambeu o meu clitóris como se lambesse um sorvete cremoso. Sugou no lugar certo e gozei, o meu corpo estremeceu de prazer. Ele estava com o rosto mudado, a cara era outra, é lindo ver um homem com tesão.

Ele ainda estava com a calça jeans e isso o deixava ainda mais charmoso. Eu estava ali entregue, deitada esperando ser penetrada. Milton se levantou, começou a descer a calça, tirou a cueca, o pênis estava duro como uma pedra. Ele ficou me olhando e através do olhar percebi o que queria. Abocanhei o pau grosso e grande dele, comecei a saboreá-lo com vontade. Comecei sugando a cabeça, dando voltas com a língua na glande, depois o engoli inteiro e sugava cada vez mais. Ele gemia com os olhos fechados, dizia que estava uma delícia. É incrível como os homens gostam de sexo oral, vão à loucura e a gente vai descobrindo como deve ser feito, cada homem é um, cada um tem um gosto, uns preferem com mais violência, outros com mais delicadeza. Naquele momento, eu me sentia viciada em sexo. A única coisa que me tira do prumo é o sexo, percebi naquele momento que nada mais me deixava alterada, tão entregue. Quem olha para mim não diz, acho que tenho cara de santa.

– Tá gostoso? – sabia que estava, mas eu queria ouvi-lo.

– Está uma delícia. Não para não, minha querida. Tô quase gozando.

Ah não, gozar sem me penetrar seria muita sacanagem, afinal ele estava pagando e isso me deixava mais excitada. Toda mulher devia ser puta uma vez na vida. Eu estava adorando a experiência, ganhar para ter prazer, isso era bom demais. Parei de chupá-lo, deitei e abri as pernas convidando-o a me penetrar, queria desesperadamente ele dentro de mim.

Ele entendeu o recado, deu um sorriso maroto e se colocou sobre mim.

– A camisinha, Milton – lembrei-o, é incrível como os homens não se preocupam com a saúde, se deixarmos vai sem camisinha mesmo.

– Ok – ele disse apenas isso e colocou a camisinha.

Foi me penetrando devagar, eu estava bem apertada, fazia tempo que não transava e ele teve um pouco de dificuldade em me penetrar, mas como estava muito lubrificada... conseguiu. Ao mesmo tempo em que me penetrava, beijava a minha boca e lambia os meus seios. Eu sentia um prazer imenso. De repente ele me levantou com os seus braços fortes sem tirar o pênis de dentro de mim e fiquei sentada nele, assim ele tinha a visão perfeita do meu rosto transformado pelo orgasmo que vinha vindo. Ele segurou nos meus cabelos, me puxou até ele e me beijou loucamente. Quando a sua boca mordeu os meus seios, não aguentei, eu gritava e dizia que estava gozando, é óbvio que ele não aguentou e gozou também.

Sem dizer uma palavra e sem olhar mais para ele, coloquei a minha roupa, peguei o dinheiro e desci. Entrei no chuveiro e desabei a chorar, as lágrimas se misturavam com a água do banho. Sentei-me na banheira, me abracei, coloquei a cabeça entre os joelhos e não conseguia parar de chorar. Eram duas da manhã e queria ir embora dali. Por que fiz aquilo? O que eu estava buscando? Como ia esquecer aquela intensidade toda e o que eu ia fazer com isso? Eu tinha acabado de fazer o oposto do que queria para a minha vida. Por que eu não me permitia ter sexo pelo sexo, afinal somos animais e precisamos colocar nossos desejos para fora, mas, o que estava dentro de mim? Como eu ia resolver isso? Eu queria as duas coisas, sexo e amor.

O QUE FAZER AGORA?

Quando acordei no outro dia já era meio-dia, os olhos estavam inchados e não queria sair do quarto, estava aflita, com medo de encontrar o Milton e encará-lo. A camareira bateu na porta.

– Senhora, quer que arrume o seu apartamento agora?

– Ah, sim, um minuto, já vou sair.

Fui direto para a piscina, não tinha ninguém, apenas umas crianças brincavam na água de pega-pega. Coloquei minha toalha em uma das cadeiras, me deitei e fechei os olhos.

– Bom dia, querida. – Ainda com os olhos fechados respondi o mesmo a Milton. – Nossa que carinha mais de cansada. Até parece que teve uma noite daquelas – Milton disse com ironia.

– E tive, se eu te contar... – respondi com os olhos fechados.

Ele riu e senti que permaneceu me olhando.

– Posso me sentar ao seu lado? – perguntou.

– Pode sim – agora o olhei timidamente.

Ele se sentou bem perto, fiquei sem jeito e não o conseguia encarar. Fechei os olhos novamente, na verdade preferia que ele não estivesse ali. Ele podia se afogar na piscina. Sorri com a ideia. Ele riu também provavelmente achando que estava rindo para ele.

– Você dormiu bem? – perguntou.

– Sim, dormi muito bem, e você?

– Eu estava bem relaxado. Quer jantar comigo hoje?

– Não sei ainda. Posso te responder mais tarde?

– Por quê, tem algum compromisso?

– Tenho, comigo mesma, preciso ficar um pouco sozinha.

– Ok então, desculpe, vou fazer uma sauna e, se quiser jantar comigo mais tarde, me avise.

Apenas balancei a cabeça em sinal de que faria isso. Eu voltei a fechar os meus olhos e num impulso seguinte me levantei.

– Por favor, moço, me arrume uma passagem pra amanhã no primeiro horário que tiver de volta a São Paulo, é um caso de vida ou morte – implorava ao telefone para o agente da companhia aérea.

Do outro lado da linha o agente tentava me colocar no primeiro voo e eu aguardava ansiosa.

No outro dia às seis horas da manhã eu já estava sentada na poltrona do avião voltando para casa, para a minha família, para os meus amigos. Durante todo o voo, chorei compulsivamente. A aeromoça me olhava com pena e, quando fui ao toalete, me perguntou se precisava de ajuda, se eu estava com alguma dor. Eu respondi que estava bem, mas menti ao dizer que tinha medo de voar de avião. Não quis entrar em detalhes sobre a minha vida, não quis contar a ela que a minha dor era na alma, que tudo doía, que estava triste, que toda vez que eu me perco em mim mesma não consigo achar uma saída. Eu era uma puta, na minha carteira tinha três mil reais pagos por uma noite de sexo. Eu era a mais velha jovem puta do Brasil e sorri com mais tristeza ao pensar assim, no fundo entendi por que muitas mulheres acabam partindo para esta vida, é fácil entender, ganhar dinheiro sentindo prazer é uma delícia, o problema é a alma, o que fazer com ela?, como curá-la? Adormeci.

Em casa estava o maior silêncio. Não era dia da faxineira, desarrumei a minha mala junto com a viagem que passou. Já eram onze horas da manhã e fiquei curiosa em saber se o Milton percebeu que tinha ido embora; será que ele me procurou no hotel, no quarto. Eu não poderia saber, não deixei nenhum contato, nunca mais iria encontrá-lo. Fiz o que tinha que ser feito, foi um acordo sincero de ambas as partes. Pronto. Eu ainda tinha uma semana de férias para curtir.

À noite encontrei Carol num restaurante bem tranquilo, uma cantina enorme, com muitas mesas, com toalhas verdes sobre as mesas, camisetas de times de futebol do mundo todo penduradas no teto. Sentamo-nos na parte em que o salão ainda estava vazio. Pedimos um vinho tinto bem encorpado e apenas aceitamos o couvert, que tinha torradas crocantes, pão italiano, manteiga, sardela, azeitonas pretas temperadas e berinjela refogada com fatias de cebola.

Carol ficou me olhando desconfiada, eu não conseguia encará-la, tentei disfarçar perguntando como estava o trabalho dela, mas ela me conhecia muito.

– O que aconteceu, Helena?

– Como assim? – Tentei disfarçar.

– Era pra você estar em Fortaleza agora, por que está aqui?

– Fiz uma coisa horrível, amiga. Não tenho coragem de te contar. Preciso beber mais um pouco pra ganhar coragem.

Tomei dois copos de vinho num gole só, olhei nos olhos de Carol, aflita.

– Sabe aquele cara que eu conheci em Fortaleza? Que gostei assim que bati o olho?

– Sim.

– Dormi com ele.

– Ai, que alívio. Pensei que fosse alguma coisa séria.

– Mas é sério.

– Não usou camisinha?

– Usei, sim.

– Então qual o problema?

– Eu cobrei.

– Cobrou continuidade? Namoro? – Carol nem imaginava o que vinha por aí.

– Não, Carol, cobrei dinheiro. Ele pagou pra transar comigo.

– Cobrou quanto?

– Cobrei três mil reais com oral.

Carol engasgou com o pão, tive que acudi-la, o garçom veio desesperado socorrê-la. Depois do escândalo, ela se recompôs e começou a gargalhar, era uma risada que nunca tinha ouvido antes, ela chorava de rir, sacudia na cadeira.

– Preciso de água urgente – fizemos sinal ao garçom, que trouxe rapidamente uma garrafa.

– Você está melhor, Carol? – Ela ainda estava tentando se recompor.

– Desculpe, mas nunca ouvi nada tão engraçado na minha vida e nunca soube de uma forma mais gostosa de ganhar um dinheiro, que a maioria dos brasileiros não ganha em um mês.

– Pois é, eu consegui esta façanha.

– Você tem uma boceta de ouro, hein, amiga – disse ainda rindo muito.

– É, devo ter – falei meio triste e ela percebeu.

– Me perdoe – Carol disse e estendeu a mão para mim.

– No fundo é engraçado mesmo. Esse dinheiro veio numa hora boa, eu estava precisando. Tô em dúvida se continuo nesta carreira ou me aposento.

– Faturando desse jeito, eu ficaria com certeza.

– É que o Milton foi um caso à parte, foi uma coisa de momento. Estava chateada porque ele disse que só queria transar comigo. Na verdade eu joguei e esperava que ele desistisse, mas aceitou. O fato é que, na hora da transa, gostei da brincadeira e o fato de ganhar dinheiro me excitava. Ele deixou o dinheiro na escrivaninha do quarto e me senti uma cortesã do século XIX.

– E qual o problema? Você viveu mais uma experiência.

– Mas depois que tudo acabou, eu me senti mal, fiquei me sentindo vazia.

– É normal, já que foi uma coisa nova em sua vida. Eu acredito que para ser puta a mulher tem que ter uma frieza e você é muito emocional, mas não se torture, o que está feito está feito e a vida continua. Quando volta ao trabalho?

– Tenho mais uma semana de férias. Não sei se estico as férias.

Tentamos conversar sobre outros assuntos, pedimos o jantar e eu havia perdido a fome, comi apenas uma salada com muita verdura e legumes, mas a fome de Carol aumentou, comeu uma lasanha bem rechonchuda, cheia de presunto, queijo e molho ao sugo.

– Vai querer sobremesa, Helena?

– Não.

– Eu vou comer um sorvete. Deu-me uma fome essa história. Posso te falar uma coisa?

– Pode – falei olhando fixamente para Carol. Ela era a única pessoa para quem eu podia contar tudo.

– Eu também sempre tive vontade de cobrar por sexo. Acho corajoso você ter tido essa atitude. Pare de se culpar, amiga, você fez o que sentia, o que achava certo, o que acreditava que ia te machucar menos. Eu entendo você, é como se quisesse ganhar algo em troca, o fato de se sentir usada te deu uma vontade de usar também ganhando dinheiro.

– Exatamente isso, mas por que não consigo usar apenas no sentido de sentir prazer? Por que dói tanto transar por transar e me sentir bem? Por que me sinto uma vadia se faço sexo sem amor?

– Ah amiga, vai ter que marcar com um terapeuta para tentar descobrir o seu por quê. Na verdade, muitas mulheres se sentem como você. O que pretende fazer agora?

Essa pergunta me deixou sem chão. O que fazer agora? Não tinha a menor ideia. Só queria tirar a angústia que tomava conta de meu peito. Um nó na garganta, me sentia como se tivesse matado ou roubado alguma pessoa.

Carol dormiu na minha casa aquela noite, vimos televisão, demos risadas com o programa do Jô. Nós não dormíamos sem assistir ao programa do famoso Jô Soares, um gordo divertido, sábio e culto da televisão brasileira. Ele tornava uma entrevista simples em algo grandioso. Depois de darmos boas risadas, deitamos na mesma cama e, como ótimas amigas, dormimos.

PERDIDA EM MIM MESMA

No outro dia acordei por volta das dez horas da manhã, estava de férias afinal e podia me dar ao luxo de levantar da cama a hora que eu quisesse. Não quis tomar café em casa, fui a uma padaria maravilhosa perto de casa, chamada Pães da Itália, era um lugar aconchegante, bonito e com um cheiro de pão saído do forno na hora. Logo na entrada, à direita, se via o balcão com os pães, os frios e do lado esquerdo, os doces, as tortas doces, uma perdição. Num lugar como esse é melhor entrar sem olhar muito para os lados. Sentei-me no fundo, onde havia mesas. No balcão dos fundos tinha *croissants* de todos os sabores: presunto e queijo, quatro queijos, linguiça, chocolate, queijo com goiabada. Optei por algo menos calórico, uma xícara de café com leite com adoçante e um sanduíche de pão light com queijo branco. Sentei e fiquei observando as famílias. Na minha frente estava um casal com dois filhos lindos. Eles comeram pão de queijo, beberam suco de melancia e se deliciaram com *croissants* de chocolate.

– Mãe, quero mais um – dizia a menina loirinha de cabelos cacheados e olhos azuis.

– Chega, querida, já comeu bastante, agora guarde a fome para o almoço – respondeu a mãe com doçura fazendo carinho nos cabelos da filha.

O menino que devia ter uns dez anos, talvez uns dois anos a menos que a menina, não disse nada, ele parecia satisfeito. Por que os homens sempre parecem satisfeitos com tudo desde a infância?

– Vamos, meus amores – disse o pai. Eles se levantaram e partiram para a ilha da felicidade deles.

Eu fiquei ali com o meu sanduíche magro e perdida em mim mesma, mais uma vez.

Caminhando nas ruas dos Jardins, bairro elegante da capital paulista, fiquei me lembrando da praia, como era bom pisar na areia e observar as pessoas com uma atenção além de mim mesma. Lembrei-me de um menininho com apenas dois anos de idade, que me olhou com ternura e quis jogar água no meu rosto para começar uma brincadeira. Brincamos! Naquela hora eu era uma menina. Ele gargalhava toda vez que eu fingia que estava me afogando e aparecia de repente. Não existe música mais sagrada que a gargalhada de uma criança. Eu ia levar para toda a minha vida aquela música. O nome dele era Arthur, doce Arthur. Tomara que seja um grande homem quando crescer e saiba como lidar com as suas emoções e aprenda a respeitar uma mulher. Também me lembrei de uma mãe que gritava com o seu filho na frente de todo o mundo na praia, além de dar uns beliscões nele. Lembro que senti uma pena do garoto, que devia ter uns nove anos de idade. Ele ficara nitidamente com vergonha de a mãe expô-lo daquela maneira. A maneira como abaixou a cabecinha mostrava que a atitude da mãe o incomodava profundamente. E eu, quais eram as minhas mágoas da infância?

Toquei a campainha da casa dos meus pais, a empregada Lourdes atendeu o interfone toda esbaforida.

– Pois não!

– Lourdes, sou eu.

– Eu quem, minha Nossa Senhora? – perguntou sem paciência.

– A Helena, ora bolas.

– Abriu? – ouvi o barulho do portão se abrindo.

– Sim. Obrigada!

– Olá, Helena, você não tinha que estar em Fortaleza, menina?

– Sim, mas voltei antes.

– Tá tudo bem? – Lourdes perguntou, desconfiada.

– Sim, por que haveria de não estar? Minha mãe está aí?

– Sim, ela está na sala de ginástica tentando voltar a ter um corpinho de quarenta.

– De quarenta? – perguntei às gargalhadas. – Ela tinha que tentar ter de trinta pelo menos.

– Para quem tem setenta, minha querida, de quarenta seria perfeito. Você que teria que lutar para ter de vinte.

– Ora, sai daqui, sua maluca, isso é coisa de falar, se enxergue e me deixe em paz – respondia sempre como moleca para Lourdes, pois ela me divertia.

Lourdes saiu às gargalhadas em direção à cozinha. Saí ao encontro de minha mãe. A sala da casa era enorme, logo na entrada havia um lustre de cristal enorme, repleto de lâmpadas brancas. Um tapete vermelho que ia do hall de entrada ao fundo da sala. Na sala de estar havia dois sofás de quatro lugares um na frente do outro, duas poltronas e um divã. Tudo com muitas almofadas coloridas. A mesinha de centro devia ter mais de duzentos anos, a minha mãe dizia que os escravos a usavam para cortar pães, por isso, tinha marcas de facas. A sala de jantar era enorme, uma mesa para vinte lugares acomodava-se no meio dela, madeira de lei, coisa boa e antiga. As cadeiras todas forradas com seda vermelha, dava até medo de tocar. O bufê era enorme e guardava todas as louças de porcelana que minha mãe adorava, nas gavetas havia os talheres de prata que a Lourdes toda semana tinha que limpar e deixar impecáveis. Num canto bem visível ficava a cristaleira com copos, taças de vinho, de champanhe, de licor, de conhaque, de água. Meu pai era um grande executivo e a minha mãe nunca trabalhou na vida, o que ela curtia fazer era cuidar da casa e me perseguir, às vezes, porque eu era filha única.

– Mãe.

Quando entrei na sala de ginástica vi a minha mãe com fone de ouvido correndo na esteira. Que fôlego, aos setenta anos! Ela nem percebeu que eu entrara na sala. Estava cantando e correndo. Cheguei mais perto e ela levou um grande susto.

– Helena, pelo amor de Deus, o que faz aqui? – desceu da esteira em movimento.

– Está bem, filhinha? – me abraçou toda suada e me olhou de cima a baixo, conferindo se eu estava inteira.

– Calma, mãe, está tudo bem, apenas resolvi voltar mais cedo. Lá estava muito sol e eu prefiro essa garoa de São Paulo.

Minha mãe riu boquiaberta.

– Que história é essa? Você ama o Nordeste, diz o tempo todo que gostaria de morar lá. – Ela pegou uma toalha pequena e enxugou o suor do rosto e pescoço.

– Sei lá, mudei de ideia, fiz quarenta e mudei. Pronto!

Minha mãe chacoalhou o sino, um som horrível e pré-histórico ecoou pela casa. Fiquei olhando para ela aliviada por nós sermos tão diferentes. Lourdes chegou correndo e minha mãe pediu chá, bolo e torradas light para nós duas.

– Conte-me, querida, como foi a sua viagem? – ela me olhava desconfiada, mas um olho abria mais do que o outro por causa de tanto botox que colocara.

– Nada em especial aconteceu, mãe. Não conheci ninguém, só li, comi, dormi e chegou uma hora que fiquei com vontade de te ver, de ir ao cinema, ao teatro. Nada me prendia lá.

– Vontade de me ver? Em quarenta anos, é a única vez que ouço isso. O que deu em você, menina? Tá tudo bem mesmo, filhinha?

Eu comecei a chorar, desabei, fiquei num estado deprimente. Abracei a minha mãe suada e a molhei mais com as minhas lágrimas, não podia contar a ela o que tinha feito em Fortaleza, esse seria o meu segredo, afinal todos nós temos segredos. Eu me sentia suja e indigna de ser filha de Sofia, uma mulher tão clássica, chique e que tinha uma postura radical sobre a vida, principalmente sobre as prostitutas. Por que eu estava pensando tanto em prostituição, será que me sentia uma puta? Por que eu levava a vida tão a sério? No colo de minha mãe chorei tudo o que não tinha chorado no Nordeste. Ela acariciava os meus cabelos com doçura, me senti tão próxima dela, como eu não sentira havia muito tempo. O peito doía com os soluços, a alma doía, tudo doía e eu queria partir, ir para bem longe, sumir para qualquer lugar. Olhava para a minha mãe e chorava mais e mais, ficava perplexa comigo mesma.

Sofia me embalava em seus braços como um bebê, eu me sentia uma criança. A mãe deveria ser uma pessoa a quem a gente pudesse contar tudo, até os nossos podres, mas, dependendo da mãe, não dá, é capaz dela se chocar tanto e deixar de ser a nossa mãe no segundo seguinte que contamos o nosso pior. Existem mães que ouvem qualquer coisa, que apoiam o filho até se ele cometeu um homicídio. Ela acaricia a cabeça do filho e diz ainda que deve ter tido um bom motivo para matar a esposa, por exemplo. A minha não, se eu contasse que fiz sexo por dinheiro, mesmo que tenha sido por um dia, ela se levantaria, faria aquela pose de superior e mudaria de assunto ou me expulsaria de casa, iria me deixar falando com as minhas dores e teria que continuar me virando sozinha.

Preferi o silêncio a me aborrecer mais, então fiquei ali, prostrada nos meus soluços, nas minhas lágrimas profundas como o mar de Fortaleza. Ela apenas me deu o seu colo e não perguntou mais nada, apenas nos serviu o chá, passou manteiga e geleia de frutas vermelhas na minha torrada e colocou na minha boca, me senti com uns cinco anos e adorei. Como é bom o colo de mãe nos momentos cruéis da vida da gente. Eu fiquei ali olhando para ela e imaginando o que passava dentro daquela mulher, que viveu uma vida inteira dedicada ao marido empresário, que só trabalha, e com uma filha que desde cedo era rebelde e, na ânsia de ser o oposto dela, acabou sozinha até os quarenta, sem um amor, sem filhos, sem esperar o esposo chato chegar para jantar e sem nunca saber como seria viver essa experiência.

– Está melhor, querida? – perguntou minha mãe.

– Sim, obrigada, mãe. Vou embora, preciso organizar umas coisas.

– Fique para jantar. O seu pai ficará feliz.

– Não estou bem para encarar o papai hoje. Ele vai perceber que chorei e eu não tenho cabeça para explicar nada. – Levantei-me e caminhei em direção à porta. – Deixe um beijo pra ele. Mãe, eu te amo.

– Também te amo, querida. Ligue-me se precisar.

Saí dali quase correndo e fui direto ao consultório onde eu trabalhava. Eu tinha que resolver um problema e precisava ser o mais rápido possível.

– Dr. Eduardo, tudo bem? – ele estava logo na entrada do consultório conferindo a agenda do dia.

– Helena, você aqui? São quase doze horas, estou indo embora, tenho uma reunião na faculdade. E que eu saiba você está de férias, não é?

– Então, é sobre isso que eu gostaria de conversar com o senhor. Estou com alguns problemas pessoais e gostaria de ficar mais uns quinze dias em casa. Eu tenho férias vencidas e gostaria de aproveitar para resolver tudo. Mesmo sendo sócia, acho que lhe devo uma satisfação.

– Bom, preciso ver aqui com todo mundo, estamos com muitos problemas e você sabe que os problemas não esperam as suas férias. Você é fundamental pra mim. Além de minha sócia, eu não consigo atender os meus e os seus pacientes.

– Quando o senhor me dá uma resposta? – perguntei aflita.

– Amanhã – disse ele olhando-me desconfiado.

Cheguei em casa e me vi perdida, para que eu queria esse tempo, se o meu problema era justamente esse. O tempo não para, ele corre mais rápido que os nossos sonhos, desejos e disposição. Eu precisava pensar. A minha vida girava em torno de encontrar um amor? Por que eu tinha essa obsessão? Será que me conhecia de verdade? Quem era a Helena? Por que ela não tentou casar quando era mais jovem? E por que agora esse desespero em encontrar alguém?

As questões rondavam a minha mente e eu não tinha as respostas, só sei que precisava pagar para ver. O que os homens queriam afinal? Por que eles traíam tanto as suas mulheres? Eu tinha que descobrir por que alguns eram fiéis. Mas como ia descobrir tudo isso, se o meu contato com eles era tão superficial?

"MULHER PROCURA AMOR E SEXO"

Comecei a entrar mais nos sites de relacionamentos da internet, nas salas de bate-papo eu poderia perguntar o que eu desejasse, as pessoas não me viam mesmo, e eu poderia mentir sobre quem era. Eu tinha que inventar um nome ou um apelido que chamasse a atenção masculina. Para a minha surpresa, havia salas de todos os tipos: românticos, encontros, namoro virtual, casados, solteiros procuram, sexo virtual, sexo nojento, sexo cheiroso, meu Deus, tinha de tudo. Que coisa estranha, mas quem será que entra numa coisa dessas, as pessoas estão doentes a esse ponto?

Voltei a me focar em busca de uma sala interessante de bate-papo. Estava sentada em meu sofá branco como as nuvens, com uma música ao fundo, Roberto Carlos, é claro, tomando uma taça de vinho tinto, que combinava com as frutas secas que comia no almoço.

Resolvi entrar com o apelido: "Mulher procura amor e sexo", na sala dos românticos. Claro, nem um pouco a minha cara. Mas, como ninguém me via, quis arriscar. Imaginei, quem sabe, talvez encontraria um homem lindo, inteligente, sensível, culto e romântico. Assim que entrei na sala número 1, vários me deram boas-vindas, os primeiros foram o "cavalheiro sem cavalo", o "bonito e esperto", o "pauzão", o "romântico incurável" e o "bonitão sem fronteiras", esse provavelmente só usava a operadora Tim. Meu coração disparou de desespero com todos aqueles apelidos horríveis. Quem eu deveria escolher e a quem agradecer as boas-vindas? Resolvi bater um papo com o "romântico incurável".

– Obrigada – eu escrevi.

– Como vai, linda, tudo bem? – ele escreveu em seguida.

E se eu fosse feia? Ele escreveu *linda*, mas eu podia ser horrível.

– Estou bem, e você?
– Melhor agora que você entrou. Tc de onde?
– Como tc? – não entendi.
– Ah, é nova na coisa. Tc quer dizer: tecla de onde?
– Ah, tá! De São Paulo capital, e você?
– Eu de Osasco. Conhece?
– Só de nome, mas nunca fui.
– Não está perdendo nada kkk.
– kkk – escrevi mesmo sem achar a menor graça.
– O que faz da vida? – ele perguntou.
– Sou secretária, e você? – menti, é claro.
– Sou mecânico.
– Ah, que legal – respondi bem desanimada.
– O que procura no site?
– Um amor e você?
– kkk. Aqui é difícil. É solteira?
– Sim, e você?
– Divorciado. Quantos anos têm?
– Tenho quarenta, e você?
– Nossa, quarenta? E nunca se casou?
– Nunca, e você quantos anos tem?
– Eu tenho trinta e três. Tenho dois filhos. Bom, você não deve ter filhos.
– Não tenho, nada impediria, mas nunca quis ser mãe solteira.
– Seria complicado. Ser pai divorciado já é complicado, imagine ser mãe solteira, ia ser difícil.

Fiquei quieta por um tempo pensando no que ele escreveu: será que eu estaria feliz se tivesse um filho ao meu lado para enfrentar a vida, mesmo sem um marido? Para que um pai? Por que ainda em pleno século XXI, as pessoas ainda estranhavam uma mulher solteira aos quarenta anos? Por que o casamento ainda é tão importante para a sociedade? Eu fiz escolhas e sou responsável por elas, não quis casar na idade em que todos acham que seria correta. Eu poderia estar casada, com filhos, e infeliz também. Poderia ter um marido infiel, cafajeste, que me fizesse sofrer. Antes só do que mal acompanhada. Não é isso o que dizem? E é o que eu penso de verdade.

– Na verdade tudo é difícil, tudo é um risco, se eu não tentar nunca saberei. Olha, o seu *nick* está errado, você não me parece um romântico incurável – arrisquei.

– Na verdade você tem razão, nem sei o que eu sou, apenas coloquei o primeiro *nick* que me veio à cabeça. De repente eu gostaria de ser, mas não sou.

– Se você quer ser, então poderá se tornar um romântico incurável, querer é poder.

– Hahaha, essa foi boa. Aliás, qual o seu nome?

– O meu nome é Helena, e o seu?

– O meu é Roberto. Prazer, você me parece uma mulher interessante.

– É, e por quê?

– Não sei, mas parece, porque conversa numa boa.

– O que procura de verdade, Roberto?

– Procuro sexo, pois namorada já tenho.

– Mas sexo aqui? Aqui não é a sala dos românticos?

– Aqui é a sala de todos, na internet todo mundo pode ser o que quiser e onde quiser.

– Eu não sabia, pois é a primeira vez que entro numa sala de bate-papo. Mas as mulheres transam de graça?

– Nossa! Muitas estão à procura disso também. O problema é que aqui a maioria fica no pé depois. Quando quero algo sem relacionamento, entro na sala *Mulheres aceitam ajuda financeira*. Nesta sala, todas saem por dinheiro, inclusive as casadas.

Fiquei perplexa diante de meu computador. Como isso podia existir, uma sala de bate-papo em que mulheres procuram homens para transar e ainda cobram? Quanto será que cobram? Como são essas mulheres? Fiquei muito curiosa e admirada, no mundo existem coisas que nem imaginamos ou até imaginamos, mas sem acreditar que existem de fato.

– Sério, Roberto? Onde é esta sala? Só acredito vendo.

– Então veja. Vá até *sexo*, depois a salas que os próprios internautas criam, e depois clica na sala *Mulheres aceitam ajuda financeira*, vai ver com os seus próprios olhos que digo a verdade.

Fiquei curiosa, eu tinha que comprovar que algo assim existia, então resolvi me despedir de Roberto para percorrer a minha busca.

– Roberto, tenho que sair agora.

– Poxa, gostei de conversar com você. Você pode me dar o seu *facebook*?

– Não tenho *face*.

– Então, como faremos?

Apenas saí da sala sem dar explicações.

MEU *NICK*

Comecei a minha pesquisa em como ser uma puta de verdade. Deixei o tal Roberto falando sozinho, é uma delícia deixar um homem falando sozinho, ir embora, sumir sem deixar rastros, mesmo que seja através de um computador. Somos livres no computador, podemos ser quem quisermos, podemos ser nós mesmos ou ser outra pessoa, não importa, podemos brincar de Deus. Entrei na parte de sexo do meu provedor e logo estava escrito: *Salas que os usuários criam*, cliquei em cima e apareceram várias salas: *Gosto de garotinhos*, *curto pessoas mais velhas*, *sexo bizarro*, *sexo sujo*, *sexo animal*, *sexo com milicos*, *sexo com pessoas deficientes*, *sexo com pelancudos*, *sexo com idosos*, *sexo com gordos* etc. Não acreditei no que lia, nunca imaginei que existissem essas coisas, como o ser humano é maluco. Pensei em desistir, comecei a ficar com nojo de tanta promiscuidade, mas a curiosidade era maior e cheguei até a sala *Mulheres aceitam ajuda financeira*, tinha mais de vinte salas, mas só as dez primeiras estavam lotadas, cabiam trinta pessoas apenas. Primeiro dei uma espiada, li os mais variados *nicks*, como: gatinha manhosa; dou tudo; loira safada; puta selvagem; paga, mas não leva; princesa cara; plebeia rica; linda mestiça etc. Achei engraçado ler tudo aquilo e fiquei curiosa em saber como os homens reagiam a tudo aquilo, o que passa na cabeça de um homem que procura uma mulher com esses *nicks* para transar e, ainda por cima, pagar. Como eu deveria me chamar numa situação como esta? O que chamaria a atenção masculina?

Estou aqui contando os meus causos e nem me descrevi a você, caro leitor, talvez porque seja difícil a gente falar da gente, a beleza é algo subjetivo, então vou dizer como sou exatamente e você me imagina como quiser. Sou morena, cabelos negros e longos até a cintura, olhos azuis, lábios carnudos, nariz tipo arrebitado que dá impressão de que sou metida, mas não sou, eu acho, pelo menos. Tenho seios médios, tamanho quarenta e dois, bumbum avantajado e empinado, sou relativamente alta para o padrão brasileiro, tenho um metro e setenta e três de altura. Você deve ter imaginado uma deusa, mas não sou, detesto o meu nariz, acho-o pequeno para o meu tamanho, e as minhas orelhas são feias, apesar de que: existe orelha bonita? Ah, os meus pés são cheios de calos, fiz balé clássico muitos anos e deixei-os com as marcas das sapatilhas de ponta. Saudade dessa época em que só dançar me fazia feliz. Hoje danço de uma forma diferente, na vida mesmo, como a maioria das pessoas.

Nossa, me deu uma saudade da minha infância neste exato momento, antes de decidir o meu *nick* para a perdição. Parei o olhar fixo na parede e fiquei lembrando quem eu era lá atrás: brincava de ser o que quando criança? Quase não tinha amigos, filha única, solitária. Lembro-me de adorar matar formigas na fazenda de meu pai, ficava sentada no cimento em frente à sede olhando as formigas levarem as plantinhas para o formigueiro; quando elas estavam chegando perto da casinha, eu acendia um fósforo e queimava a formiga, era uma sensação boa. Hoje me arrependo de tanta maldade. Como podia fazer isso? Segundo a teoria de que colhemos o que plantamos, tô frita, deve ser por isso que não consigo encontrar um amor aos quarenta anos de idade, devo estar pagando por ter matado tantas formigas. Mas essa lei é justa? Eu era uma criança e achava que as formigas não tinham sentimentos, mas, pensando bem, se fosse assim, também não poderíamos matar as baratas que infernizam a vida dos seres urbanos, nós. E os ratos, as lagartixas? Preciso parar de me culpar, se fosse assim ninguém ia ser feliz jamais, pois não conheço ninguém que nunca matou uma barata pelo menos. Hoje em dia, com essa onda de psicopatas matando sem causa, contar que eu matava formigas de uma forma prazerosa, será que me colocariam como uma doente? Outro dia ouvi uma renomada psiquiatra na televisão dizendo que quando uma criança faz várias maldades e sente prazer nisso, como queimar um gato, cortar a pata de um cachorro ou até coisas piores com animais, pode detectar que ela é psicopata. Mas eu tinha um coração bom, nunca teria coragem de matar um animal grande, morria de pena das galinhas que eram assassinadas apenas com uma torção no pescoço, na verdade nem comia as galinhas caipiras, assim chamadas quando não são da granja e sim do mato mesmo, alimentadas com o que a natureza pode oferecer. Eu tinha nojo de comer qualquer animal morto na minha presença, o porco grita, o carneiro chora, e eu chorava junto com dó dos animais. Contando essas coisas, deduzo que não era má, era uma pessoa boa desde pequena, as formigas faziam parte da minha experiência para acabar com a solidão. No fundo eu queria dizer a elas: Prezadas formigas, a vida é chata mesmo, sem graça, esse negócio de ficar carregando plantinha de um lado para o outro é entediante, então é melhor eu acabar logo com isso. Eu passava horas assassinando-as e agora estou fixa olhando para a parede, tentando encontrar um nome interessante para a minha nova profissão.

Pensei em "Formiga sexy", mas nem eu chamaria para conversar alguém com um *nick* assim. Que tal "Bela e inteligente"? Gostei! Pelo menos eu já me impunha, o cara podia pensar que ia me enrolar, mas, com esse *nick* de cara, iria pensar duas vezes antes de fazer uma pergunta idiota. Levantei para tomar um copo de água, o telefone tocou:

– Alô – eu atendi com uma voz péssima.

– Oi, amiga, *hello*! – Carol disse toda alegre.

– Oi Carol, que felicidade é essa?

– Nada não, tô bem apenas, com vontade de viver. Tem dias que quero morrer, mas tem dias que adoro viver. E hoje é um desses.

– Bem-vinda ao clube! – gargalhamos ao mesmo tempo.

– O que está fazendo?

– Nada de importante, apenas lendo umas coisas no computador – preferi omitir a verdade.

Eu não podia contar à minha melhor amiga que eu estava virando uma vadia, embora ela já soubesse da história em Fortaleza. Quis me poupar dos sermões. Também não ia adiantar nada, eu estava decidida a encarar essa história.

– Bom, você anda estranha. Se for por causa do cara que conheceu em Fortaleza, esquece, vire a página, afinal você fez o que te deu vontade e a vida existe pra isso, para experimentarmos.

– Não tenho nada, Carol, só estou confusa com algumas decisões que preciso tomar.

– Quer conversar sobre isso? Posso ir agora até sua casa.

– Não precisa, obrigada. Hoje quero ficar sozinha. Amanhã a gente se fala.

– Ok então, querida. Beijos!

Desliguei aflita, a Carol é dessas amigas que percebem tudo, sentem tudo e eu não queria que ela percebesse nada, não podia decepcioná-la. Contar a uma amiga que eu ia me prostituir para me descobrir seria um atestado de loucura. Só eu sabia o porquê, preferi o silêncio a contar o mínimo que fosse. Voltei ao computador, precisava enfrentar a minha nova vontade, não interessava se era ruim ou boa, mas era minha e eu era responsável pela minha vida. Então fui em frente, entrei na sala *Mulheres aceitam ajuda financeira* com o *nick*: "Bonita e Inteligente", bela parecia pretensão, então me joguei. Fui!

Ao entrar na sala, fiquei alguns segundos observando os tipos que estavam lá, os homens se manifestavam de uma forma muito arrogante, como se as mulheres fossem apenas objetos a serem usados, senti um calafrio quando um deles com o *nick* "Pago Bem $" me chamou para conversar e escreveu.

– Olá, se é bonita e inteligente mesmo, o que está fazendo aqui?

Fiquei quieta por alguns segundos, realmente a pergunta me deixou sem chão, me perguntei o que realmente estava fazendo ali naquela sala, mas algo foi mais forte que o meu constrangimento e disse:

– Por isso mesmo que estou aqui: adoro sexo, mas também adoro dinheiro, resolvi unir as duas coisas.

– Ah, interessante. Como você é fisicamente?

– Sou morena, olhos azuis, seios médios, bumbum grande e lábios carnudos.

– Hum, que delícia! Tem foto?

– Não.

– Então como vou saber se está falando a verdade?

– Vai ter que acreditar em mim.

– É complicado assim, já caí em muita armadilha.

– Que tipo?

– Mulheres que dizem ser o que são e quando as encontrei eram o oposto, foi uma situação muito constrangedora. Às vezes fui indelicado falando na cara para a mulher que ela era feia e desinteressante.

– Mas no meu caso estou falando a verdade, se não acredita não posso fazer nada.

– Você mora em qual bairro?

– Moro perto da Paulista e você?

– Moro em Moema. Você tem câmera?

– Também não tenho, pra ser sincera é a minha primeira vez que entro aqui, nunca saí com ninguém do site, você pode se encontrar comigo e se não gostar você vai embora, não vou ficar magoada.

– Quanto você cobra?

Foi assim que me dei conta de que nem havia pensado em quanto deveria cobrar. Quanto eu valia? Isso me fez quase desistir, eu não tinha consciência do meu preço, do meu valor, fiquei bem mal com a pergunta do homem com o qual eu teclava, quanto eu cobraria por uns minutos de sexo? Quanto tempo eu ficaria? E se ele fosse escroto, nojento, agressivo, como eu sairia daquela situação? Eu não tinha preço, era uma mulher com imenso valor, inteligente, culta, amável, sensível e interessante. Se eu fosse cobrar pelo meu valor real seria bem caro, uma fortuna, resolvi arriscar um número.

– Eu cobro três mil reais por duas horas, mas sem sexo anal e oral, só com camisinha.

– kkk! Você deve estar maluca ou está de brincadeira. Ninguém aqui paga isso, menina, por mais linda e gostosa que você seja.

– Então não vai rolar, pois esse é meu preço.

– Bom, boa sorte então, fique sabendo que o máximo que as mulheres cobram aqui é quatrocentos reais e mesmo assim é caro, eu mesmo só pago até cento e cinquenta reais e por quatro horas de sexo.

– Só isso? E tem mulher que se sujeita a isso?

– Está cheio, querida, algumas saem até por cinquenta reais.

– Mas é muito pouco.

– Algumas estão no site para se vingarem dos maridos que as traem, outras porque os maridos não as comem, outras porque precisam de dinheiro e o site as ajuda a pagarem as contas. Algumas choram, estão desesperadas porque precisam pagar escolas dos filhos e acabam cobrando dessa forma.

– Mas essas mulheres não trabalham?

– Sim, a maioria trabalha, mas afirmam que é um complemento fazer sexo por dinheiro. Algumas mulheres têm fetiche em ser puta por algumas horas, gostam de transar e cobrar. Cada um é cada um.

Ao mesmo tempo em que eu conversava com esse estranho, outros me chamavam perguntando quando eu cobrava, a primeira pergunta sempre era essa, mas eu os ignorava, o papo com o cara estava bom e eu estava descobrindo um monte de coisas, até sobre mim mesma. Até onde eu poderia ir? Quem era eu de verdade? Quais eram as minhas fantasias? Será que inconscientemente eu também queria ser uma puta por alguns momentos, e por quê? Mas a pergunta que não queria calar era: qual o meu preço? Eu tinha um preço?

Olhando com mais profundidade as opções de salas, cheguei à conclusão de que tudo que imaginamos acontece, é possível. No site havia uma sala de pessoas que sofrem de coprofagia, que é o ato de a pessoa sentir prazer em comer as fezes de outra pessoa, conhecida ou não. Essa doença é comum em animais porque sentem falta de uma enzima no organismo. Alguns seres humanos também gostam disso e de beber urina também. A sala estava sempre lotada. Será que havia tanta gente assim que gostava de comer merda? Que loucura, existe de tudo neste mundo. Cada um é cada um, mas vamos combinar que algumas pessoas são doentes, precisam de tratamento. Um dos fetiches inofensivos é a podolatria, pessoas que gostam de pés. Esse tipo eu já encontrei, o problema é que morro de cócegas nos pés e caio sempre na gargalhada ao ser tocada nos pés.

Sentir prazer sexual em situações consideradas inusitadas chama-se parafilia. Vou citar, além da coprofagia acima, alguns tipos de parafilia para que entendam até onde o ser humano pode ir com a sua loucura.

A primeira que cito é a agalmatofilia, doença em que as pessoas sentem desejos por estátuas sexys, esculturas e manequins em vitrines de lojas. Essas pessoas realmente sentem vontade de transar com esses objetos.

Tem também a espectrofilia, os espectrófilos curtem fantasmas, espíritos e deuses. Eles curtem fantasias sexuais com seres imaginários, não tem nada a ver com necrofilia, sentir prazer com pessoas mortas.

Outra novidade para mim: descobri que muita gente tem o fetiche por balões; algumas pessoas se sentem excitadas quando veem balões de látex, também conhecidos como bexigas ou bolas de festa. O tesão aparece tanto naqueles que gostam de estourar os balões como naqueles que curtem acariciá-los sem estourá-los. Fico imaginando como essas pessoas devem ficar numa festa infantil.

O *trampling* é sobre as pessoas que se excitam quando são pisadas, não é no sentido metafórico e sim literalmente, com ou sem sapato, e algumas adoram sentir a dor do salto alto nos órgãos genitais.

Existem seres humanos que adoram tanto a riqueza que a doença dessas pessoas, chama-se timofilia, a excitação sexual vem ao tocarem objetos de ouro, pedras preciosas, cartões de crédito sem limites e tudo que ostenta luxo e riqueza.

Você se imaginaria sentindo tesão por robôs, androides e máquinas em geral? Nem eu, mas existem pessoas que gostam de pegar e se masturbar sentindo esses objetos. A gente vai vivendo a nossa vida, sem ao menos imaginar que, enquanto estamos transando normalmente, existem pessoas que estão se chicoteando, comendo o cocô do outro e querendo nos conhecer e quem sabe nos tentar convencer de que essas práticas são maravilhosas.

Meu caro leitor, devem existir ainda mais coisas que a nossa vã filosofia não consegue alcançar. Até mesmo eu, que direito tenho de falar dos outros, se sempre condenei a prostituição e agora estou adepta a essa profissão, dita a mais antiga do mundo? E o pior é que estou gostando dessa brincadeira, quero descobrir o que passa na cabeça dos homens. Eles dizem que é impossível conhecer as mulheres, será que consigo descobrir quem são eles, o que eles querem afinal, o que eles buscam? Muitos têm uma bela mulher em casa e mesmo assim a traem, olham para outras na cara da própria mulher e, se levam bronca, se fazem de vítima. Alguns homens, para justificar por que traem, alegam que faz parte do gênero, eles traem porque são animais e precisam espalhar o sêmen pelo mundo todo, se for possível isso, é claro. O pior que espalham o sêmen em tudo que é lugar, na vagina, no ânus, nos seios, na barriga, nas pernas, nos braços e dentro da boca. Uma mulher no Nordeste do Brasil morreu engasgada com a porra do amante no motel, amante sim, ela tinha vinte e oito anos e era casada. No dia do ocorrido, ao ver que a amante estava engasgada, o homem ficou tão desesperado que ligou para a portaria do motel pedindo socorro. Não pensou e agiu de todas as formas tentando salvar a vida da pobre moça, então ligou para o marido dela dizendo que ela estava morrendo com o sêmen dele na garganta dela. O marido pensou ser um trote e desligou; depois de algum tempo, pessoas do próprio motel ligaram para ele dizendo que a sua mulher já era. Assim ele acreditou. Coitado desse homem, hein, descobrir dessa forma que a mulher o traía.

– Então você aceitaria sair comigo, mas eu pagarei menos, aviso antes para não termos problemas depois – escreveu Pago Bem $.

– Então por que colocou o *nick* paga bem, se não paga coisa nenhuma?

– Mas pago bem, dependendo da mulher, e você nem estou vendo, tem câmera ou foto?

– Não tenho, já disse, não quero me expor aqui. E você já perguntou isso.

– Era um teste para ver se decidia se mostrar agora. Então como quer que eu acredite que é bonita mesmo? Você pode ser uma mulher bem feia, e eu vou dizer isso na sua cara se não gostar de você ao te encontrar.

– Você não vai dizer.

– Bom, então onde nos encontramos? Quer que vá buscá-la?

– Quanto vai me pagar então?

Eu não sabia me vender, era nova nisso, estava insegura e, ao mesmo tempo em que queria fazer isso, tinha vergonha de falar no meu preço de novo. Essa era a questão: quanto eu valia? Eu, toda, a minha beleza, a minha alma, os meus sentimentos, quanto valiam? Dizem que todo mundo tem um preço, e qual seria o meu?

– Faça o seu preço, bonita e inteligente, quero ver se é tudo isso mesmo!?

– Bom, menos que seiscentos reais não dá, também tenho umas condições. Não faço sexo oral sem camisinha e nem sexo anal.

– Está brincando de novo, como vou pagar essa fortuna para fazer apenas um papai e mamãe?

– Não é bem assim, posso sentar em você e podemos transar de quatro também.

– kkk. Às vezes você me parece uma mulher inocente, isso me instiga, me deixa curioso. Vamos nos encontrar então, mas pago quatrocentos reais. Topa? Quanto tempo ficará comigo?

– Ficarei três horas.

– Ok, fechado.

Eu me vesti bem sexy, coloquei uma cinta liga vermelha, corpete vermelho com renda, saltos altos pretos, um belo vestido preto com bolinhas brancas, um poá. Eu estava linda e sensual, os cabelos, deixei-os soltos, pintei os olhos bem delineados, com uma sombra azul da cor dos meus olhos e rímel preto que aumentou os meus cílios, o batom bem vermelho e um gloss por cima do batom realçavam os meus lábios, deixei-os bem carnudos.

Fiquei parada em frente a uma loja de presentes na Rua Bela Cintra, no número combinado. Ele passou, parou o carro, deu ré e me chamou. Ele chegou no horário combinado.

– Nossa, é você? – perguntou surpreso.

– Sim, sou eu.

– Pode entrar – falou com um belo sorriso estampado no rosto.

Eu entrei na Mercedes desse homem desconhecido, sem um olhar antes, sem uma paquera, sem um papo olho no olho num bar qualquer. Entrei no ritmo que eu estava me propondo, sem saber direito por que fazia aquilo. Eu não conseguia me entender. Por um momento quase abri a porta do carro e saí correndo pela rua gritando, pedindo socorro, os meus olhos encheram de lágrimas, virei-me para a janela e respirei fundo, eu tinha que respirar porque por um segundo achei que ia morrer de dor. Olhei para aquele homem barbudo, meio gordinho, com olhos castanhos escuros, lábios finos, quase careca, e sorri.

– Você sente falta de carinho? – perguntei do nada.

– Sim, como todo mundo, por que esta pergunta uma hora dessas?

– Por que uma hora dessas? É uma pergunta normal, como qualquer outra.

– Achei estranho. Mas me fale de você. Não me disse o seu nome?

– É Helena, e o seu?

– William. Muito prazer, Helena.

– Muito prazer. Aonde vamos?

– A um motel, tem alguma preferência?

– Não, pois faz tempo que não frequento motéis. Você é o meu primeiro cliente.

– Que honra, você não mentiu. É uma bela mulher. Gostei de você.

– Obrigada.

Só agradeci e fiquei olhando os carros passarem, mal ele sabia que naquele momento eu era linda só por fora, por dentro estava um caco, sentindo-me a mulher mais desinteressante do mundo. Como é difícil a gente se amar, se gostar de verdade. Pedi mais uma semana de férias no trabalho para me prostituir. Se as pessoas que me conhecem de verdade descobrissem isso, iriam me internar num hospício, não iriam entender nem um terço do que estou buscando. Dentro da gente tem tanta gente, que acho, às vezes, que nem numa vida inteira vou saber quem eu sou de verdade. Sou tantas dentro de um corpo só. Posso ser tudo, o que eu quiser, faço escolhas, erro muitas vezes e quando acerto quem é a mulher dentro de mim que acertou? Com certeza, essa Helena de hoje eu não conhecia, ela veio de não sei onde, de outro planeta, é uma louca desvairada e uma perdida.

Chegamos a um motel bem bacana, num bairro mais afastado de onde morávamos, na Marginal Pinheiros. William pediu o quarto Uva, os quartos tinham nomes de frutas, morango, uva, framboesa e cereja. O quarto uva custava duzentos e trinta reais, e era o segundo mais caro. Será que ele me achava uma uva? Mas se a cereja era o mais caro porque não me levou ao cereja? Talvez odeie cereja e goste mais de uva. Eu comecei a rir de mim mesma, o senso de humor não me abandonava nem numa hora dessas. Ele me olhou com cara de bobo e disse:

– Do que está rindo? Quero rir também.

– Nada não. Estava pensando coisas que não importam a ninguém.

– Bom, vamos entrar?

Desci do carro a caminho do quarto, subi a escada e ele veio atrás de mim.

O quarto era cheio de espelhos, eu odiava espelhos, ainda mais nessa situação, não queria me ver mesmo, de jeito nenhum. A cama ficava bem no centro, do lado esquerdo de quem entra. O quarto tinha uma banheira de hidro enorme, redonda, logo à direita um chuveiro com duas duchas grandes. Depois de olhar o quarto, fiquei parada num canto olhando para o chão, estava envergonhada, não sabia como deveria agir. Ele veio até mim, me abraçou e me beijou com a língua enfiada na minha boca. Nesse momento fiquei de olhos abertos lembrando que puta não beija na boca, então por que eu deixei ele me beijar? Durante o beijo, ele foi levantando o meu vestido e tirou-o, olhou o meu corpo e vi que ele estava visivelmente excitado. A respiração dele estava alta e as suas mãos me pegavam com certa agressividade, mas até que estava gostando. Ele me puxou até a cama, me deitou e falou que era gostosa. Voltou a beijar a minha boca e foi descendo para o meu pescoço roçando a barba malfeita; quando chegou aos meus seios, fiquei louca de tesão, ele lambia, mordiscava e sugava com força, nessa hora eu já estava molhada, muito molhada. Esse tipo de homem é vagabundo, chupa qualquer buceta, parece um animal. E ele chupou a minha com maestria, lambia como um sorvete, sugava o clitóris com delicadeza e eu estava adorando, mas minha cabeça não parava, não conseguia relaxar, algo estava dividido dentro de mim, a puta e a santa. Quando eu estava quase lá, ele parou. Por que os homens têm um prazo para chupar uma mulher, falta sensibilidade para perceber quando estamos chegando ao orgasmo. Ele socou o pau em minha boca e num movimento enlouquecido me fez chupar até ele não aguentar mais, ainda bem que gozou, o lado ruim é que foi na minha cara e fiquei com muito nojo daquela porra desconhecida. Sem olhar no meu rosto e sem dizer nada, ele se levantou e foi direto tomar uma ducha, eu fiquei ali prostrada na cama e puta da vida por não ter gozado.

– Que banho gostoso. Foi bom pra você? – voltou para o quarto com a toalha presa na cintura.

– Foi ótimo, melhor impossível – respondi irônica, mas ele nem percebeu.

Depois desse sexo unilateral, fui tomar a minha ducha, precisava tirar o cheiro desse homem do meu corpo.

– Quer beber alguma coisa? – ele ofereceu, já ligando para a recepção.

– Uma água, por favor – respondi sedenta.

E a água veio como uma água benta, limpando o meu pecado e a minha garganta promíscua.

– Você quer mais alguma coisa, querida?

– Quero ir embora, quer dizer, se você não se importar, pois já deu o seu horário.

– Ok, sem problemas.

Ele colocou a roupa e do bolso da calça tirou uma notas dobradas e me deu. Confesso que essa foi a parte mais difícil e cruel de toda essa história. Nesse instante foi que caí em mim e vi que eu tinha me transformado em uma prostituta de verdade. Com o dinheiro na mão, me senti uma cortesã, nome que me dei, pois as cortesãs do século XVI eram as amantes dos ricos e poderosos nobres, que as proviam de luxo e boa vida.

No período da Renascença Europeia, as cortesãs tinham papel importante nas classes mais altas, muitas vezes substituindo a esposa legítima em eventos sociais. Muitos nobres viviam casamentos de aparência, às vezes nem moravam na mesma casa com as esposas, então buscavam nas cortesãs uma companhia agradável e satisfação sexual.

Sem dúvida nenhuma era melhor ser cortesã naquela época. As esposas eram analfabetas, não podiam estudar e jamais aprender a ler, já as cortesãs sabiam ler, entendiam de etiqueta, podiam entrar nas bibliotecas. Antes da Inquisição, século XVI, uma cortesã que ficou na história e sua vida virou filme, *Dangerous Beauty*, em português o filme se chama *Em Luta pelo Amor*, foi Verônica Franco, ela foi na época talvez a mais famosa.

Nascida em 1546, Verônica Franco era filha de uma cortesã reformada, Paola Fracassa, que educou a filha igual aos seus três filhos. Verônica estudou com professores particulares, um privilégio proibido às meninas de boas famílias, educadas apenas para o casamento. Rebelde e cheia de vontades, se casou na adolescência com um médico abastado, mas a união fracassou e Verônica pediu o divórcio, sendo que na época a mulher se prejudicava se tomasse essa iniciativa, perdia todo o dote a ela prometido.

Como estava sem dinheiro e com um filho para criar, Verônica seguiu os passos da mãe e aplicou a educação que teve ao longo da vida na carreira de cortesã. Com apenas vinte anos, ela já fazia parte do catálogo das mais famosas e luxuosas cortesãs de Veneza.

Seu sucesso foi imenso, em pouco tempo estava rica e conseguiu sustentar uma casa enorme, com vários sobrinhos, empregados e professores para os seis filhos, mas só três sobreviveram. A cortesã foi pegando cada vez mais fama e admiradores; aos vinte e cinco anos, juntou-se ao salão literário de seu patrono Domenico Venier, poeta e magnata, tornando-se membro dos Literati Venezianos, onde participava de discussões e antologias como poetisa e editora. Em 1575, publicou *Terze*

Rime, uma coleção que tinha dezessete poemas de sua autoria e versos dedicados a ela.

Verônica não tinha vergonha de ser cortesã, ao contrário, expunha abertamente a sua profissão em seus textos, que tinham um conteúdo ousado, em outros defendia a sua classe e as mulheres em geral, e também respondia as provocações a ela dirigidas.

Intérprete talentosa, Verônica era uma sábia musicista, tocava maravilhosamente alaúde e *spinetta* (nome antigo para o cravo).

As cartas da cortesã foram publicadas em 1580, reprimiam a mãe que queria torná-la o que ela se tornou realmente. Sua vida foi seguida por muitas desgraças. Durante um surto de peste, Verônica deixou Veneza por dois anos e quando voltou viu os seus bens saqueados. Depois de um tempo, um pretendente despeitado denunciou-a à Inquisição dizendo que fazia bruxaria, um problema comum na época para as mulheres que seguiam essa profissão.

Ela era uma mulher com muita garra e por ser eloquente, se defendeu com graça e inteligência ganhando a causa, mas sua fortuna nunca mais foi recuperada. Até a morte não teve uma vida fácil e não conseguiu realizar muitos de seus sonhos, mas ficaram na história os seus belíssimos poemas.

É claro que eu, Helena, nada tenho a ver com Verônica, mas algumas coisas temos em comum, a força, a forma intensa de viver a vida e a ousadia de experimentar o novo, independente do que as pessoas vão pensar. Eu ainda não era uma puta profissional, mas a história de Verônica me atiçava, me dava uma vontade de ser como ela, afinal ela teve uma vida bem divertida, se eu tivesse existido naquela época, é óbvio que eu ia preferir ser puta a ser casada. Naquela época era muito chato ser esposa, eu jamais aguentaria ficar sem ler, sem cutucar a vida e sem me descobrir. Tudo tem um preço, e Verônica pagou o preço que teve de pagar e nunca deixou de viver o que tinha que viver. Ela seduzia os homens pela cabeça, pela inteligência e não pela aparência, afinal uma pessoa especial é conquistada pela cabeça e não pelo corpo apenas; agora, as vazias preferem somente a aparência, assim não há concorrência e desafios maiores a enfrentar.

Cheguei em casa depois da minha estreia como prostituta e feliz da vida fui contar o dinheiro, coisa que não quis fazer na frente do cliente, ele poderia achar que eu estava desconfiando dele. Sentei-me para acreditar no que via, o dinheiro estava errado, tinha cem reais a menos, ao todo trezentos reais. O meu sangue subiu, fiquei realmente furiosa e peguei o meu celular que eu nem conseguia segurar firme porque estava trêmula demais, pior não é ser puta, pior é ser feita de idiota. Liguei para ele, pois o número desse infeliz estava no meu bina. O telefone dele tocou, tocou e nada de ele atender, resolvi deixar um recado.

– Olha, você me entregou o dinheiro errado, o valor que acordamos foi quatrocentos e não trezentos. Acho que você se confundiu. Vamos resolver isso? Você pode me entregar o que está faltando porque essa sua atitude, que acredito não ser proposital, me fez muito mal.

Deixei o recado de uma forma educada, realmente ele podia ter se confundido, mesmo parecendo que ele fez de propósito. Eu fui burra ao dizer que era a minha primeira vez como puta, eu devia ter dito que era uma puta velha. No fundo achei que era bonitinho dizer que era a minha primeira vez, achei que ele ia me tratar com mais carinho e ia até me dar mais dinheiro, mas foi o contrário e estou me sentindo humilhada e boba.

Que ódio, pensar que ele deve estar rindo de mim até agora. Deve estar gargalhando, o pior que ele tinha uma Mercedes, não deve ser pobre, ele fez isso de maldade mesmo. Peguei o telefone e tentei mais uma vez. Tocou de novo e nada de ele atender, mas dessa vez não deixei mensagem.

O mais cruel é que eu não podia dividir isso com ninguém, era um assunto muito pessoal e impossível de contar às pessoas com quem me relaciono e que eu amo.

Tranquei-me no quarto, era o lugar onde eu mais gostava de ficar, o lugar que me entende, que me aconchega e que me traz paz. Deitei-me na minha cama com lençóis de florzinhas cor-de-rosa e muitos travesseiros, cinco ao todo, liguei a minha televisão de quarenta e duas polegadas, mas desliguei logo em seguida porque nada de interessante estava passando naquela hora, liguei o rádio e estava tocando "Dentro de Mim Mora um Anjo", com Fafá de Belém. Adoro essa música que parece que foi feita para mim quando diz: "Quem me vê assim cantando, não sabe nada de mim, dentro de mim mora um anjo que tem a boca pintada, que tem as unhas pintadas, que tem as asas pintadas".

Comecei a chorar porque fico triste ao pensar como as aparências enganam, como as pessoas pensam que somos uma coisa e somos outra, como a beleza ilude. Ser bela não é quesito para ser feliz. Infelizmente, dentro das belas também tem muita dor, tristeza e conflitos e sem falar que a maioria dos homens só querem se aproveitar e transar com as bonitas, sem tentar conhecê-las por dentro, muitos devem achar que as bonitas não têm alma e sim só beleza, como se fossem um produto no supermercado.

Levo um susto de repente, o meu celular vibra e começa a tocar bem alto, atendo aflita.

– Helena? – Uma voz conhecida diz.

– Sim, sou eu, oi, ainda bem que retornou.

– Você me deixou um recado, é o William. Desculpe, mas eu não entendi.

– Ah não entendeu? Eu combinei com você quatrocentos reais e você me deu trezentos reais. Acho que se confundiu.

– Ah foi? Nossa, me desculpe, nem percebi, enrolei o dinheiro e te dei, nem pensei que tinha menos. Perdoe-me, na próxima vez pago a diferença, pode ser?

– Sei que fez de propósito, seu mentiroso, não terá uma próxima vez.

Ele gargalhou e desligou na minha cara. Fiquei parada e sem ação. Até para ser uma puta é preciso profissionalismo e prática. Aumentei o som do rádio em meu quarto e deitei-me na cama aos prantos, dessa vez estava tocando "You Touched My Life", com Gwen Guthrie. Essa música o meu ex-namorado cantou para mim quando nos conhecemos; a letra é profunda e me entreguei às lágrimas que vinham e molhavam o meu lençol, doía o meu peito. O que eu estava fazendo da minha vida? O que eu estava buscando? Será que eu queria me destruir ou me achava um lixo de mulher? Tinha profundas dúvidas sobre mim, naqueles dias eu parecia ser uma outra pessoa que não eu. Percebi que eu não tinha a maldade da vida, no sentido de que uma pessoa combina uma coisa e faz outra. Jamais enganei um paciente e procurava ser uma profissional impecável. Procurava salvar qualquer dente antes de obstruí-lo. O caminho mais fácil é sempre arrancar as coisas, arrancar uma pessoa de nossa vida, arrancar a dor e jogar fora, arrancar o sapato que aperta os pés. Vamos tirando tudo do caminho, sem nos dar conta de que precisamos aprender a conviver com as coisas, precisamos nos adaptar, se não, nunca teremos nada e nem criaremos vínculos. Se combino um preço com um paciente, ele paga mesmo que parcelado. Nunca tive prejuízo. Adoro meu trabalho, sou uma excelente dentista, então por que estou fazendo algo que sempre condenei e nunca achei que houvesse um argumento que justificasse uma mulher vender o seu corpo?

CAMINHANDO PELA PRAIA

Ao som de Sarah Brightman agora, lembrei-me de um momento solitário em que caminhava na praia. Eu me sentei na areia e fiquei olhando o movimento do mar, sentia a brisa no rosto, os meus cabelos voavam no ritmo do vento, meus olhos vibravam com aquela beleza real, a natureza, a verdadeira beleza, o mar. Eu entendia o mar, me sentia como ele, tão profundo, que eu não conseguia encontrar o fundo da minha dor, não tinha limite, quanto mais eu tentava descobrir onde a dor terminava, mais doía e mais eu me afundava em mim. O mar é assim, infinito, profundo, inquieto, dócil, cheio de segredos e amargo. Tanto sal, a ponto de ser difícil de engolir. As ondas nunca são as mesmas como a mulher que muda dentro de mim todo o tempo. Tão salgado que arde docemente nos olhos que penetra, tão bravo como quando expulsa os mais corajosos nadadores, tão irracional com aqueles que tentam enfrentá-lo quando está voraz.

O mar abraça a todos, mas também dispensa os angustiados e não está nem aí para os amargurados. Ele é apenas ele, democrático, permite que todos o aproveitem, ricos, pobres, doentes, saudáveis, loucos, sãos. Ele é capaz de dar, mas também de tirar da gente o que quiser, há pessoas que acreditam que mergulhar no mar, tudo de ruim vai embora com as ondas. Será? Talvez a fé realmente seja capaz dessa proeza, que o encanto das ondas seja poderoso até para limpar a nossa alma.

Fiquei ali sentada, imóvel, apenas olhando o mar e achei graça imaginar uma cena cruel, ele invadindo o planeta terra sem piedade. Existe mais água no mundo que terra, 71% da superfície da terra é coberta por ele. Se o mar quiser, ele destrói tudo e não sobrará nada. Nada mesmo. Como sou má, às vezes, e egoísta, por causa da minha dor, fico torcendo pelos oceanos entrarem em acordo e acabarem com tudo. Lembro que não sou Deus, sou apenas uma formiguinha no mundo, a maioria das pessoas não sabe da minha existência, quando viajamos é que nos damos conta do quanto somos insignificantes para os habitantes da terra.

Acalmo-me e ouso me achar parecida com o mar mais uma vez, ele é tão quente e tão frio, tão calmo e tão perturbado, tão solitário e tão multidão, tão dor com a extinção de seus peixes e tão amor com a alegria que dá aos seres humanos.

De repente me levantei e comecei a andar pela areia, senti sua maciez e meus pés ficaram felizes, lembro que uma cena me chamou a atenção e me fez sorrir um sorriso verdadeiro, sorriso com o fígado como costumo dizer. Lembro de um bebê com mais ou menos um ano bater os bracinhos correndo em direção ao mar, ele sorri com os dentinhos incisivos centrais inferiores e os centrais superiores. Ele está se achando o máximo e eu também o acho.

A alegria de vir tanta água em sua frente deixa o bebê eufórico, ele corre com suas perninhas curtas em busca de mais uma longa descoberta. Ele não se contém com tamanha alegria. Fico o olhando encantada, mas ele não vê nada, ele apenas coloca os pezinhos na água, feliz da vida, e se joga, as ondinhas o derrubam e ele levanta e vai de novo, nada o detém, não tem medo, ele enfrenta, olha o horizonte, mas não vê o perigo, ele só quer sentir, só quer aproveitar o momento e aproveitar a vida, sem imaginar que viver é o próprio risco. O bebê chora de repente, por um minuto acaba a sua autonomia, sua mãe o segura, a chata da mãe diz que é perigoso, que ele pode se afogar, ele fica bravo, sente raiva e solta a mão dela com força. Ela diz com autoridade que ele tem de obedecê-la e aquele rostinho pequeno se prepara para chorar mais uma vez, as lágrimas do bebê se misturam com a água salgada do mar. A mãe, que parece o ser mais dominador do mundo naquele momento, fica brava com o bebê que apenas quer viver, quer descobrir o mundo. Sinto uma raiva dessa mãe, fico com vontade de gritar com ela e pedir que deixe o bebê pular as ondas do mar, queria dizer-lhe que ela acabou de tirar o super-homem de dentro de seu filho. Por causa do direito da mãe em proteger o seu neném, ele começa a entender que, querendo ou não, a natureza nos dá e nos tira tudo. Meu coração ficou apertado ao me identificar com aquele bebê, eu entendi o sofrimento dele, percebi como é difícil crescer, pois vamos aprendendo na vida que nada pode ser feito sem pensar, o não está sempre ali, nas ondas do mar. Nascemos tão puros, tão inocentes, tão verdadeiros e vamos aprendendo a desaprender a sermos nós mesmos, os nãos vão corrigindo as nossas cartilhas. Ouvimos tantos não na infância que por isso associamos esta palavra à negatividade. Todo mundo diz que já temos o não de tudo, só falta buscarmos o sim. E a luta começa, tudo por um sim.

O bebê em direção ao mar confiava nele, ele achava que podia, ele não tinha medo. Daqui a alguns anos, ele saberá que não se pode confiar nas pessoas, nem em nós mesmos, às vezes. Esse nenezinho vai entender um dia que sempre vamos nos machucar, que nem no mar que parece tão dócil e acolhedor podemos confiar. Ainda tudo depende de como a mãe faz o seu filho lidar com isso, sim, porque se a mãe for uma desesperada, o seu filho vai ficar traumatizado e talvez nunca mais ponha os pés numa areia de praia. Mas se a mãe for sábia vai ensiná-lo a ter cuidado e não medo das coisas, vai ajudá-lo a entrar no mar sempre que quiser, aprendendo a respeitá-lo e não ultrapassar seus limites e profundezas.

Vamos imaginar o que poderia acontecer ao bebê se a mãe não o tivesse detido, provavelmente ele iria se afogar ou perceberia o perigo e pediria socorro. Minha vontade, sinceramente, era falar para o bebê ir em frente, dizer a ele: Vá, se jogue, se entregue, não olhe para trás e acredite em você. Se ele morresse, ele nem saberia que havia morrido, talvez encontrasse com peixes coloridos no fundo do oceano e brincaria com eles sorrindo, achando que tudo não passava de uma brincadeira. Ele não precisa escolher nada, ele quer ir, não quer ficar. Será que escolher ficar com os pés num lugar seguro é viver? Enfrentar as ondas e superá-las é viver? Coitado do bebê, partir ou ficar é também uma escolha dos pais. Até certa idade, ele vai ouvir todos os dias: "Amor, isso não pode". "Meu amor, quer apanhar?" "Amor, quer ficar de castigo? Amor, isso é perigoso... isso é perigoso". E leva um tapa nas mãozinhas sem saber por que esse não dói tanto, afinal ele só está cumprindo o seu papel de bebê. Já que o papel da mãe é proteger a sua cria, então fala logo para ele que viver é perigoso, que amar é perigoso, que se doar é perigoso, que lutar por um mundo melhor é perigoso, que ser bom é perigoso e que ser mau também é muito perigoso. Diga a ele que essa escolha vai ter que fazer, mas essa escolha depende também da educação que teve, de como foi amado, de como foi alimentada sua autoestima. A construção de um ser depende de tantas coisas, por isso não sei se eu sou eu ou sou algo que fui projetado para ser. Por isso tem tanta gente confusa no mundo, perdida, gente que se rebela e pinta o cabelo de azul, talvez seja um grito a todos aqueles que quiseram moldá-lo na categoria do politicamente correto.

Por que não aprendemos com o mar a sermos seres humanos, ele nos dá os sinais, ele é inconstante, mutável, rebelde, ele é ele, nada nem ninguém o domina e nem o controla. O mar tem o seu poder, ele destrói ou constrói histórias. Ele é imponente e deixa claro que quem manda nele é ele mesmo ou Deus, mas será que Deus não é o mar? Ele é tão belo, tão azul-turquesa, tão verde-esmeralda. Suas ondas são sempre diferentes, mágicas, e a música que ele compõe é a música mais sagrada do universo. Ele alimenta, alegra, desafia, nos abraça e nos acalma, o mar é a perfeição do planeta.

Continuei minha caminhada na areia e vi muitos bebês repetirem o mesmo comportamento do bebê que contei acima, todos eram corajosos e todos queriam entrar no mar com entrega. Todos os pais repetiam a mesma atitude, diziam que eles não podiam ir além. Meu sorriso aparecia ao ver a cena se repetir por toda a praia. Muitos se irritavam e iam construir os seus castelos, ali na areia não parecia perigoso, só que eles nem imaginavam que as ondas, quando a maré enchesse, destruiriam as suas obras de arte.

Eu estava tão enfeitiçada com a beleza da praia e com a alegria das crianças que não notei a sujeira espalhada por toda a areia, mas logo mais à frente uma situação me deixou abismada: uma mãe jogando pacote de bolacha vazio no mar. Ela era loira, alta, cabelos longos, olhos azuis e usava aparelho para corrigir os dentes, tinha uma bolsa ao lado da toalha estendida na areia, cheia de biscoitos e pacotes de doces. Fui falar com ela, é claro.

– Boa tarde. Desculpe a minha intromissão, mas a senhora não deveria jogar sujeira no mar, ainda mais dando esse mau exemplo na frente de seus filhos.

– A senhora não tem nada a ver com o que faço ou deixo de fazer – respondeu-me a mulher com agressividade.

– Tenho sim o direito de falar com a senhora e dizer que o mar é de todos e como eu também usufruo desta divindade, não acho que a senhora está no direito de sujá-lo nem com uma agulha.

Ela se levantou e puxou para perto o filho loirinho, com olhinhos azuis arregalados para mim, que me olhava fixamente assustado. Ele devia ter uns quatro anos de idade.

– A senhora está sendo ignorante na frente de meu filho. – Ela me disse querendo ter razão.

– Ignorante é a senhora por cometer tal ação. Quer dizer que ter uma atitude mal-educada e grosseira pode, mas eu vir aqui e falar a verdade para a senhora é ser ignorante? Sinceramente, a senhora consegue enxergar o que fez?

Ela começou a gritar comigo e fiquei olhando para seu filho com pena. Que tipo de mãe ela era? Que tipo de educação estava dando para aquele ser tão pequeno e por ele resolvi acabar com a discussão.

– Bom, acho que essa discussão está indo longe demais. Eu só quero que a senhora reflita sobre que tipo de educação está dando ao seu filho e saiba que os peixes não comem saco plástico, nenhum detrito tem utilidade para o oceano, ao contrário, muitos peixes, tartarugas são encontrados mortos com plásticos presos na garganta porque engasgaram, então pense, seja mais humilde e corrija o seu erro. Uma ótima tarde. Até logo!

Eu deixei-a com cara de quem não tinha mais nada a dizer, ela não tinha argumentos contra os fatos. Fui caminhar triste, mas sorri ao lembrar o sorriso desdentado daquele bebê louco para invadir o mar.

Fico pensando se é melhor eu me prostituir do que sujar o mundo com detritos, com sujeira que não serve para nada. Pelo menos o único mal que faço é a mim mesma, a minha alma. Está sendo bom ouvir o que os homens têm a dizer, o que eles pensam, o que eles querem e por que a maioria é igual. Pior que são as mulheres que educam o macho, somos culpadas por eles serem o que são? Ou eles já nascem do jeito que são? Fico louca com a falta de respostas para os meus pensamentos, penso naquele bebê que vi na praia, que queria entrar no mar sozinho, o que será que ele vai se tornar quando crescer, que tipo de homem ele vai ser, corajoso ou medroso? Amoroso ou grosso? Mimado ou adulto?

Ah se eu pudesse fabricar um homem para mim, ele seria perfeito, bonito, inteligente, culto, sábio, amoroso, carinhoso, herói, sensível, atencioso, maduro emocionalmente, fiel, rico claro e bom de cama. Se eu tivesse esse poder ficaria milionária, todas as mulheres do mundo iam fazer fila para encomendar esse ser de outro mundo.

TERAPIA

Ao acordar no outro dia, uma angústia acordou comigo, me vi perdida e sem saber o que fazer da minha vida, resolvi marcar uma consulta com um terapeuta chamado Carlos Augusto Maciel, que a Carol me havia recomendado. Como eu não podia contar a ninguém o que andava fazendo, tive que dar o primeiro passo e desabafar com qualquer pessoa, se não, eu podia enlouquecer. O melhor de tudo é que o terapeuta teoricamente não pode me julgar, ele tem que apenas me ouvir.

O consultório ficava em Moema, bairro nobre de São Paulo, na Rua Gaivota, bem significativo para quem está querendo ser livre, mas ao mesmo tempo está se aprisionando a coisas não tão boas, como diria minha mãe.

O nome da rua do meu desabafo fez-me lembrar novamente do livro que li na adolescência, *Fernão Capelo Gaivota*, de Richard Bach. Recordo-me da gaivota de nome Fernão, que decide voar não apenas porque é o papel de uma gaivota voar, mas porque ele descobre que pode fazer acrobacias incríveis ao se movimentar. Todas as outras gaivotas se tornam fãs de Fernão e a história nos envolve e nos fascina mostrando a importância da liberdade, da aprendizagem e do amor.

O consultório era todo bem decorado, mas *clean*, sem ostentação, gostei muito. Ao chegar à recepção, deparei com uma moça de cabelos cacheados castanhos-claros, olhos cor de mel e sorriso estampado no rosto.

– Olá, bom dia. Em que posso ajudá-la?

– Bom dia, eu tenho uma hora marcada com o doutor Carlos Augusto Maciel. – disse tímida.

– Ah sim, Helena? – a moça questionou.

– Sim, sou eu. Helena Milani.

– Pode aguardar, por favor, fique à vontade se quiser tomar um chá ou um café.

– Muito obrigada.

Sentei-me numa poltrona fofa, toda branca, em minha frente havia mais uma poltrona vermelha e ao meu lado direito um sofá estampado cheio de florzinhas miúdas e colorido. Fiquei imaginando se escolher o sofá para sentar tinha algo a ver com o emocional da pessoa. Branco poderia ser para quem tem ou quer paz, o vermelho para quem quer se apaixonar ou está apaixonado e o sofá grande estampado para quem está mais bem resolvido na vida, cheio de alegria e harmonia. Comecei a rir, nunca escondia das pessoas o meu sorriso solitário. A moça me olhou e deu mais um sorriso como se soubesse o que eu estava pensando. Abaixei a cabeça envergonhada quando de repente entrou uma senhora com mais ou menos uns setenta anos. Tinha os cabelos curtos, acinzentados, brincos e colar combinando cor branca e em forma de tulipa, usava um vestido preto, básico e sapatilhas baixas pretas também. Pude perceber o quanto ela era vaidosa, pois os lábios estavam com um batom cor-de-rosa bem marcante, as bochechas com blush cor de rosa claro.

– Oi Paty! – a senhora disse, sorrindo para a moça que era a recepcionista.

– Olá senhora Willy, está animada e adiantada hoje. O seu horário é ao meio-dia. – Disse Paty olhando no relógio.

– Ah sim, minha querida, eu estava em casa desocupada e resolvi ficar desocupada aqui – disse dando uma gargalhada divertida.

– Então sente, senhora Willy, aceita um café, um chá ou um copo d'água?

– Ah sim, quero um chá de camomila, por favor. – Willy disse sentando-se no sofá estampado, alegre como ela. Depois que pegou a xícara de chá oferecida por Paty, ela olhou para mim, sorriu e disse:

– Nossa, mas que bela moça.

– Muito obrigada. A senhora que é linda – respondi com sinceridade porque a idade não esconde a beleza da juventude, fica nos traços.

– Eu já sou uma velha querida, a minha beleza se apagou.

– Mas a senhora tem um astral tão bom que não a acho velha, pois o espírito é de menina. – Tentei fazê-la sorrir e consegui.

– É, pode ser, mas o corpo não acompanha o espírito – ela disse, sorrindo. – Mas não posso reclamar, fui bem feliz em minha vida, tive momentos mágicos.

– Que bom! A senhora encontrou o amor de sua vida? – Perguntei sem censura, eu precisava descobrir de onde vinha aquele brilho nos olhos.

Ela olhou fixamente para um ponto distante como se estivesse buscando lembranças. Os olhos de Willy começaram a brilhar cada vez mais, ela parecia uma menina na minha frente, o passado a deixou mais jovem naquele instante.

– Encontrei sim, ele foi a melhor coisa que aconteceu na minha vida. O meu primeiro marido não, esse foi um troglodita, mas o segundo foi um verdadeiro lorde, incapaz de uma deselegância comigo, ele me chamava de princesa e me tratava como tal. Dizia a todos que eu era a princesa dele, a mulher mais maravilhosa do mundo. Uma vez me disse quando já estava no hospital perto de partir: "Minha princesa, você é o maior presente que Deus pôde me dar". – Ela disse com os olhos cheios d'água e o coração lhe palpitava sob o vestido. – Ele me disse no leito de morte que sua vida valeu a pena ao me encontrar e que era muito grato por eu ter cuidado e o amado com tanta intensidade.

Fiquei parada ali olhando para ela, querendo ouvir mais sobre a vida daquela mulher, senti inveja dela por um minuto, mesmo eu sendo mais jovem e tendo teoricamente mais vida pela frente, senti inveja. Pelo menos ela teve um passado que valeu a pena e será que eu, um dia, terei um passado belo para contar, sendo que nem o presente eu tinha ainda, com relação ao amor.

– A senhora acha que todo mundo tem uma cara-metade ou duas laranjas inteiras sempre se encontram e depois fazem uma laranjada junto?

Ela riu e se curvou mais para frente no sofá.

– Eu acho que todos nós temos o nosso companheiro já escrito nas estrelas, mas às vezes as relações acontecem na hora errada, no time errado, há muitos desencontros na vida mais do que encontros, eu acredito. As pessoas precisam estar atentas aos sinais, a vida dá sinais e muitos perdem o grande amor por preconceito, ouço moças dizerem que não ficam com fulano porque é baixinho, porque o cara é narigudo ou porque ele é bem mais velho. Às vezes quando abrimos o leque e damos oportunidade as pessoas que nem imaginávamos somos mais felizes.

Precisamos dar chance para amar quem nunca achávamos que poderíamos amar, pois temos uma capacidade de amar maior do que pensamos que temos.

– Foi assim com a senhora? – pergunto aflita.

– Sim, foi, quando conheci o meu segundo marido, ele era bem mais velho que eu, quase vinte anos, eu achava que ele não iria dar conta de mim, mas olha, minha querida, foi a melhor tentativa da minha vida. Ele era tudo de bom, principalmente na cama e eu tive o melhor sexo da minha vida. Ele me tratava com gentilezas, fazia tudo por mim e me amou perdidamente.

Suspirei, claro que imaginei o quanto Willy foi feliz, me deu vontade de abraçá-la forte.

– A senhora pode me dar um abraço?

– Claro, minha querida – e ela me abraçou forte, comecei a chorar, as lágrimas desceram pelo meu rosto com tanta força que o soluço me pegou por inteira.

– Não chore, você é linda, tem uma vida pela frente, você vai encontrar o seu amor, querida.

Quando eu ia responder, aparece um homem alto, forte, mas não gordo, cabelos grisalhos, sorriso largo em minha frente.

– Você é Helena? – Ele pergunta ainda sorrindo.

Enxugo as lágrimas do rosto com a manga da minha camisa, abaixo a cabeça envergonhada.

– Sim, sou eu mesma. O senhor é o doutor Carlos Augusto?

– Sim, vamos lá?

– Claro, vamos.

Willy continua em pé me olhando, me dá um beijo na testa e diz:

– Boa sorte em sua vida, Helena, é importante ter esperança e acreditar em você mesma. Nunca se esqueça disso.

– Não me esquecerei. Vou tentar melhorar a minha cabeça – olho para o doutor Carlos e o sigo.

Entramos em uma sala pequena, com duas cadeiras, uma de costas para a porta e outra do lado oposto de frente para a porta, logo a nossa direita está um divã. Uma pequena estante de livros na parede com obras sobre psicologia, sobre budismo, sobre as dores humanas. Ele me pediu para sentar e eu fiquei em silêncio uns segundos olhando aqueles livros e pensando como nada adianta, existem tantos textos sobre o sofrimento humano, mas nada consegue amenizar o sofrimento da humanidade. Somos rascunhos em livros inacabados, somos tão pequenos perto do universo, quanto mais lemos, quanto mais buscamos respostas para quem somos, mais dúvidas encontramos e mais uma vez temos que recomeçar. Vivemos sacudindo a poeira que insiste em nos sujar de pensamentos ruins, de sujeiras espirituais, somos muitos para sermos nós mesmos, então quem somos de verdade?

Carlos ficou me olhando com aquele sorriso de terapeuta, talvez querendo adivinhar os meus pensamentos ou talvez me querendo dizer que pagar uma hora de terapia e ficar quieta não era um bom negócio. Fiquei em dúvida se valia a pena falar, se ele iria me julgar, se ele iria sentir sono com a minha história, mas dei o primeiro passo.

– É isso aí, doutor, viver não é fácil.

– E por quê? – ele respondeu fazendo cara de interrogação.

– Porque viver é coisa para profissional e não amador. – Dei uma gargalhada, achando graça em dizer isso.

– Por que está achando graça?

– Porque é uma frase engraçada e ainda nem sei se sou uma humana amadora ou profissional, apenas estou vivendo.

– Mas não é isso que a vida nos cobra? Viver.

– É.

– O que é ser amadora para você e o que é ser profissional na vida?

– Eu acho que ser amadora é não levar a vida a sério, é não lutar realmente pelo que queremos e empurrar a vida com a barriga. Ser um vivo amador é não lutar para ser feliz, é não experimentar a vida de verdade, tudo o que ela pode oferecer mesmo que doa até sangrar no corpo e na alma da gente.

Doutor Carlos ficou me olhando com certo encantamento e surpreso. Fez um movimento com a cabeça esperando que eu explicasse sobre o profissional da vida.

– Bom, a pessoa que encara a vida como profissional é aquela que exatamente faz tudo ao contrário do amador. O profissional vive a vida de verdade, sem mentir para si mesmo, sem medo de enfrentar os desafios e faz aquilo que tem vontade sempre, mas também com responsabilidade, pensando também nos outros, em não magoar as pessoas, assumir seus atos e sofrer as consequências é ter responsabilidade por ser inteiro na vida.

– Você, Helena, é inteira na vida?

– Não sei ainda, mas tento ser, procuro seguir as minhas vontades e fazer aquilo que está ao meu alcance e que realmente pode ser feito. Não sei fingir algo que não sinto e agora estou fazendo algo na minha vida que jamais pensei em fazer. Algo cruel para mim mesma.

– O que é algo cruel para você mesma? – Ele pergunta me olhando nos olhos e com ternura.

Respiro fundo e abaixo a cabeça, na verdade tenho vergonha de contar.

– Estou com vergonha de contar.

– Mas não é para isso que está aqui?

– Sim.

– O primeiro passo é falar, quem sabe eu possa te ajudar.

Eu me encolhi na poltrona, senti frio e meu coração acelerou, por um instante pensei que ser profissional na vida é ter coragem para buscar ajudar e crescer como pessoa. Afinal, eu estava ali para desabafar, para gritar tudo aquilo que doía em minha alma. Coragem é outra coisa difícil na vida, uma coisa é falar sobre ter, outra é ter de verdade. Levantei-me subitamente da poltrona, peguei minha bolsa que estava no chão e disse:

– Desculpe ocupar o seu tempo, doutor Carlos, mas eu estou sem coragem para falar, tenho vergonha e tenho medo do seu julgamento.

– Helena, o meu papel aqui não é julgá-la, nem tirar conclusões sobre quem você é. Se você tem coragem de me dizer que tem vergonha de algo que está fazendo, fico orgulhoso em perceber que você fala realmente o que pensa e isso é bom. Se quiser ir, vá, mas por que não tenta começar a dizer o que tanto a incomoda?

– Posso tomar um copo d'água? – Precisava molhar a garganta e então fui até a mesinha de canto para pegar um pouco de água. Sentei-me novamente na poltrona, num gole só tomei toda a água.

– Eu estou me prostituindo.

Ele se mexeu na poltrona e sua fisionomia mudou, ficou sério e percebi nitidamente que ele ficou surpreso.

– Continue, querida.

Esfreguei as mãos uma na outra, fiquei vermelha com certeza porque me conheço e voltei a me encolher no sofá.

– Virei puta, cansei de ser boa moça e esperar o príncipe encantado aparecer na minha vida. Já que os homens querem me comer, então que paguem por isso.

– Sim e por que tomou essa decisão, me parece que você é dentista e bem conceituada, então me explique por quê?

– Não sei o porquê, apenas quis fazer isso e começou na minha viagem a Fortaleza. Conheci um rapaz muito interessante lá e quando percebi que o objetivo dele era apenas me levar para cama, resolvi me vingar cobrando e ele aceitou.

– E a segunda vez? – Carlos perguntou curioso.

– Eu entrei num site da internet onde mulheres de todos os tipos e classes sociais procuram por homens e alegam precisar de dinheiro, dizem que precisam de uma ajuda financeira. Foi aí que marquei outro encontro.

– E como foi?

– Foi estranho

– Por quê?

– Porque o primeiro me deu mais atenção, conversamos mais e tivemos certo envolvimento, além de que cobrar foi uma brincadeira, pelo menos eu achei que era.

– E não foi?

– Foi sim, brinquei com a sedução e o cara aceitar me pagar mexeu com a minha autoestima.

– Para mais ou para menos?

– Na hora confesso que para mais, ele devia me achar muito gostosa para aceitar me pagar o que eu pedi.

– Quanto você pediu?

– Cinco mil reais.

Por um momento me lembrei do rosto dele, como era charmoso o Milton, um homem forte que me pegou com força na cama, com vontade e com muito desejo. Qual mulher não gosta disso? Lembrei da boca dele nos meus seios, no meu clitóris e fiquei molhada na hora. Dei uma risadinha para o doutor Carlos que percebeu a minha inquietação.

– Lembrou de alguma coisa que queira me contar? – ele me perguntou dando uma risadinha sem graça. Ele sabia que falamos por gestos, que o nosso corpo fala e deve ter percebido que eu estava lembrando alguma sacanagem.

– Lembrei sim, o jeito que Milton me comeu foi muito gostoso e me excitei ao recordar.

– Quer contar como foi? – Ele demonstrou que estava curioso.

Dei uma gargalhada gostosa, fiquei olhando para ele com cara de safada, observando como o homem é fraco com relação ao sexo, literalmente eles pensam com a cabeça de baixo.

– Acho melhor deixar para outro dia, vai que me empolgo e te agarro aqui. – Percebi que ele ficou sem graça e ruborizado com a minha brincadeira. Definitivamente, ele mudou de assunto, ou melhor, de foco.

– Helena, você acha que vale cinco mil reais?

Foi uma pergunta constrangedora e não sei se saberia responder, não sei quanto eu valho, será que alguém sabe quanto vale? A tristeza ficou estampada no meu rosto enquanto olhava para ele e pensava seriamente no valor. Qual seria o meu preço? Será que eu valia só isso? Meu preço era cinco mil reais na cama? Como mulher? Como pessoa? Como amante? O amor não tem preço, mas eu cobrei para fazer sexo sem amor, então o que isso queria dizer?

– Não sei quanto eu valho, nunca parei para pensar nisso, mas achei que cinco mil reais era um valor alto para uma brasileira ganhar, já que no Brasil a maioria das pessoas ganha mal. Ele era bonito, charmoso e me atraía, não seria difícil transar com ele, apenas chutei um número sem pensar no meu valor, uni o útil ao agradável.

Fiquei pensativa ao mesmo tempo em que respondi, porque não pensei no meu valor em nenhum momento. O que aconteceu dentro de mim para eu cobrar para fazer sexo? Muitas mulheres no site fazem isso, inúmeras e por quê? Fiquei confusa e amargurada com essa questão. Deu-me uma vontade de sair correndo dali, gritar na rua, colocar para fora essa dor que eu sentia. Quanto mais eu tentava entender os homens menos eu os entendia, menos respostas eu encontrava para as minhas perguntas. Por que o sexo para eles é tão importante, ou melhor, é a coisa mais importante? Não consigo entender essa fissura dos homens em querer comer todas as mulheres que veem pela frente e já que sou vista como um objeto, então vou cobrar por isso, não vou mais dar o meu corpinho de graça. Outro dia no site conversei com uma criatura que disse que não importava se eu fiz faculdade, se eu era inteligente ou sábia, o que ele queria saber era se eu era útil na cama, se eu topava tudo, se eu fazia anal, oral e o escambau. Tentei argumentar dizendo que uma mulher burra nem na cama serve, ele disse que isso era uma bobagem dos intelectuais, que basta ser gostosa que ele traçava e pagava por isso.

O fulano, de quem não perguntei o nome, disse que toda semana entra no site para marcar com uma mulher e nunca repetia a mesma, contou que o que o excitava era a novidade, as diferenças, mas que já se meteu em roubada.

– Estava me lembrando de uma história do site, dr. Carlos. Um cara me contou que já se meteu em roubada e perguntei curiosa o que aconteceu. Vou contar os absurdos que ouvi. Ele começou escrevendo...

– Marquei com uma mulher que disse que era alta, magra e mostrou até foto.

Comecei a descrever o diálogo ao dr. Carlos, que me ouvia atento.

– Sim, e daí? Perguntei louca para saber o final dessa história.

– Como eu não sou bobo, cheguei ao local marcado e fiquei meio afastado para poder vê-la e para minha surpresa, ela era baixinha, gordinha e feia, o pior que ela tinha pedido quatrocentos reais. Fiquei com uma raiva, mas chamei-a assim mesmo e perguntei se ela era a moça do site, ela confirmou sorrindo.

– E você pediu para ela entrar no carro? – perguntei.

– Fiquei com dó da moça mesmo sabendo que ela mentiu em sua descrição física, mas achei que ele não sentiu a mesma coisa – expliquei meus sentimentos para o terapeuta.

– Pedi, claro – ele confessou.

– Saiu com ela mesmo assim?

– Eu tinha esperança que ele a tivesse perdoado, que mesmo que não saísse com ela daria o dinheiro, pois, com certeza, ela precisava. – Dr. Carlos ficou me olhando com cara de surpreso, mas muito atento.

– Você está maluca? Detesto mulher feia, ainda mais gorda. Eu disse a ela a verdade, que era horrorosa, gorda e que ela tinha de me pagar por sair com ela.

– Coitada. Escrevi e coloquei a carinha de um emoji de triste.

– Coitada? Ele continuou. – Ainda pedi para ela sair do meu carro que eu não levava baranga e para nunca mais me chamar no site.

– Você é um homem cruel, eu jamais sairia com um homem como você, mesmo de graça. Disse com todas as letras.

– Minha filha, me poupe de lamúrias baratas. Você tem fotos? Foi o que ele me perguntou depois de contar tudo isso.

– Para quê?, perguntei perplexa.

– Gostaria de vê-la, se te interessar, hoje estou com muito tesão. Dr. Carlos, ele ainda tentou.

– Tenho, mas não quero mostrá-las. Escrevi para ver até onde ele ia.

– Tem cam? Porque é melhor para eu avaliar o material, pois se estiver mentindo que é bonita, já deleto você. – O fulano disse numa arrogância que fiquei em choque, juro que se esse ser estivesse na minha frente, eu lhe dava uma cuspida na cara.

– Tenho, mas vou ser sincera com você.

– Diga.

– Eu jamais sairia com você. É o tipo de homem grosso, que trata uma mulher como objeto, como lixo e você não merece colocar essas mãos sujas em mim. Adeus.

– Antes que ele respondesse com agressividade, é claro, eu saí da sala. Depois entrei com outro *nick*: "Vem que estou fervendo".

Fiquei olhando para Carlos bem nos olhos, queria descobrir o quanto ele pagaria para transar comigo, se é que pagaria, aqui o papel está invertido, eu estou pagando para me desnudar literalmente, pago para falar de mim, de quem sou eu e por que virei uma meretriz em pleno século XXI.

– Não sei quanto eu valho, doutor. Só sei que nada sei e quanto mais eu tento descobrir as coisas sobre mim, mais confusa e perdida eu fico.

– Você sabe sim, talvez não queira enxergar, talvez esteja querendo provar alguma coisa importante para você mesma. – A afirmação dele mesmo, usando um talvez sobre os meus objetivos, me deixava ainda mais perdida.

– Sinceramente, não sei, o que eu mais queria nesta vida é encontrar um amor verdadeiro, mas não sei se vou ter essa chance um dia.

– No caminho que escolheu para a sua vida agora, acha que vai encontrar um homem que vai vê-la além de um objeto sexual?

– Não sei, quem sabe um dia um homem consiga enxergar a minha alma e veja além do meu corpo. Talvez, eu precise de um homem raro, profundo, que tenha uma alma feminina, homens machões nunca me entenderão.

– E você acha que neste caminho que escolheu vai encontrar um homem assim?

Dei uma risada óbvia, eu sabia que não iria encontrar, já tinha percebido que o tipo de homem que procura uma mulher nesse tipo de site só quer sexo e nada mais e tem a falta de confiança. Uma mulher que cobra para fazer sexo talvez seja interesseira na cabeça deles, provavelmente eles as achem vazias, sem conteúdo e realmente um objeto sexual.

– Eu acredito que não. Sei que estou no caminho errado, mas sinceramente não sei como mudar o rumo da minha vida e seguir o caminho certo. Também não sei ao certo por que estou me prostituindo, mas sei que preciso descobrir, sei também que é uma forma de me violentar, de me machucar, de me punir.

– Você acha que está se punindo por ser bonita e desejada?

– Olha, doutor, nunca pensei isso, mas sabe que pode até ser, às vezes eu sinto raiva de ser bonita e gostosa, muitas mulheres dariam tudo para ter o meu rosto e o meu corpo, mas o que vejo por aí é outra realidade, mulheres feias têm se dado melhor nesse quesito. Outro dia conversando com um tal de Márcio no site, ele disse que não ia querer sair comigo porque eu era bonita, e só saía com mulheres feias, bem feias porque achava que elas se dedicavam mais na cama. Segundo ele, as horrorosas são mais quentes porque compensam a falta de beleza com o empenho no sexo.

– Interessante, mas essa é uma atitude radical e ele deve ter outros motivos que sem conhecê-lo não posso avaliar. Como terapeuta, eu já vi de tudo.

– Sim, é uma postura radical e disse isso a ele, mas ele falou que nunca teve uma boa experiência na cama com mulheres bonitas e que as feias sempre o surpreenderam. Fiquei curiosa em tentar saber como era fisicamente, mas me disse que não interessava eu saber como ele era, porque quem pagava era ele e como nós não íamos sair, porque eu tinha o defeito de ser bonita, não iria enviar a foto dele.

– O que de mais importante você está aprendendo com essa experiência?

Se é que se podia chamar de experiência. Quando Carlos me perguntou isso, senti-me presa num laboratório de pesquisas científicas. Vi-me sendo analisada por cientistas malucos querendo entender o meu cérebro. Dei um sorriso sem graça e só tinha certeza de uma coisa naquele momento.

– Carlos, posso chamá-lo assim?

– Sim, claro, como achar melhor.

– Essa pergunta é complicada de responder, mas sinceramente estou aprendendo a enxergar o gênero masculino, como existem pessoas diferentes no mundo, como é complexo o ser humano e ainda não tenho certeza, mas talvez eu queira descobrir mais sobre os homens, isso é fato. O que eles pensam sobre as mulheres, o que eles sentem e o que eles querem. Não sei se o meu comportamento tem prejudicado as minhas relações, se o problema está em mim e não neles.

– Então já pensou na possibilidade de estar querendo descobrir mais sobre si mesma?

Fiquei novamente em silêncio e me surpreendi de novo com o raciocínio lógico de Carlos, pois realmente ele tinha razão, eu estava dando a cara para bater, expondo-me, indo até o fundo de mim mesma para conhecer a puta que havia dentro de mim. Levar a vida um pouco na brincadeira, viver integralmente o pecado da luxúria e buscar o meu prazer, o meu gozo.

– Sim, acho que estou buscando a puta que existe dentro de mim.

Cheguei em casa anestesiada, quieta, liguei o meu som e deitei no sofá. Adormeci para esquecer que tudo isso estava acontecendo em minha vida.

MÃE

O telefone toca oito vezes e atendo ainda meio dormindo e ouço a voz de minha mãe do outro lado da linha, afobada.

– Helena, minha filha, onde você anda?

– Como, onde eu ando, estou em casa.

– Te liguei o dia inteiro, mas você não atendia e o seu celular só dá caixa postal. Você tem que entender de uma vez por todas que fico preocupada.

– Mãe, estou bem, saí porque tive uns compromissos, cheguei em casa e adormeci no sofá.

– Você está bem?

Eu odeio esta pergunta, "você está bem?", será que alguém sempre responde que está tudo bem mesmo não estando nada bem. E se a pessoa pergunta se estou bem no exato momento em que não estou e que recebi uma notícia chata, tenho de mentir e dizer que está tudo bem ou devo dizer que está tudo uma merda, mas aí a pessoa vai querer saber por que está tudo uma merda, então é melhor fingirmos que está tudo bem, assim não precisamos dar explicações sobre a nossa vida.

– Estou ótima, mamãe, e você?

– Estou bem, querida, mas com saudade.

– Eu também sinto saudade – eu disse mais para ela ficar feliz porque, na verdade, eu não estava com saudade de ninguém, nem de mim mesma.

– O seu pai quer que venha jantar aqui neste sábado, às 19 horas, tudo bem para você?

– Sim, posso ir, já que não tenho nada melhor para fazer. – Disse já dando uma risada, assim minha mãe não iria ficar chateada mais uma vez.

– Que horror, filha, falar isso para a sua mãe, só você mesmo, hein? – Respondeu rindo e disfarçando que ficou magoada.

Sábado, no horário combinado, eu estava na casa de meus pais. Meu pai estava na biblioteca fumando o seu cachimbo e lendo um livro técnico sobre direito tributário. Ele adorava ler e minha mãe reclamava disso o tempo todo, ela dizia que estar com ele era o mesmo que estar sozinha, ele fazia de conta que não a ouvia e continuava sempre focado em suas atividades. Meu pai, Leonardo, era um homem alto, setenta e sete anos, careca, nem gordo, nem magro, sorriso marcante e voz grossa, parecia um trovão quando dizia o meu nome.

– Olá, minha princesinha, quanto tempo. Eu estava com muita saudade de você. – Ele levantou-se da poltrona macia que ficava perto de uma lareira enorme e me abraçou, me beijou três vezes no rosto.

– Eu também estava com saudade, papai, mas ando um pouco isolada de todos, preciso desse tempo para mim.

– Bobagem, minha princesa. Vocês, jovens, arrumam problemas onde não tem. O que lhe falta, meu doce? Você tem beleza, inteligência, uma bela profissão, dinheiro e tem os seus pais vivos, coisa que talvez não perceba hoje o quão isso é importante, mas quando morrermos vai sentir a nossa falta e não vamos mais estar aqui para a consolar.

– Eu sei disso tudo, pai, mas tenho os meus problemas, as minhas angústias e tudo isto está dentro de mim.

– Pois tire de dentro de você, olhe a vida de outra forma, mude o foco, volte ao trabalho, afinal eu montei aquele consultório para você e percebo que não dá valor. Deixa na mão do seu sócio, o Eduardo, e ainda se comporta como funcionária dele. Um absurdo.

Que saco ter que ouvir tudo aquilo, num sábado à noite, nem adiantava eu começar a falar sobre os meus problemas, ele nunca entenderia. Meu pai vivia em outro mundo, nunca teve nada de mão beijada, mesmo sendo filho de pais ricos teve que lutar para manter o patrimônio da família. Parecia que ele vivia numa redoma de vidro, inatingível, sem problemas existenciais. Será que realmente era feliz assim?

E minha mãe, como aguentava um homem tão mandão, tão autoritário o tempo todo, até a comida tinha de ser do jeito que ele gostava. Eu tinha pena de minha mãe e se fosse para eu encontrar um homem como meu pai, juro que preferia ficar sozinha.

Minha mãe tinha o dom de interferir quando a conversa entre mim e meu pai ficava difícil e conturbada.

– Bom, vamos para a sala de jantar. – Sofia mais uma vez cortou o mal pela raiz.

– Vamos sim, mãe, estou morta de fome.

– Espero que tenha feito o cardápio que pedi, Sofia, hoje quero que tudo saia perfeito. – disse Leonardo com um tom autoritário.

Meu pai sentou-se na cabeceira da mesa como de costume, eu sentei-me a sua direita e minha mãe à esquerda. A sala de jantar era enorme, com móveis de madeira de lei, original, feitos à mão na Europa. A mesa era enorme, cabiam 20 pessoas. A cristaleira era linda, com desenho de flores em madeira, havia muitos copos e taças de cristal. O bufê era de madeira de lei enorme também e com desenhos de flores em madeira, flores que expressavam bem certo romantismo. Sob a mesa havia um tapete persa belíssimo vermelho e com desenhos sofisticados e perfeitos, pareciam símbolos como quadrados, losangos. Lourdes, sempre a postos, servia o jantar com maestria, primeiro minha mãe, depois eu e por último meu pai, aquela tradição de que as mulheres devem ser servidas primeiro, meu pai fazia questão de manter. A entrada era a preferida de Leonardo, melão com presunto de Parma.

– Este presunto está divino, Sofia, e o melão bem doce. – Meu pai disse saboreando com prazer a entrada.

– Realmente está uma delícia, como tudo o que você compra, mamãe.

Lourdes veio nos servir um espumante bruto que segundo meu pai vai muito bem com o melão e presunto.

O segundo prato, ou seja, o principal, era um medalhão ao molho madeira, com aspargos frescos e batatas sauté. De sobremesa, sorvete de creme com calda e frutas vermelhas. Tudo perfeito como sempre, só eu que não estava me sentindo perfeita, na verdade, nem conseguia olhar direito para os meus pais. Eles nem sonhavam que diante deles havia uma puta sem futuro, eu sabia que essa seria uma carreira curta, eu não levava jeito nem para isso.

– Este sorvete está mais cremoso, querida, delicioso. – Meu pai falou lambuzando-se com o sorvete de creme, parecia uma criança.

– Comprei naquela sorveteria italiana da Rua Oscar Freire que você gosta, querido. Fico feliz que gostou.

– Muito bom e você, querida, gostou? Está tão quieta, filhinha.

– Nada não pai, só ando um pouco sem ânimo, vai ver que é falta de vocês.

Eles riram e senti uma felicidade no ar com o meu comentário, afinal, quais pais não gostam de ouvir que os filhos sentem falta deles?

– Helena, você lembra da sua prima Maria José?

– Claro, mãe, como vou esquecer a minha prima, cada uma!

– Então, ela casou-se com um ricaço aos quarenta e dois anos de idade. Ela sempre foi promíscua, parecia uma prostituta, transava com todo mundo.

– Ela sempre foi liberal, querida. Uma mulher independente, livre – Meu pai disse talvez tentando defender Maria José.

Confesso que fiquei sem palavras, pois o senhor Leonardo, um homem tão tradicional e careta, defender uma mulher que a família toda sabia que não se dava ao respeito, era demais para mim.

– Ah, mãe, ela era uma mulher facilitada, como diziam na novela *Saramandaia* da Globo. – Claro que achei graça do meu próprio comentário. – Ela era livre, independente, o que ela fazia com o corpo dela era problema dela.

– Eu sei, mas fico curiosa em saber se o homem que casou com ela, sabia que ela era liberal ou será que ela se fez de santa para conquistá-lo.

– Sofia, pergunte para ela. – Meu pai disse tirando sarro dos comentários de minha mãe.

– Cada uma, Leo, você acha que vou perguntar uma coisa dessas a Maria José? – Minha mãe respondeu a meu pai bem brava e levantou-se da mesa a caminho da sala, onde sempre tomávamos o café após as refeições.

Sentamo-nos no sofá de cashmere vermelho que se destacava em nossa sala. Meu pai sentou-se em sua poltrona enorme, confortável, cor creme com listas azuis-turquesa.

– Só sei que se eu tivesse uma filha fácil como a Maria José acabaria comigo, nenhum pai gostaria de ter uma filha que aos olhos de toda a família é considerada uma vagabunda.

– Ainda bem que nossa Helena tem classe e é uma moça decente. – Dona Sofia disse essas frases sem nexo passando as mãos nos meus cabelos e tocando o meu rosto. Eu, claro, abaixei a cabeça sem olhar para eles. Meu estômago retorceu e me veio a certeza de como os pais são ingênuos, como nós não conhecemos ninguém, nem os próprios filhos. É praticamente impossível saber o que se passa no coração e na alma das pessoas. Somos seres tão complexos, cheios de mistérios, nem nós mesmos sabemos do que somos capazes. Quando olho para mim criança, brincando com as minhas bonecas, sonhando com o príncipe encantado, vejo que esta menina está enterrada em algum lugar, não sei onde ela foi parar. Quem sou eu? Por que estou fazendo isso comigo mesma? Será que os meus pais têm culpa por eu ter feito essa escolha? Eu sempre tive tudo, ao contrário de muitas mulheres que se prostituem, eu nunca fui abandonada, nem maltratada, nem violentada. Será que precisamos nos violentar em algum momento da vida? Por que não conseguimos ser felizes com o que somos e com o que temos? Tenho uma bela carreira, sou filha de pais ricos, estudei nos melhores colégios, viajei para vários países do mundo e por que no universo que habita em mim mesma eu não consigo me encontrar, não posso parar de me torturar e apenas viver?

Todo mundo tem segredos, esse será o meu maior segredo. Ninguém jamais poderá descobrir o que estou fazendo comigo mesma, será que os meus pais seriam capazes de me perdoar por eu ter virado uma puta barata? Como me olhariam? Mudaria o amor que sentem por mim? Meu pai me deserdaria? Talvez eu mesma me deserdasse, provavelmente eu sumiria por um bom tempo ou para sempre.

– Mãe, talvez eu não seja essa mulher maravilhosa que você idealiza. Eu tenho os meus defeitos e são muitos, você não gostaria de saber quais são.

– Todos nós temos defeitos, minha querida, é humano, o meu amor é maior que tudo e como sua mãe, não vejo coisas ruins em você.

– Você mimou essa menina demais, Sofia. – Meu pai disse às gargalhadas, acendendo o seu charuto da noite.

– Para um sábado à noite, a conversa está boa, mas vou embora, amanhã quero correr no Ibirapuera logo cedo.

– Por que não dorme aqui, querida?

– Mãe, você sabe que não gosto de dormir fora da minha casa.

– Mas aqui também é a sua casa e amanhã podemos ir juntas ao Ibirapuera, aproveito e faço a minha caminhada.

– Mãe, nada impede que vá comigo, eu passo aqui para pegá-la, pode ser?

– Que horas?

– Passo às nove horas, mas fique pronta, sabe que não gosto de esperar.

PAULO

Já era meia noite, quando cheguei em casa. Nem coloquei a bolsa direito sobre a mesa da sala e algo me impulsionou para abrir o meu computador. O site *Mulheres aceitam ajuda financeira* estava bombando. Entrei.

O meu *nick* na madrugada de sábado foi "Olhos azuis na solidão M". Quando o *nick* não identifica o sexo, precisamos colocar o M ou o H na frente para identificar se somos homens ou mulheres.

Muitos enlouquecidos chamaram-me, mesmo na madrugada de sábado. A gente sempre pensa que num dia como este, muitos estão se divertindo nos bares, nas baladas, muitos estão amando, gozando, se embebedando de amor e de felicidade com os companheiros, mas ledo engano, tem muita gente só, carente e que é capaz de pagar para ter um abraço, um beijo na boca, um gozo ou até uma conversa boba. Todo mundo já sofreu ou sofrerá por solidão um dia. Cada um tem o seu motivo para estar ali na internet à exatamente meia-noite e meia de um sábado para o domingo.

– Olá olhos azuis, ocupada? – mensagem que me chamou a atenção.

Será que esse cara não percebeu que acabei de entrar na sala. O *nick* dele era "Tesudo da madrugada $". Geralmente, muitos colocam o cifrão para dar a entender que estão dispostos a pagar por uma trepada.

– Não – escrevi.

– Boa noite!

– Boa noite! – respondi.

– Você tem olhos azuis mesmo?

– Claro, se eu tivesse castanhos, colocaria castanhos.

– Hummm! Interessante. Deve ser linda.

– Sou sim, mas tem muita gente com olho claro que não é bonita, uma coisa não tem nada a ver com a outra. É o conjunto que conta.

– Realmente você tem razão. Você além de tudo me parece uma mulher inteligente.

– Ah, isso com certeza eu sou.

– E modesta, kkk.

– Também, como sabe?, kkk.

– Está precisando de dinheiro, querida?

– Sempre precisamos, mas o meu objetivo aqui é sentir prazer faturando, unir o útil ao agradável.

– Que delícia! Quanto você cobra?

– Para um sábado de madrugada, cobro mil reais.

– Nossa, que caro.

– Que pena que não pode pagar.

– Quem disse que não posso?

– Você disse.

– Quanto tempo ficaria comigo?

– Fico quatro horas, pode ser?

– Acho que é muito tempo, kkk.

– Por quê, você tem ejaculação precoce?

– Kkk. Não exatamente, mas, dependendo da mulher, posso até ter.

– Bom, o que quer fazer?

– Quero marcar com você, mas só pago quinhentos reais, aliás, até hoje só paguei, para as mulheres do site, trezentos reais. Confesso que fiquei curioso em conhecê-la.

– Bom, por este preço então, ficarei duas horas no máximo.

– Ok, senhorita. Onde a encontro?

– Pode ser na esquina da Avenida Paulista com a Rua Augusta. Vou estar toda de vermelho e botas pretas. Sou morena, olhos azuis e cabelos negros e longos.

Percebi um silêncio nos dedos do rapaz que teclava comigo, ele deve ter ficado surpreso com a minha descrição. Por um momento fiquei com medo de ele não aparecer, de ele achar que eu estava brincando com relação a minha aparência.

– Moço, você ainda está aí?

– Sim.

– O que foi?

– Estou pasmo com a sua descrição, você deve ser linda, estou encantado mesmo sem conhecê-la.

– Então, vai querer manter a proposta? – Perguntei afoita, estava até excitada com tudo isso.

– Claro que sim, daqui a uma hora te pego na esquina, mas cuidado que lá é perigoso essa hora. O meu nome é Paulo e o meu carro é um Beetle vermelho.

Coloquei a minha cinta liga cor de vinho, com meias três quartos vinho também. Os sapatos eram belíssimos, pretos da Chanel, saltos quinze e com um design bem arrojado, comprei-os em Nova York. Passei o meu perfume favorito, o Opium. Os meus lábios estavam bem mais destacados com a cor vermelha e um gloss sabor cereja por cima. O fato de encontrar alguém que eu não conhecia, nem imaginava como era, me excitava demais. Não importava se ele era feio ou bonito, gordo ou magro, chato ou legal, o que me fascinava era pensar que esse homem misterioso ficaria louco por mim, iria me devorar toda e depois iria me pagar por isso. Tinha um sabor diferente receber dinheiro quando fazia sexo por sexo, machucava menos, doía menos, não me sentia usada como antes, quando eu ia para a cama com um homem na esperança de ele me amar, de ligar no dia seguinte. O peso de esperar um homem ligar no dia seguinte após gemidos enlouquecidos era algo que eu não podia mais suportar. Para mim, o momento era apenas o momento, não esperava mais nada, nem flores, nem ligações, nem mensagens no celular, nada, eu só esperava gozar no agora, o agora é que importava para mim. Eu estava conseguindo inverter o jogo, ao invés de os homens me usarem, eu os usava, eu aproveitava o prazer que eles podiam me dar. O incrível era que como não tinha nenhuma ligação afetiva, eu não tinha vergonha de me pedirem para colocar a língua no lugar certo, me sentia no poder e mandava enfiar o pênis da forma que me dava prazer. Hoje não seria diferente, o Paulo ia sentir o que uma mulher é capaz quando está no poder, ele vai sentir quem é que manda de verdade.

Estava um pouco frio na madrugada de sábado, mas o calor de imaginar que um homem me faria gozar me aquecia e me deixava em brasa. As pessoas passavam e olhavam curiosas. Muitos deviam pensar que eu era uma puta barata de rua, outros podiam pensar que eu estava esperando alguém, afinal eu não tinha cara de puta, tinha cara da nobreza, de mulher fina e rica. Aquilo tudo me divertia, achava bom mexer com a fantasia das pessoas.

É bom chocar, às vezes, ainda mais pessoas que como nós são hipócritas. O brasileiro é hipócrita, finge uma santidade que não existe e pratica a putaria, tanto que as casas de swing, lugar onde os casais trocam de parceiros, estão aumentando muito no país, além das casas de prostituição. Os homens alegam que suas esposas não fazem coisas diferentes, não fazem anal, não fazem oral e não os deixam gozar em suas bocas, mas sabemos que a maioria mente, o que realmente acontece é que muitos não querem que suas mulheres se soltem, se libertem, pois têm medo que elas queiram transar com outro. A ilusão de ter uma mulher santinha em casa deixa-os tranquilos para procurarem nas ruas o que alegam não ter em casa, além de tentarem enganar a todos que essa é a causa de eles procurarem as vadias. Fico pensando quem é o sexo frágil, o homem ou a mulher?

Nós mulheres temos coragem de assumir nossos desejos, dizemos não quando bem queremos e pedimos o divórcio quando não estamos felizes. Burros os homens que acreditam, em pleno século XXI, que sua esposa quer ser uma santa em casa, a maioria das mulheres quer sentir orgasmo de verdade, quer sentir o vibrar de seus poros no corpo do amado. Ainda não se fala muito da traição feminina, mas muitas mulheres traem os seus maridos, procuram na rua o que não encontram em casa. Será que esse era o caso de Paulo, será que fora traído pela esposa? Será que era desses que só transava com a digníssima na posição papai e mamãe e acreditava que sua mulher era só para procriar?

– Ei, você é a moça que falei agora há pouco? – Paulo gritava de dentro do carro estacionado bem na esquina em que combinamos o nosso encontro. Ouvi uma voz distante, talvez porque eu estava distante em meus devaneios sobre o mundo masculino. Olhei e vi um homem feio, extremamente feio, bem magro sentado no banco do motorista. Senti vontade de dizer que eu não era eu, mas fui até ele.

– Olá, é você?

– Sim, olá, muito prazer. Paulo. Entre, por favor, você não me disse o seu nome.

Sentando no banco do passageiro e bem assustada, menti sobre o meu nome.

– Meu nome é Catarina.

– Belo nome, não só o nome, você é bela.

– Muito obrigada. – O que eu iria dizer além de agradecer, que ele era feio de doer. Que o nariz dele parecia um órgão sexual de tão grande, que a careca na frente da cabeça o deixava mais feio ainda. Seus olhos eram de uma cor sem graça, nem cinza, nem castanhos, nem verdes e muito menos azuis, eram de um tom que nunca vi e estavam meio avermelhados. Olhei disfarçadamente para seu corpo, percebi que ele era bem magro, as pernas finas e os pés enormes. Virei para a janela e comecei a rir, sorte que tocou o meu telefone e pude disfarçar.

– Alô.

– Oi amiga, *how are you*? – Só podia ser a Carol, ainda mais com essa mania de falar inglês achando que é engraçada.

– Estou bem e você?

– Tudo bem também. Só liguei para te dizer que estou com saudade e queria te ver amanhã à noite, vamos jantar?

– Não sei, Carol, a minha vida está uma bagunça.

Paulo continuou dirigindo em silêncio ouvindo minha conversa com a Carol, sem saber exatamente com quem eu falava. Ele estava sério, com um olhar triste e amargurado que me deixou mal. O que será que passava na cabeça desse homem que eu acabara de conhecer.

– Carol, preciso desligar agora, posso te ligar amanhã à tarde?

– Poxa, Helena, você anda estranha, onde você está? Pensei que estivesse em casa.

– Não estou em casa, eu saí, estou num compromisso, mas não posso falar agora com você.

Carol desligou magoada, claro, eu estava estranha mesmo, mas não só com ela e sim com todo mundo que gostava de mim, até comigo mesma eu estava estranha.

Tentei puxar conversa com Paulo. Ele conduzia o carro com destino à Marginal Pinheiros, provavelmente devia estar a caminho de algum motel.

– Aonde vamos?

– Catarina, eu estou te levando a um motel que gosto muito, o Gira Gira, conhece?

Comecei a gargalhar e não conseguia parar, pois o nome era muito engraçado de se ouvir e sugestivo. Gira Gira, por quê, íamos girar na cama como loucos? Ou íamos beber muito vinho até a cabeça girar?

– Você não gostou da ideia? Por isso está rindo?

– Desculpe, achei engraçado sim, mas é que acho graça de tudo, é o meu jeito. Vamos aonde você quiser.

– Catarina, o que você faz da vida?

– Além de ser puta? – Eu disse achando claramente que ele ia concordar, mas ele arregalou os olhos, segurou minhas mãos e beijou-as.

Fiquei surpresa e quem arregalou os olhos desta vez fui eu.

– Me parece que você está triste.

– Não, minha querida, eu estou preocupado e vou ser sincero com você.

– Pode falar.

– Ouvi você ao telefone com a sua amiga, ela me pareceu preocupada com você. Ninguém que te conhece sabe o que está fazendo?

– Não e por que deveria saber?

– Porque é perigoso, muitas mulheres correm risco de vida por causa de maus elementos. Sei de histórias de homens que forçaram a mulher a transar sem camisinha e estavam contaminados com doenças sexualmente transmissíveis e até HIV. Você é uma bela moça, não entendo por que está fazendo isso. Juro que fiquei assustado quando te vi, eu levaria você para jantar, isso sim, jamais imaginaria que transa por dinheiro.

– Nem eu imaginaria isso de mim mesma, mas a vida é incompreensível e eu estou cansada de ser objeto sexual, então resolvi experimentar cobrar.

– Eu estou até tímido perto de você, não tem lógica uma mulher como você querer isso, mas já que quer, sorte a minha por encontrá-la e poder amá-la por algumas horas.

– Amar-me não, foder, transar, ninguém faz amor, fazemos sexo com amor que não é nosso caso ou fazemos sexo por sexo que é o nosso caso.

– Ok. Chegamos. Por favor, me dê o seu documento.

Entreguei minha carteira de identidade, prova de que estive ali naquela madrugada. Ninguém sabe de mim, mas o motel sabe, eles têm uma prova contra mim e podem contar para todo mundo que eu estive lá para transar com um sujeito que nenhuma mulher ia olhar numa balada. Até que Paulo tinha um bom papo, mas era muito feio, ainda bem que os dentes dele eram bonitos, pelo menos isso. Parecia, naquela distância que conversávamos, que ele não tinha mau hálito, mas, como de perto ninguém é normal, poderia ter um bafo de onça e eu ia ter que encarar, afinal quem está na chuva é para se molhar.

O motel era bem chique, a entrada era toda imponente, cheia de mármore e cascata de água. O quarto era enorme, com banheira de hidro redonda, a cama retangular e com espelhos só nas laterais, não tinha espelho no teto, ainda bem, odeio espelho no teto, já disse isso. Esses espelhos engordam a gente, me fazia sentir uma balofa quando me via com a bunda para cima. O chuveiro era enorme, desses grandes que pareciam cachoeira. Abri o frigobar e estava repleto de bebidas sem álcool, mas precisava de algo que contivesse álcool para conseguir encarar aquela figura naquela madrugada.

– Você quer beber alguma coisa, querida?

– Ah sim, por favor, pode ser uma garrafa de vinho tinto seco, bem encorpado, por favor, forte.

– Eu também adoro vinho, vou pedir então, um minuto.

Deitei-me com roupas na cama, pretendia não tirá-las, quem sabe Paulo precisava apenas conversar ou quem sabe estava mal por algum motivo e eu pudesse ser sua conselheira. Ele deitou-se ao meu lado para esperar o vinho chegar e acariciou os meus cabelos.

– Catarina, você é a mulher mais linda que já conheci em minha vida.

– Muito obrigada, mas a beleza não é tudo, se fosse importante eu já estaria casada e cheia de filhos.

– Sinceramente, acho que você não quis que isso acontecesse. Você é uma mulher muito interessante, deve ser muito exigente, deve ser por isso.

– Nunca fui exigente, Paulo, apenas não aconteceu, a maioria dos homens me olha como um objeto sexual e isso me destrói por dentro. Tenho qualidades que fariam um homem muito feliz.

– Tenho certeza disso, adorei te conhecer. Acho-a uma mulher muito interessante e apaixonante, mas confesso que o que anda fazendo num país machista como o nosso só faz os homens não confiarem em você.

Fiquei furiosa, levantei-me da cama, comecei a arrancar as minhas roupas e ele ficou me olhando com cara de quem não estava entendendo nada.

– Eu disse algo errado? – ele por fim falou.

– Não, mas acho que não devemos perder tempo com papo furado, viemos aqui para transar e você vai me pagar por isso, então vamos ao finalmente, o tempo está passando e já estamos nesse lenga-lenga há quarenta minutos.

Paulo se levantou sem pressa, pegou a garrafa de vinho que chegara, as taças, encheu-as e me ofereceu, é claro que peguei e bebi tudo num gole só. Ele encheu de novo e repeti com a mesma pressa em encher a cara. Ele sorriu e chegou até perto de mim, me abraçou e acariciou novamente os meus cabelos.

– Como você é linda. Gostei de você.

Dei de ombros com o seu comentário e sentei-me na cama. Ele me puxou para ficar em frente a ele, em pé. Começou a chupar o meu pescoço, tentou beijar a minha boca, mas eu não deixei, senti nojo. Fechei os olhos, quem sabe eu poderia imaginar o Brad Pitt na minha frente ao invés desse homem que não me atraía em nada.

Ele tremia me tocando, tinha uma delicadeza rara, as mãos macias, respirava profundamente e isso começou a me deixar excitada. Com doçura ele começou a desabotoar o meu corpete ao mesmo tempo que começou a lamber os meus seios, sugava os mamilos de um jeito que fiquei toda molhada. Depois que me deixou de meias três quartos, abriu as minhas pernas na cama e começou a lamber todo o meu corpo, até os pés que eu não achava a menor graça, estava gostoso, mas eu também sentia cócegas e comecei a rir.

– Tem cócegas nos pés? – ele disse rindo também.

– Sim, muitas cócegas. – respondi gemendo, estava tão bom que queria mais.

– Nossa, você é tão gostosa que nem sinto necessidade de ser tocado.

Graças a Deus, eu pensei, não estava com a mínima vontade de chupar e de fornicar naquela hora. Ser tocada com os olhos fechados era tudo o que eu queria naquele momento.

Ele foi lambendo as minhas coxas, mordendo de leve e cada vez mais eu abria as pernas, ele sabia o que eu esperava e já estava ensopada esperando a língua dele penetrar a minha vagina.

Paulo percebeu e começou a me torturar com a língua em minha virilha desejosa, eu gemia e implorava para ele me comer, me lamber como um sorvete saboroso. Esqueci que ele era feio, estranho, acho até que isso me excitava, o diferente, sair dos padrões pode nos surpreender, às vezes.

Ele respirava tão fundo que parava de me tocar algumas vezes para se recompor. Dizia que era uma delícia, que a minha bocetinha era muito cheirosa e quente. Parecia que ele ia gozar na cueca, não a tirou para me lamber, nem vi camisinha no quarto, mas me aprofundei no meu momento egoísta e esqueci que ele estava pagando, esqueci que ele ia querer gozar de alguma forma também.

– Me chupa, não aguento mais, Paulo. – Eu suplicava me mexendo feito louca, quase esfregando a vagina na cara dele.

Ele veio e passou a língua bem devagar no meu clitóris, lambia como se lambe um sorvete de baixo para cima. Eu estava quase morrendo de tanto prazer, quando ele sugou a minha carne mole e em movimentos rotativos me deixou ainda mais maluca. Ele parou por um minuto, respirou, alegou que estava quase gozando, nunca tinha visto isso em minha vida, um homem quase chegar ao orgasmo chupando uma boceta.

Acredito que ele ficou me lambendo e à procura do ponto G do meu clitóris por mais de uma hora, me esqueci até do tempo. Eu queria que ele chegasse lá e chegou como nunca nenhum homem conseguira, pelo menos comigo, tive um orgasmo alucinante naquela madrugada de sábado, meu corpo se contorcia feito um animal no cio. Gritei enquanto gozava e ele não aguentou e gozou na cueca. Isso foi inédito para mim.

– Você está bem, Paulo? Gozou sem me penetrar.

– Estou ótimo, foi muito bom para mim, eu gosto mais de dar prazer a uma mulher do que de receber.

– Você é muito gentil.

– Gostei de você de verdade, gostaria de vê-la novamente.

– Eu não repito os clientes, me desculpe.

– Entendo, mas eu poderia conhecê-la melhor como pessoa, o que acha?

– Não sei, acho melhor não.

– O que você faz da vida? Você deve ter uma carreira.

– Eu não quero falar sobre isso. Gostaria de ir embora, o nosso tempo se esgotou.

– Ok, vamos então.

Antes de entrarmos no carro, ele me deu os quinhentos reais e mais uma vez me senti mal, a pior parte de tudo era pegar o dinheiro. A mão se movimentando em direção à mão dele para pegar os quinhentos reais me deixou triste e angustiada. Era a confirmação de que eu era uma putona.

No carro em direção ao mesmo lugar em que me pegou, tentou puxar conversa e inquieto perguntou:

– Posso te ver de novo?

– Não.

– Por favor, gostei de você – disse isso desviando o caminho, pegou a Avenida Rebouças em direção ao bairro do Morumbi.

– Acho que errou o caminho, Paulo, temos que ir para o outro lado.

– Sim, eu sei, mas gosto da sua companhia e quero ficar um pouco mais ao seu lado.

– Mas eu preciso dormir, descansar, me leve para onde me buscou, por favor.

Ele segurou em minha mão, beijou-a e ficou me olhando enquanto o farol não abria. Seu olhar era de encantamento, fazia muito tempo que um homem não me olhava assim e isso me deixou comovida, meus olhos se encheram de lágrimas e para disfarçar, virei-me para a janela, louca para sumir dali.

Cheguei em casa com a alma vazia, o orgasmo tinha se transformado em culpa, em dor, tomei um banho demorado como se lavasse a alma e logo em seguida adormeci.

CAROL

Eu e Carol escolhemos um bistrô bem aconchegante nos arredores dos Jardins, pedimos um vinho tinto seco chileno. Carol me olhava desconfiada e eu tentei ficar mais alegre do que de costume, ela não podia saber nada sobre minha carreira de cortesã; o mais difícil era isso, não poder contar nem para minha melhor amiga que eu não era bem o que ela pensava que eu fosse. Mas quem é que aparenta ser o que realmente é? Somos incógnitos de nós mesmos. Somos seres escrevendo histórias em folhas de rascunhos, ao invés de escrevermos sem rabiscos e sem dúvidas cada linha de nossa vida.

Seria demais eu acabar com a admiração que Carol tinha de mim, ela me amava como achava que eu era e como, muitas vezes, a admiração está acima dos defeitos, nos escondemos para que as pessoas que nos amam não desmontem o lindo castelo que foi construído sobre nós. O certo seria que ela continuasse me amando mesmo sabendo o que eu estava fazendo, mas não tinha garantias de que isso aconteceria. Ela poderia levantar-se da mesa e dizer adeus, um adeus de adeus mesmo, eterno, sem voltas, radical, do tipo que nunca mais ia querer me ver ou falar comigo, ia me excluir e me bloquear no Facebook. Eu não aguentaria o desprezo da minha melhor amiga, ia doer demais, prefiria ocultar esse momento a perder sua amizade.

– Brindemos à vida. – Ela levantou a taça feliz da vida.

– Brindemos à morte também. – Eu disse em tom de brincadeira.

– Que horror, Helena, cada uma, não farei este brinde.

– Por que não? Larga de ser careta e boba, a morte faz parte da vida e é uma excelente conselheira.

– Que papo fúnebre, vamos mudar o rumo dessa prosa.

– Não vou mudar. Escute-me.

O garçom veio com o cardápio de comida e segurei-o com força.

– Está com fome ou com raiva, amiga? – Carol perguntou.

– Quis te mostrar como estou agarrada à vida.

– Uma ótima demonstração, ainda mais com um cardápio de comida.

– Você tem medo, Carol?

– Claro, quem não tem?

– Mas você enfrenta os seus medos ou foge deles?

– Depende do medo, sei lá. Por que está falando isso?

– Porque eu descobri algo importante sobre mim.

– Que está louca?

– Sim, mas que tô a fim de viver tudo o que eu tenho vontade.

– Isso eu percebi desde quando viajou para Fortaleza, quando transou com aquele cara por dinheiro. Vi que estava perdendo o rumo de sua vida.

– E daí, Carol? Fiz consciente e foi muito bom, se quer saber.

– Não acho que ser puta é algo que podemos dizer que é bom para ninguém.

– Por que não? Tem mulher que é feliz assim e gosta de ser, tem mulher que é louca por sexo e une o útil ao agradável. – É claro que eu estava me defendendo, mas se fosse há um tempo diria que a Carol estava completamente certa, mas as coisas mudam ou a gente muda. Nunca podemos dizer que nunca faremos tal coisa, julgar os outros é um dos piores defeitos do ser humano. Cada um sabe onde o sapato aperta, cada um conhece as suas dores e como curá-las ou provocá-las ainda mais.

– Não concordo com você porque existem outras formas de se ganhar dinheiro, trabalhos honestos.

– Mas muitas mulheres não pensam assim e o problema é mais embaixo, sabia que muitas mulheres se prostituem porque têm baixa autoestima e acham que merecem apenas isso na vida, é uma forma de se violentarem, de se punirem.

– Então em homenagem a essas mulheres vamos pedir espaguete à la Putanesca?

Não pude deixar de gargalhar, Carol sempre soltava uma piada quando a nossa conversa estava ficando tensa.

– É uma boa pedida, não é?

– Sim, vamos pedir sim. – Confirmei o prato ao garçom que pegou a última frase de nossa conversa, é claro que ele sorriu com timidez.

– Simpático garçom, queremos dois espaguetes à la putanesca, bem putanesca, hein?

Era isso que eu não queria perder em minha vida, o humor da Carol. Ela era hilária, além de bonita, tinha os olhos negros mais lindos que eu já vira na vida, um sorriso digno de ser apreciado por uma dentista como eu, bem-sucedida.

– Por falar em putaria, Helena, quando vai voltar a trabalhar, amiga? Os seus clientes devem estar enlouquecidos atrás de você.

– Os meus sócios estão dando conta muito bem, trabalham como eu. Eu estou adorando esta vida de vagabunda que estou levando.

– Você pode, querida, os seus pais têm grana, agora eu, ia ter que virar vadia literalmente para poder pagar as minhas contas.

– Você sabe que não vivo às custas de meus pais, Carol, eu pago as minhas contas, sempre foi assim desde que me formei em odontologia.

O garçom chegou trazendo os pratos que estavam com um cheiro divino.

– Hum, está com uma cara boa, *bon appetit*.

– Prefiro *good appetite*. – Carol tinha que dizer a sua versão em inglês, é claro.

– Por isso falei da morte, é aí que eu queria chegar.

– Ai meu Deus, quem quer chegar à morte, Helena, pelo amor de Deus?

– Ninguém, mas quero dizer que quando tenho dúvida em fazer ou não alguma coisa, eu pergunto à minha morte. Pense comigo, quando morremos acaba-se tudo, não tem jeito mais, então penso: quando estiver lá, quase lá, não quero me arrepender de não ter vivido as coisas que quis, quero olhar para trás e ter certeza que minha vida valeu a pena.

Carol parou de comer e ficou me olhando com os olhos lacrimejados, encantada comigo. Parece que ela precisava ouvir o que eu acabara de dizer. Num ímpeto, segurou as minhas mãos.

– Amiga, nossa, você evoluiu, o que aconteceu com você, é outra Helena. Estou tão feliz.

– Eu apenas passei a enxergar a vida de outra forma, afinal não é você que sempre me disse que estamos aqui para evoluirmos como pessoa?

– Incrível uma pessoa evoluir tão rápido como você. – Falou com ironia.

– Eis aí uma surpresa da vida para você, amiga. – Levantei o copo em mais um brinde.

E brindei à vida, à minha coragem em experimentar algo tão inusitado e tão longe do real na minha trajetória. Brindei a todas as mulheres que sonham com o príncipe encantado e choram com o tempo, quando descobrem a verdade, que todos são sapos feios, cascudos. Brindei a minha mãe que aguenta meu pai há séculos e se tornou a minha heroína por conseguir manter um casamento que a fez solitária vários dias dos anos de sua vida. Olhei para aquelas pessoas desconhecidas no restaurante e me perguntei se eram felizes, como será que era a vida delas, viviam na plenitude ou fingiam que viviam. Havia uma mulher chique, cheia de joias que segurava a taça de champanhe com uma delicadeza que a todo momento parecia que ia escorregar da sua mão. Seus cabelos eram loiros e impecáveis, os olhos azuis como turquesa, a camisa de seda preta, os lábios rosados, mas tinha uma expressão de choro o tempo todo. Ela olhava para o homem a sua frente, provavelmente seu marido, com um olhar triste, aquele olhar se perguntando por que estava ali. De repente ela me olhou e deu um sorriso sem graça, como me dissesse: "Me percebeu, não é?", eu sorri de volta e balancei a cabeça num sinal positivo afirmando que sabia o que ela sentia.

Carol estava entregue ao seu macarrão à putanesca, ela era maravilhosa, uma grande amiga, mas confesso que não era boa em avaliar as pessoas, em olhar para elas e vê-las. Deu-me uma vontade de chorar, de gritar e falar tudo o que eu sentia. Calei-me e me concentrei na comida.

– Amiga, que cara é essa? Coma, está uma delícia, não está? – perguntou Carol.

– Sim, está excelente. Carol, você é feliz?

– Vai começar de novo?

– É só uma pergunta. Lembre-se, o problema nunca é a pergunta e sim a resposta.

– Não sei te responder, Helena, o que é ser feliz. Será que alguém é feliz? Você mesma não me parece feliz, parece estar sempre arrasada. Também não corro atrás dessa felicidade que os cristãos nos ensinaram, parece que quanto mais eu corro atrás dela, mais ela corre de mim.

A imagem que me vem, sou eu, montada num cavalo veloz e correndo numa montanha onde se vê o infinito; quanto mais corremos, mais as porteiras vão se fechando diante de nós, mais obstáculos encontramos no caminho, então, a felicidade é uma ilusão de ótica.

– Gostei de sua definição, profunda, chego à conclusão que prefiro ter uma vida repleta de possibilidades, de conflitos e de crescimento a ser feliz.

– Vamos fazer um brinde final às possibilidades da vida.

E brindamos felizes. Aquela onda de esperança surgiu em meu peito, eu era responsável pela minha vida, não podia deixar as coisas me domarem da forma que estavam, precisava dominar as rédeas de minha vida novamente. Confesso que estava perdida, não havia uma luz que eu pudesse ver no horizonte, mas a luz estava lá, em algum lugar, eu sabia. O que eu estava aprendendo com tudo aquilo.

MAIS TERAPIA

Ao chegar em casa, resolvi entrar na sala e conversar com outras mulheres, queria saber se eu estava só nesta caminhada ou se a maioria estava na contramão como eu.

Decidida a entender o que se passava comigo, entrei na sala com o *nick*: "Pago bem $".

A sala *Mulheres aceitam ajuda financeira* estava lotada. Chamei para um papo uma mulher com o *nick*: "Casada quer dar".

– Olá, como vai? – perguntei.

– Vou bem e você?

– Você é mesmo casada?

– Sim e daí? – ela parecia nervosa.

– Curiosidade apenas. Adoro as casadas, traem por fetiche de colocar chifre nos maridos – disse aleatoriamente.

– No meu caso não, é por raiva mesmo, sou uma mulher bonita, gostosa e meu marido me trai. Além de não me comer, me trata mal, então resolvi unir o útil ao agradável, botar uma galha na cabeça dele e sentir prazer.

– Hum! – foi tudo o que escrevi, precisava pensar em como conseguir descobrir mais sobre essa mulher.

– É tudo o que tem a dizer? – ela escreveu irritada.

– É que fiquei com tesão, foi isso. Quanto você cobra?

– Depende do tempo e do que você quer. O que você quer e quanto tempo quer ficar comigo?

– Sei lá, umas duas horas e quero sexo básico, sem anal – menti.

– Bom, aí dá para cobrar uns R$ 300.

– Para mim está ótimo. Mas se você disse que é bonita e gostosa, não acha que cobra pouco? – perguntei para ela descobrir se tinha autoestima.

– Vocês não pagam mais. São todos uns mãos de vaca, acham que nós mulheres não valemos nada. Se você quiser e puder pagar mais, eu aceito.

– Você tem fotos ou pode aparecer pela *webcam*? – perguntei porque queria ver se ela era tudo o que dizia mesmo ou sua autocrítica estava equivocada.

– Tenho *webcam* sim, vou te dar o meu skype e aí conversamos lá, pode ser?

– Ah sim, mas eu não vou aparecer, ok? Não gosto de webcam e como cliente, você pode entender – escrevi torcendo para ela aceitar a minha proposta, mas ela demorou a dar a resposta.

Aí me lembrei que eu não tinha como conversar com ela no skype, pois não tinha um sem ser o meu particular e o meu tinha nome de mulher e foto de mulher. Desisti.

– Oi, você ainda está aí? – escrevi tentando ganhar tempo.

– Sim, estive pensando, se não pode se mostrar é porque deve ser muito feio e não acho justo que eu apareça e você não, mesmo sendo cliente, afinal direitos iguais – desabafou a casada que queria dar para quem nem conhecia.

– Você tem toda razão, pode me enviar as fotos para eu dar uma olhada, por favor?

– Sim, vou enviar duas, uma de rosto e outra de corpo.

Dei meu e-mail *fake* para ela e aguardei as fotos ansiosa.

Quando as fotos chegaram fiquei surpresa: pelo menos nas fotos, ela era linda. Morena, quase jambo, olhos castanhos-escuros, cabelos cacheados até os ombros, lábios médios, seios médios, barriga sarada e parecia ter lindas pernas. Como mulher achei-a bem interessante, mas, sinceramente, achei que ela cobrava muito pouco. Voltei ao *chat*.

– Olha, você é linda – disse tentando convencê-la a falar mais.

– Muito obrigada, então acha que mereço uns R$ 500 pelo menos? – percebi que tentava se valorizar com meu comentário.

– Acho sim, até mais. Quanto você já conseguiu a mais? – disse como se não quisesse nada.

– Um dia, um velho gostou tanto de mim, que me pagou R$ 1.000. Fiquei me achando o máximo, mas ele nunca mais apareceu no *chat*, se não, eu dava para ele de novo.

– Mas uma mulher como você, tão interessante, precisa disso para se vingar do marido? Não é melhor se separar dele e seguir a sua vida?

– Nãooooooooooooo! – ela escreveu esse *não* bem significativo e completou – não vou facilitar as coisas para ele, se depender de mim, ele vai levar chifre até o resto da vida.

A conexão caiu ou eu deixei cair, não sei, fiquei em choque com a história dessa mulher e me vi pensando como as pessoas perdem tempo na vida. Será que vale a pena brincar de viver? Viver uma história inventada e deixar de ser o que realmente é? O que eu faria no lugar dessa mulher? Acredito piamente que eu me separaria, não aceitaria ser infeliz e dar o troco ao meu marido sem ganhar nada com isso. Para essa moça, o dinheiro é o mais importante talvez, se sente valorizada e com autoestima quando um homem paga mais do que ela verdadeiramente acha que merece. Fiquei imaginando o vazio que deve sentir ao voltar para casa depois dessas transas. A superficialidade dos sentimentos me angustia e me deixa arrasada. Eu já tinha saído com uns dez homens do site, nem vale a pena comentar, pois a maioria eram péssimos na cama, nem sexo oral sabiam fazer, mas achavam que estavam arrasando. Todos vinham com a mesma conversa, de que eu não precisava disso, que eu era linda, inteligente e saudável, na verdade, acho que esse papo era para me enrolar e não me pagarem nada. Em pleno século XXI, os homens ainda subestimam as mulheres, será que eles não enxergam o quanto já conquistamos. Para esses homens que procuram mulheres em sites de sexo, as fêmeas não passam de objetos, de algo doce e saboroso para ser degustado. Na verdade, eu estava vendo pela primeira vez que o que estava buscando era em vão, cobrar de babacas para me valorizar me desvalorizava na realidade, eu tinha que não transar, que ser difícil e só me entregar para aqueles que valiam a pena, para aqueles que tocassem a minha alma. Após passar o tempo, percebi que eu estava me perdendo, tentando me encontrar. A grande pergunta era: Quem era eu?

Fui até a estante de livros e achei um livro de Leila Balh, autora que sempre me iluminava com suas poesias. Busquei ler algo que me desse algum sinal, algo que dissesse um pouco sobre mim.

Minha alma

Quem me olha assim tão sexy,
Não sabe o quanto sou frágil
O quanto a vida me aflige
E o quanto posso quebrar como uma porcelana.

Quem me vê assim tão doce
Não imagina que às vezes nem me conserto mais.
As lágrimas rolam pela minha face
E me encolho na tristeza que não sai jamais.

Quem me olha assim tão sem vergonha
Não vê nada além...
A dor da minha alma me alucina
Tornando vazio o nada que nada nele contém.

Quem me olha assim tão risonha
Gargalha em ver a solidão como minha companhia
Fico só e calo as minhas ilusões
Vivo menina em minhas fantasias.

Quem me olha assim tão sensual
Nem sonha que sou tão pequena
Invisível a qualquer interesse visual
Profunda e irritantemente plena.

Quem me olha assim tão atenta
Não percebe que estou sempre indo embora
Engano seu achar que sou santa,
Sou puta sempre na aurora.

Quem me vê assim tão iluminada
Não tem noção de nada
Não tenho medo da morte

Sempre espero sua visita encantada
Não posso temer tanta sorte.

Quem me acha assim tão fugaz
Não vê o fogo se acabando
As lenhas já queimaram, meu rapaz,
E o vento não sopra mais enquanto é tempo.

Quem me toca tão profundamente
Me anima dentro d'alma com esperança
Quem me dera encontrar paz no sentimento
De um beijo verdadeiro e doce de criança.

Deitei em minha cama e chorei, senti que a poetisa estava triste quando escreveu o poema; o que será que aconteceu com ela, queria tanto saber que tipo de sentimento a levou a escrever algo tão doloroso e profundo. Resolvi marcar novamente uma sessão de terapia e enviei um SMS para o doutor Carlos. Passaram-se dez minutos e ele respondeu se podia ser no dia seguinte, às 16h. Confirmei.

Cheguei ao consultório do doutor Carlos, às 15h, eu não podia correr nenhum risco de ele cancelar, necessitava falar, afinal precisava descobrir quem era a Helena. Peguei a revista *Caras* e passei a folhear, comecei a me sentir tão pequena com aquelas mulheres na revista rindo à toa, pareciam tão felizes, tão plenas, que cheguei a sentir inveja quando li que uma atriz famosa brasileira conseguia conciliar casamento, filhos, trabalho, ginástica e terapia, além de ter um sexo intenso. Que revista irritante, cheguei a imaginar uma revista chamada *Bundas*, onde só haveria notícias infelizes dos artistas, separações, tédio, ódio, divórcios, fim de carreira e que mostrasse as imperfeições dessas mulheres ditas tão perfeitas. Comecei a achar graça e uma senhora com aproximadamente setenta anos ficou me encarando e dizendo com os olhos que eu era louca. Talvez eu fosse mesmo e daí. Sorri para ela.

– Você está bem, moça? – a senhora perguntou para mim com os olhos esbugalhados.

– Sim, obrigada, é que fiquei imaginando como essas mulheres da revista são ao acordar, sem botox, sem plástica e com meleca nos olhos.

– São como a gente, normais – disse ela com um leve sorriso no rosto.

– A senhora não pensa essas coisas? – perguntei tentando conhecê-la melhor, pois parecia simpática.

– Sinceramente não, tenho tantos problemas na vida, tive um câncer e aprendi que devemos focar só no que importa, como família, filhos, pais e amigos, ajudar quem precisa, mas não dá para julgar as pessoas. Todo mundo tem problemas.

Fiquei olhando para aquela senhora com carinho e admiração, não senti pena, apenas admiração. Ela parecia ser tão forte, tão guerreira.

– Como é o nome da senhora?, perguntei curiosa.

– Meu nome é Luiza e o seu?

– Helena.

– Que lindo nome, você tem o nome de minha filha e de minha neta.

– Sua filha é casada?

– Sim, mas está se divorciando. Hoje em dia os casamentos não duram, isso me entristece mais do que a minha doença. – Luiza disse com o olhar bem triste.

– Mas a senhora é casada?

– Sim, sou casada há cinquenta anos com um homem maravilhoso. – disse sorrindo

– Que lindo. Para a senhora o que mudou hoje em dia, por que os casais se separam com tanta facilidade?

– Primeiro porque as pessoas não sabem amar, falta tolerância, paciência, compreensão e hoje basta o outro dizer algo que magoa o parceiro para um ir embora.

– Sim, é verdade, a senhora tem razão, a paciência tem tolerância zero. Isso é triste porque o amor sempre fica em último plano. Eu sou solteira, nunca me casei, mas confesso que sempre fui intolerante com os meus namorados, por isso, estou só. Minha mãe sempre me dizia o que a senhora disse agora, mas nunca dei ouvido, o tempo foi passando e a solidão foi fazendo companhia a minha vida. – disse com os olhos cheios de lágrimas. Luiza se aproximou de mim e segurou minhas mãos.

– Minha querida, nunca é tarde para ser feliz e estamos aqui para aprender. Você tem que dar uma chance a você mesma, é jovem e linda, não pode ficar com a autoestima tão baixa. – Luiza tocou na ferida, era tão visível assim a falta de admiração por mim mesma, que ela notou só em conversar quinze minutos comigo.

– É tão visível assim que estou com baixa autoestima?

– Sim, Helena, não sei o que está acontecendo na sua vida, mas lhe digo de coração, pois você tem idade para ser minha filha. Só você pode mudar sua vida, só você pode dar a volta por cima e aprender a se amar.

Desabei, abracei aquela mulher tão doce, tão segura e chorei em seu ombro, queria que ela fosse minha mãe, que ela cuidasse de mim, como eu queria alguém para cuidar de mim. Meus soluços foram interrompidos pelo doutor Carlos que abriu a porta, deu um abraço no paciente que entrou antes de mim e pediu um minuto.

Aproveitei esse tempo para me recompor, enxugar as lágrimas e agradecer a Luiza pela força que me dera em tão pouco tempo. O rapaz me olhava, aquele que acabara de sair da sala de terapia do doutor Carlos Augusto, me encarou como se me conhecesse, abaixei a cabeça e pedi em silêncio que ele fosse embora.

– Oi, eu te conheço? – ele se aproximou e perguntou com curiosidade.

– Creio que não – sorte minha, o doutor Carlos abriu a porta de sua sala e me convidou a entrar.

Entrei meio zonza na sala do terapeuta, não acreditava no que vira na sala de espera. Era ele, meu primeiro cliente. Pior de tudo, estava lindo e me tirou do chão.

– Sente-se, Helena, você está bem? Está pálida, quer um copo de água? – disse Carlos, preocupado.

– Não, obrigada, foi só um mal-estar momentâneo. Estou bem – comecei a chorar ao dizer isso. Meu corpo tremia e eu soluçava com todas as minhas forças.

Doutor Carlos ficou me olhando enquanto eu chorava. Da dor que eu sentia só me dei conta ao sentar ali, na frente dele. Eu me sentia duas pessoas. Quem eu era naquele momento?

Ele deu uma caixinha com lenço de papel e continuou me olhando enquanto eu assoava o nariz e tentava me recompor.

– Quer falar sobre esse choro, Helena?

– Não sei, Carlos. Estou perdida, essa história de me prostituir não tem muito a ver com a minha alma. Enquanto eu estava fazendo isso, me achava poderosa, que estava no comando, mas estava mais perdida do que cego em tiroteio.

– Mas o que está sentindo exatamente? Consegue descobrir e descrever o sentimento? – Ele disse com aquela cara de interrogação que os terapeutas fazem quando já sabem a resposta, mas querem que falemos em voz alta.

– Me sinto uma bosta, uma mulher sem rumo, um nada no mundo e tenho vergonha do que venho tentando fazer comigo. Não sei por que me machuco tanto.

– Você já ouviu falar em autossabotagem?

– Sim, por quê?

– O que acha disso? – perguntou querendo dar uma dica do que estava fazendo comigo.

– Acha que estou me sabotando? Que estou seguindo um caminho para não ser feliz e para destruir minha vida e me tornar vítima do mundo? – Eu afirmei ao perguntar, acabei de dizer o que era a única verdade da minha vida. Eu sabia lutar para ser infeliz e não para ser feliz.

Ele mais uma vez ficou me olhando com aquele sorrisinho de quem descobriu a pólvora. Realmente explodiu a verdade na minha cara. Eu me sabotava, não queria e não me permitia encontrar o amor e sim a dor. Essa palavra tão pequena, mas que nos causa tanto sofrimento, uma palavra grande na essência. Danada a dor, vem sorrateira e invade nossa alma nebulosa e penetra fundo o nosso ser. Este ser que pensa ser humano, mas que não passa de um animal irracional na maioria das vezes. Toda vez que agi sem pensar, me dei mal, pois até o coração precisa pensar às vezes. Fiquei olhando para Carlos, ele pegou um copo d'água e me deu.

– Obrigada. O senhor é muito gentil. – Sorri com verdade, sentia carinho da parte dele.

– Helena, o que a trouxe aqui realmente? Você consegue perceber o que a traz aqui, por que some e só aparece às vezes.

– Eu acho que é quando estou no limite. Não posso conversar sobre me vender a ninguém, minha mãe me mataria, minha melhor amiga Carol me internaria e no trabalho se souberem, minha sociedade vai por água abaixo, além de eu virar manchetes nos jornais: Ortodontista bem-sucedida vira puta nas horas vagas.

– Essa seria a manchete certa para você? Carlos perguntou colocando seu corpo mais à frente e me olhando bem fixo.

– Nem sei se tenho importância para sair nas manchetes, acho que ninguém daria a mínima – digo olhando para o tapete cinza abaixo dos meus pés.

– As pessoas não dariam a mínima por que você não se dá a mínima ou por que acha que os outros não se importam com as suas atitudes?

Que terapeuta esperto, estava tentando chegar lá, descobrir se eu gostava de mim, se me importava comigo mesma. É claro que se a gente não se dá a mínima ninguém dá. Aquela frase famosa e dita por todos: "A gente tem que se amar para ser amado pelas pessoas". Claro que Carlos estava certo, eu não queria admitir, mas minha autoestima estava no chão, não me amava, mas como é difícil a gente se amar, acho mais fácil amar os outros. Comigo tenho que conviver o tempo todo, desde a hora em que acordo até quando durmo, não consigo descansar de mim, nem um minuto, fora os meus pensamentos que não param, nem minha cabeça consegue me dar sossego. Já pensou se pudéssemos tirar férias de nós mesmos, como seria bom. Eu diria: "Helena, vou viajar um mês e volto para te aguentar de novo. Se comporte, hein?".

– Quero rir também. No que está pensando? – Com um leve sorriso, Carlos perguntou.

– Eu estava imaginando como seria bom a gente poder se separar da gente mesmo por um tempo.

– Por quê? – Claro que ia perguntar. Alguém já viu psicólogo afirmar alguma coisa da gente mesmo.

– Porque sim, porque estou cansada às vezes de ter que me aguentar, porque não me amo o tempo todo, porque faço coisas cruéis para mim mesma, coisas que não faria para os outros e porque tenho que conviver comigo até morrer e, talvez, até depois da morte, pela eternidade. Dos outros a gente consegue se livrar, invento uma desculpa quando não quero ver alguém; quando namoro, termino se não estou afim de continuar com o cara. Agora tem uma coisa, o outro é o outro, por mais que eu conheça uma pessoa, nunca a conhecerei o suficiente, talvez nem ela se conheça. Então como posso esperar que alguém me conheça profundamente também, se nem eu mesma me conheço direito. Nunca imaginei que dentro de mim houvesse uma garota de programa. Eu sempre critiquei essa profissão, nem sei se posso chamar de profissão, pois todas podem fazer outras escolhas na vida.

– Então por que fez essa escolha?

– Talvez porque eu seja preguiçosa – comecei a rir do meu comentário.

– Então acha que ser prostituta é ser preguiçosa?

– Sim, acho, é um trabalho físico. Não exige esforço mental e podemos fingir. Acho que precisa ser um pouco atriz também. Outro dia peguei um cara que tinha um mau hálito terrível e o beijei.

– Por que o beijou? Nunca ouvi dizer que é obrigatório. – Carlos mais uma vez me pegou.

– Eu sei, mas fiquei com dó, não queria que ele soubesse que tinha um péssimo hálito, acho que ficaria triste. Senti pena dele. – contei, comovida com minhas lembranças.

– Mas e você? Não pensou em você?

– Não, acho que sou tão profissional que não pude virar o rosto quando ele ousou me beijar. Beijei.

– O que sentiu depois?

– Nojo. Fiquei com vontade de vomitar, mas o empurrei para baixo e ele, sem tirar as calças, começou a me chupar. Chupava e gemia, esqueci que ele tinha bafo e aproveitei, sabia fazer, senti um orgasmo delicioso e ele gozou sem me penetrar. Só de me chupar chegou ao orgasmo, isso foi incrível. – Percebi que Carlos começou a ficar sem graça com minha história, deixou transparecer certa excitação com meu relato sexual.

– Bom, acho que seu tempo acabou. Você quer marcar outra sessão, Helena?

– Eu te ligo, Carlos, pode ser?

– Claro, como preferir. – já foi se levantando de sua poltrona macia e aparentemente parecia estar sem jeito.

– Como é o nome daquele homem que estava aqui antes de mim? – perguntei na tentativa que me dissesse, mas sabia que seria difícil.

– Não tenho autorização dele para falar. Por que quer saber? – falou se esquivando.

– Não tenho autorização para dizer. – Sorri ao dizer o mesmo que ele e saí.

Senti o doutor Carlos me olhando antes de fechar a porta, fiquei curiosa em saber se me achava uma mulher interessante, já que conhecia um pouco a minha cabeça. Será que achava que conhecia mesmo a verdadeira Helena. Quando eu voltar ao consultório, vou perguntar.

ACIDENTE

Comecei a andar pela Avenida Paulista sem notar os rostos que passavam por mim, uns andavam apressados, outros devagar demais para quem caminha numa avenida como essa. Sorri ao lembrar da cara do Milton quando me viu no consultório, que mundo pequeno, com tantos terapeutas na cidade, ele veio parar logo ali, no lugar onde refugio das minhas angústias. Morri de vergonha no momento em que o vi, lembrei-me de ter ido embora de Fortaleza sem dizer adeus. Eu fugi.

Comecei a olhar o rosto das pessoas que passavam por mim e parecia na minha imaginação que todos sabiam quem eu era, o que eu tinha feito, em que me tornei. Esse era o meu segredo, ninguém jamais poderia saber que virei uma puta mesmo sem precisar, pois tenho um ótimo trabalho e amo o que faço. Cuidar do sorriso das pessoas é o máximo, ainda mais quando um paciente me diz que renasceu com os dentes no lugar.

O problema é que não estou conseguindo sorrir ultimamente, não sinto vontade e quando lembro que estou com quarenta anos e sem filhos, sem um amor, tenho vontade de morrer. Por que não pensei nisso antes, por que me violentei dessa forma, adiando um sonho antigo, a maternidade. Quando era criança brincava de boneca, imitava minha mãe, sempre elegante, chique, perfumada e falando baixo. Eu dizia para as bonecas que as amava, mas tinha minha vida e não podia ficar o tempo todo perto delas, exatamente o mesmo que minha mãe dizia. Sofia nunca trabalhou fora, ou melhor, parou de exercer a publicidade assim que se casou com meu pai. Minha mãe tornou-se a dona de um lar, fazia trabalhos beneficentes, acompanhava meu pai em jantares e eventos, como também organizava festas magníficas em casa. Chegou um momento da minha vida, na adolescência, que não queria ser como minha mãe, deixei as bonecas de lado e passei a brincar de executiva, de médica, de advogada, queria coisas que me estimulassem mais como ser humano que era e não como mulher apenas.

Perdida em meus pensamentos, quase não ouço o celular tocar insistentemente.

– Oi Carol – atendi feliz, precisava ouvir a voz de minha melhor amiga.

– *Hello Darling, how are you?*

– Estou bem, querida, e você? – Disse tentando disfarçar minha melancolia.

– Te liguei para saber se tá a fim de dançar. – Carol sempre me surpreendendo.

– Sabe há quanto tempo não dançamos? Anos, Carol, que loucura é essa? – Estava louca para ela desistir da ideia.

– Então por isso mesmo. Te conheço e sei que não está legal, então vamos beber umas caipirinhas e dançar feito malucas, assim, quem sabe, você volta a mostrar seus lindos dentes. *Let's go dance, my friend.*

A Carol tinha o dom de me fazer sorrir, mesmo quando colocava inglês no meio ou final das frases. Ela era divertida, única, era aquela amiga que não tinha inveja porque a outra é mais bonita, mais sexy. Ela é especial porque me ama como eu sou, com meus defeitos e manias estranhas. Amiga que fala a verdade quando estou errada, me faz crescer, ser uma pessoa melhor. Se eu gostasse de mulher ia investir na Carol, mas não é minha praia.

– Ok, você venceu, vou para casa me arrumar. Você me pega hoje?

– Sim, te pego às 23h. *Bye, I love you.*

A ligação de Carol me deu uma animada, é claro. Deu-me vontade até de dar um beijo na minha mãe. Senti aquele friozinho gostoso no peito ao pensar que tenho pessoas legais que me amam e que se importam comigo. Fui andando até a casa de minha mãe, precisava caminhar, me ajuda a pensar além de queimar calorias. Da avenida Paulista até a casa de minha mãe no Jardim Europa é uma grande caminhada, mas estava disposta a seguir.

Andei mais de uma hora e cheguei à rua Venezuela. Toquei a campainha. Devolvi a chave da casa de meus pais desde que fui morar sozinha. Minha mãe perguntou pelo interfone, tentando disfarçar a voz, quem estava ali.

– Sou eu, mãe – falei irritada porque tinha câmera e podia me ver.

– Oi querida, entra.

Ao entrar na sala vi minha mãe com a cara lambuzada de um creme cor-de-rosa.

– Quero falar com a minha mãe, a senhora sabe onde ela está? – perguntei em tom de brincadeira.

– Ela está tentando rejuvenescer. Tem certeza que quer falar com ela, não serve eu?

Começamos a rir. Quando queria, Sofia era divertida e hilária. Eu amava minha mãe, talvez enxergasse nela uma futilidade que me incomodava, pois ela era o oposto de mim, não parava para pensar na sua vida, apenas vivia empurrando a vida de acordo com os acontecimentos. Talvez ela fosse feliz assim, quem sabe eu é que não sabia viver, criando sempre tantos conflitos em minha cabeça. Via em Sofia a outra Helena que eu podia ser. A maioria das filhas vive querendo provar que não tem nada a ver com a mãe.

– E aí, querida, de que devo a honra de sua visita?

– Estava com saudade – fui sincera.

– Que surpresa boa, tenho pensado muito em você ultimamente. Tenho percebido que está triste e um pouco sem rumo, meu amor. – Fiquei olhando ela falar e percebi que ela me enxergava mais do que eu imaginava.

Ela foi caminhando para o quarto e fui atrás, entramos em seu banheiro, ela tirou a máscara pink com delicadeza, depois passou um creme cor de baunilha. Com um sorriso leve, segurou em minha mão e me puxou até as poltronas vermelhas que ficavam em seu espaçoso quarto. Olhou em meus olhos com aquela profundidade que só as mães possuem.

– Helena, venho percebendo que não está bem. O que está acontecendo? Pode contar comigo, filha. Quem sabe eu possa te ajudar. – Seus olhos eram de súplica, senti um acolhimento que há tempos não sentia.

– Mãe, você é feliz? Construiu a vida que queria? – Eu precisava saber, ela tinha a mim e eu não tinha filhos, nunca casei, já minha mãe casou jovem e construiu uma família. Eu queria entender por que eu não era como ela.

– Ninguém é feliz por completo, eu era muito jovem quando me casei, seu pai era mais experiente e decidia tudo por mim. Não me casei virgem, tive um namorado antes de seu pai que foi o grande amor da minha vida. Eu me entreguei a ele em dois meses de relacionamento, minha sorte foi que não engravidei.

Eu nunca poderia imaginar que minha mãe casara sem ser virgem, nunca, foi a maior surpresa da minha vida aquela revelação. Eu precisava saber mais sobre aquela mulher que estava na minha frente. Sentia que ia descobrir, naquele momento, que a imagem que tinha de dona Sofia não era exatamente a que eu idealizava.

– Nunca imaginei que você não era virgem quando casou com papai. Pensei que ele foi o primeiro homem de sua vida em todos os sentidos – argumentei.

– Filha, eu já fui jovem como você, tinha os meus sonhos, as minhas fantasias, me apaixonava e as relações não davam seguimento. Nunca esqueci o Lívio, o homem que me desvirginou. Era o príncipe encantado que eu idealizava, só que eu não era a princesa dele. Um dia ele sumiu, foi exatamente depois de transar comigo. Sofri muito, me senti enganada, traída, chorava dia e noite arrependida de ter me entregado a ele, mas não tinha como voltar atrás. Passei a viver a minha vida e desconfiava de todos os homens que se aproximavam de mim, mas seu pai me conquistou, eu nunca fui apaixonada por ele, mas aprendi a amá-lo com o tempo e, sem muita emoção, consegui ser mais racional. Tive um casamento leal, pois seu pai aceitou o fato de eu não ser mais virgem, ele era um homem à frente da época. – Senti que as lágrimas estavam começando a nascer nos olhos de minha mãe enquanto me contava a sua versão dos fatos.

Segurei as mãos dela e percebi algo que há muito tempo não percebia, como ela era bonita, seus olhos eram azuis da cor do céu em dias de estiagem, sua pele quase sem rugas iluminada pelo brilho da máscara que acabara de usar no rosto. Seus lábios eram rosados como uma bala de framboesa. Senti pena dela pela primeira vez, vi que aos setenta anos, guardava tanta dor e tanta tristeza. Abracei-a em silêncio, ela chorou, soluçava em meus braços.

Em casa comecei a me arrumar para sair com Carol, coloquei meu vestido mais sexy cor azul-turquesa, saltos altos cor nude. Caprichei nos brincos, dourados, com pedras azuis da cor do vestido. Desenhei os meus lábios com lápis marrom-claro e os pintei com um vermelho-sangue. Notei pela primeira vez que os meus olhos azuis eram idênticos aos de minha mãe; em homenagem a ela, passei sombras azul-turquesa e delineador preto. Eu estava linda e a noite prometia.

À boate The History, no bairro do Itaim Bibi em São Paulo, cheguei confiante e alegre.

– Vamos guardar a bolsa, amiga, na chapelaria? – perguntou Carol.

– Não, Carol, olha o tamanho da minha bolsa. – Eu estava com uma bolsa pequena, onde coloquei apenas um cartão de crédito, identidade, batom e um pente. Claro, que camisinha também, pelo menos duas.

– Vamos lá comigo, porque olha o tamanho da minha, cabe até um homem dentro dela.

Começamos a dançar, eu com a minha bolsinha pendurada na lateral do corpo e uma caipirinha de maracujá na mão. Carol com sua vodca pura, ela estava a fim de se embebedar mesmo.

Lá pelas duas da manhã, senti uma mão em minha cintura e virei para ver quem ousava, antes mesmo de xingar e partir para grosseria. Para minha surpresa, era Luiz, um ex-namorado antigo, uma paixão avassaladora na época da faculdade. O som estava tão alto que ele percebeu que não conseguia ouvi-lo, então Luiz chegou bem perto.

– Olá, Helena, que surpresa. Quantos anos, hein? Você está bem? – Ele disse aos berros em meu ouvido, ainda bem que o hálito continuava ótimo.

– Que surpresa mesmo, estou ótima e você? – gritei no ouvido dele esperando que meu hálito também estivesse bom.

– Eu estou bem, é a terceira vez que venho aqui. Helena, você continua linda. – Estávamos dançando ao ritmo de Abba, adoro todas as músicas, mas *Dancing Queen* era a minha preferida.

– Obrigada, você também está ótimo. – Por um momento fechei os olhos para sentir mais a música.

– Vamos ao bar beber alguma coisa? – Luiz me convidou cutucando-me e abri os olhos.

– Claro, vamos sim. – Ele segurou em minha cintura e eu fiz um sinal para Carol que estávamos indo ao bar.

– Eu quero uma caipirinha de morango – preferi continuar bebendo a mesma coisa para não passar mal depois, já Luiz pediu Campari. Pensei ao vê-lo beber o primeiro gole, que amarga já basta a vida.

– Você se casou? Tem filhos? – Por que a primeira pergunta tinha que ser essa? As questões que geram curiosidade mundial, com quem casamos e com quem temos filhos e se não temos, o porquê.

– Não me casei, mas estou ótima assim – respondi dando uma gargalhada nervosa, torcendo para mudar o assunto.

– Que desperdício, você seria uma bela noiva e teria filhos lindos se puxassem a sua beleza. – Luiz disse olhando profundamente em meus olhos.

– Quem sabe, aliás nunca saberemos. Meu Deus, onde está a minha amiga? – Saí andando e deixei-o me olhando caminhar em direção à pista. Olhei ao redor e nada da Carol. Quando olhei para as mesas atrás de mim, ela ainda estava aos beijos com o cara que conheceu no início da balada. Toquei em seu ombro com cuidado e ela me olhou assustada.

– O que aconteceu, Helena? Conheço essa cara.

– Você se importa de irmos embora?

– Só um minuto. – Carol disse para o rapaz que a olhava com cara de quem queria continuar os amassos.

– Tem certeza que quer ir embora, faz meia hora que chegamos. Tô chocada, amiga.

– Você não precisa ir, fique, Carol, não estou me sentindo bem.

– Viemos juntas, voltaremos juntas. Vou me despedir do Rafael. – Ela disse o nome dele, pelo menos isso sabia, pois Carol adorava beijar na balada e no dia seguinte nem se lembrava da cara do sujeito, muito menos do nome.

Rafael anotou o telefone de Carol em seu celular, ela disse algo em seu ouvido, deu mais um beijo e se despediu. Saímos direto em direção ao caixa para pagar as contas quando senti Luiz ao meu lado.

– Já vai, querida? Pode me dar o seu telefone? Quem sabe podemos combinar uma pizza. – Luiz disse segurando em meu braço com força.

Fiquei com vontade de dizer não, que nunca daria meu telefone a ele, que o acaso nos reencontrou, mas mesmo que nos reencontrássemos duzentas vezes não teríamos nada a ver um com o outro. Ao invés de ser deselegante e grosseira, disse o contrário. Dei meu telefone, mas o antigo que não existia mais. A última coisa que queria na vida era encontrar com o passado. Esse é um dos motivos de não ter facebook, não quero encontrar quem ficou para trás. Passado é passado.

– E aí amiga, tá tudo bem? – Carol estava preocupada comigo e eu adoro isso.

– Agora consigo respirar. Lá dentro confesso que estava sufocada.

– Quero saber tudo. Posso dormir na sua casa e te fazer um cafuné. – Carol sempre tentando me animar.

– Vou adorar. Você faz o chá. Combinado?

– Ok. Pelo jeito vou ter que misturar camomila, erva-doce, cidreira e hortelã. – Caímos na risada, minha melhor amiga sempre conseguia arrancar de meu rosto um sorriso verdadeiro e cheio de esperança.

Deitamos em minha cama depois de que ambas tinham tomado um belo banho e levamos as canecas com os chás. Em silêncio, Carol começou a fazer carinhos em meus cabelos até eu adormecer.

Amanheci com um bom cheiro de café vindo da cozinha. Levantei e vi a mesa posta com torradas, ovos mexidos, queijo minas, suco de laranja, pão fresquinho e uma fruteira com tangerina, mamão, uva, maçã e pera. Havia um bilhete sob o pires de café.

"Querida amiga, espero que acorde melhor e feliz, pois a vida agradece. Como não nasci em berço de ouro, saí para trabalhar. Não esquece que te amo e aproveite o café da manhã. Te ligo mais tarde. Beijos, Carol".

Guardei o bilhetinho de minha amiga querida na caixa em que guardo as coisas dela. A caixa é cor-de-rosa bebê, grande e está escrito na tampa: Amigas para sempre.

Depois de comer quase tudo que estava sobre a mesa, pensei em ligar para o trabalho avisando que ia voltar, mas achei melhor não agir por impulso. Precisava de mais um tempo para mim, podia me dar a este luxo porque tinha uma reserva de dinheiro e os meus pacientes, com certeza, estavam sendo bem atendidos pelo meu sócio.

O telefone tocou e corri para atender.

– Por favor, Helena – disse a voz do outro lado da linha.

– Sou eu – respondi com uma voz preocupada.

– Aqui é do Hospital Sírio Libanês. Estou ligando porque sua mãe, dona Sofia, sofreu um acidente e pediu para lhe telefonar. – Ao ouvir isso, eu tremia, fiquei confusa e não tinha coragem de perguntar se era grave. – Graças a Deus ela está bem. Ela quer vê-la. – A voz aliviou meus pensamentos.

Vesti a primeira roupa que vi pela frente, calça jeans desbotada, camiseta do avesso, chinelos havaianas e saí correndo. Sorte que eu morava perto, cheguei em quinze minutos.

Vi minha mãe sentada na maca com seus cabelos e maquiagem intocados. Ela sorriu para mim como uma criança ao me ver. Aproximei--me e a abracei demoradamente.

– Estou bem, querida, apenas bati o carro numa distração. Bati a perna e o braço, vou ficar roxa por um tempo, mas logo estarei bem. E você está bem?

– Ah mãe, esse não é o momento para falar de mim. Quero entender o que aconteceu, você é tão concentrada no volante, dona Sofia, estava pensando em quê?

– Em como joguei minha vida fora. – Vi uma dor profunda nos olhos de minha mãe. – Sabia que seu pai sempre teve amantes?

O médico estava ouvindo tudo, fiquei sem graça quando se aproximou.

– Você deve ser Helena, filha dessa figura divertida – o médico disse.

– Sim, sou eu, não tão divertida como ela, mas sou filha dessa figura. – Ambos rimos, ele se apresentou como doutor Daniel, pediu para assinar a liberação de minha mãe e saiu rindo. Ele até que era bonito, alto, careca, belo sorriso, olhos verdes, devia ter uns 45 anos. O problema era que tinha câncer no dedo, como eu e a Carol diagnosticávamos os homens casados e que usavam aliança.

– Gostou dele? – Minha mãe não perdia uma.

– Até que eu pegava, mãe, o problema é que é casado.

Minha mãe riu como se dissesse: se todo problema fosse esse. Falei a ela que não era hora para essas coisas e nós tínhamos que sair dali, isso sim.

Ao chegar à casa de meus pais com minha mãe, meu pai estava sentado na sala, bebendo o seu uísque e nervoso porque demoramos. Percebi que nem olhou para minha mãe, não percebeu que ela estava com a perna e o braço esquerdos roxos.

– Sofia, estou com fome, vim para casa almoçar e não a encontro. Estava fazendo compras? – Ao se virar, ele olhou assustado para minha mãe, que se debulhava em lágrimas. Foi então que percebi que meu pai não olhava para minha mãe fazia tempo. Todo arrependido, se aproximou dela desesperado.

– Meu amor, o que aconteceu?

– Sofri um acidente, tentei te ligar, mas o seu celular como sempre estava desligado. Fui sozinha ao hospital e pedi para ligarem para nossa filha.

Fiquei olhando ele a beijar na testa, no rosto e naquele momento percebi que meu pai amava minha mãe, talvez do jeito dele, mas amava. Em seu rosto havia arrependimento de não ter conseguido ajudar minha mãe. Deixei os dois sozinhos e saí.

Fui caminhando para casa pensativa, o olhar de meu pai não saía de minha mente. Os homens têm um jeito de amar estranho, talvez seja porque as mães amem tanto seus filhos, que depois os filhos deles nascem, não sabem dar amor e sim só receber como quando criança. São tão egoístas, todos, sem exceção, ele olhou para minha mãe depois de julgá-la, pensava que ela estava cheia de sacolas nas mãos, que estava no shopping. E se ela tivesse morrido. O que ele diria? O que ele sentiria? Será que uma semana depois já estaria com outra desfilando por aí? Bateu-me uma tristeza, chego a pensar se existe amor de verdade ou é um sentimento criado pelo ser humano para se suportar e dar sentido à vida.

Tive vontade de voltar e falar tudo o que sinto para meu pai, mas resolvi me calar, já que não tenho nada de bom a dizer. Na verdade, tenho muitas palavras para falar, mas me calarei, assim não corro o risco de ferir ninguém com meu dicionário de agressões. Quero o silêncio de minhas palavras que gritam dentro de mim.

A boca fechada, a solidão como companhia e o silêncio de minha alma, que urra para poder soltar a voz. Todos estão quietos agora, não ouço nada, apenas os meus pensamentos insultam, torturam minha mente.

Pensar, pensar e pensar. Como faço para desligar a angústia das frases que insistem em se formar no meu cérebro? Confuso? Sim, incrivelmente confuso. Como esvaziar a mente quando a solidão enche o espaço com versos doloridos que me fazem chorar?

Quem sou eu agora? Uma pergunta difícil para uma resposta impossível de decifrar. Vou fazer esta pergunta até o fim da minha vida.

Eu comigo e o nada, o tudo que me sufoca na amargura de eu ser eu e não poder ser outra pessoa.

Não ouço nem o vento aqui fora. Apenas sinto silenciosamente a ventania dentro de mim. Terremotos acontecem, furacões arrancam pedaços de mim, o tempo vai e não volta jamais. Nada volta, nem eu mesma de mim. O ontem que eu fui, nunca mais serei hoje. Estou trancada no âmago de minha alma, que já não mais vê a lua.

Calar-me-ei para sempre, pois a dor de fazer sentir dor me engole discursos desnecessários. Quem sabe o fim de minhas palavras te faça perdoar o que foi dito no passado. Eu, aqui, no calvário de minha mudez, sei que mais difícil que pedir perdão é ser perdoado.

O porteiro abriu o portão e o barulho fez me acordar de minhas palavras em pensamento.

– Boa noite, José.

– Está tudo bem, dona Helena? A senhora saiu correndo e com uma cara de desespero.

– Obrigada por se preocupar, José. Minha mãe se machucou num pequeno acidente, mas está tudo bem.

– Que bom! Bom descanso e melhoras para ela.

– Obrigada, José.

Incrível como solidariedade vem das pessoas que menos esperamos. O José me percebia, me olhava e me via de verdade. Isso me fez sorrir.

O meu e-mail estava repleto de mensagens de pacientes que diziam precisar de mim, mas um me chamou a atenção.

"Olá Helena, saiba que nunca te esqueci. Sei que dentro dessa mulher linda e com cara de brava existe uma grande companheira e amável mulher. Ainda vou tê-la em meus braços de novo. Seu companheiro invisível".

Fiquei parada e perplexa, reli várias vezes e o endereço do e-mail do remetente era: amorepaixao@hotuol.com.

Respondi: "Quem é você? Detesto gente que se esconde. Que palhaçada é essa? E como conseguiu meu e-mail?".

Logo veio a resposta:

"Continua brava como uma onça, hein?. Adoro mulheres bravas, são mais fogosas e isso você é com certeza, me lembro. Seu e-mail, me deu quando nos conhecemos, não lembra?".

Não respondi mais, é claro que atiçou minha curiosidade, mas me irritou também, detesto gente que manda mensagem sem assinar o nome. Liguei para Carol.

– Alô. Quem morreu? Está pegando fogo no prédio? – ela disse com voz de sono.

– Sou eu, Carol.

– Não pedi para me ligar de madrugada só se estivesse em perigo. Eu estava sonhando com um moreno delicioso. *I don't believe*. Não posso nem sonhar em paz.

– Desculpe – disse às gargalhadas. – Amiga, recebi um e-mail estranho e queria te contar.

– Você não pode me contar pela manhã ou o e-mail vai sair voando por aí?

– É estranho, Carol.

– Vai, conta logo.

Li os e-mails para minha melhor amiga e percebi que ela ficou em estado de alerta, sentada na cama e com os olhos bem abertos.

– Realmente você me despertou agora. Que estranho, amiga. Deve ser um apaixonado secreto. Não vem ninguém em sua mente?

– Não – menti, pois podia ser qualquer um dos caras com que fui para cama como uma puta.

– Tenta pensar. No mínimo é curioso. Vou dormir e amanhã falamos, pois fiquei enjoada acordando assim assustada.

– Me desculpe, Carol, mas só confio em você. Beijos

Ela desligou sem dizer adeus, realmente não era motivo para acordá-la, mas sou impulsiva e só me restava tentar dormir.

AGENCIADORES

Sem pregar os olhos à noite, acordei cansada e curiosa para olhar a caixa de entrada de meus e-mails. Não encontrei nada dessa vez. Uma pergunta insistia em querer uma resposta: Por que os homens têm tanto medo de mostrarem quem são de verdade? Esse palhaço poderia, ao menos, dizer quem era, mas não, insistia em fazer suspense.

"Quem é você afinal? Pode me responder? Ou, sinceramente, esqueça que eu existo". – Enviei.

Passaram vários dias e nenhuma resposta. Ao invés de sentir vontade de encontrar alguém, via essa possibilidade cada vez mais distante. Estava desconfiada, a cada olhar, ficava com medo e cada vez mais me fechava como uma ostra. Via nos filmes as relações que eu queria para mim, mas quando acabava a história, me tornava a Helena de novo, perdida e fissurada em entender a alma masculina. Não queria ser como Eva, provocante e tentadora, e não queria ser como Maria Madalena, prostituta. Eu queria ser eu mesma. Sabia que dentro de mim existiam essas duas mulheres. Mas descobrir quem era eu, estava cada vez mais distante. O que eu buscava de verdade? Se havia homens adoráveis nos filmes, também deviam existir na vida real, afinal, é inspirado na vida real que os filmes existem. Se há fantasias na mente dos roteiristas, também existem na realidade. Queria acreditar nisso. Tinha que acreditar nisso para continuar vivendo. Deitando-me com vários homens, comecei a descobrir como são frágeis e inseguros. Em alguns momentos, sentia pena deles. Deve ser muito difícil ficar preso ao pênis para ser feliz. A todo momento eles precisam provar que são machos através do sexo. Onde está o cérebro da maioria dos homens? Eu vi tanta carência, tanta tristeza, que me pergunto como deve ser difícil ser do gênero masculino.

O orgasmo é tão breve e tão fugaz e essa brevidade faz com que muitos mudem a sua vida, a sua rotina por esse momento de prazer. Que idiotas! São tão imaturos e instáveis, que chego a acreditar que não preciso deles para nada. Realmente preciso? De alguns homens com que me deitei tive dó de cobrar, pareciam que precisavam de uma palavra de apoio mais do que uma gozada. Alguns desabafaram sobre suas vidas insignificantes e vazias. Pensando bem, só o fato de pagarem para transar com uma mulher já prova que alguma coisa está errada. Sempre achei que o amor era de graça, mas não, erro meu, amor se paga e sem direito a reclamação. O que estamos fazendo com os verdadeiros sentimentos? Fomos educados ouvindo que o amor é o que importa, que amor é de graça, mas crescemos e vamos percebendo que nada é de graça, muito menos carinho e amor. Tudo tem um preço, até um olhar. Uns pagam com o próprio amor, outros com sexo, outros com carinho, outros com dor, com desprezo e muita angústia. Encontrar um homem nobre, que saiba valorizar os grandes sentimentos, é algo raro. Nem meu pai sabe. Pelo que minha mãe me disse no hospital sobre traí-la, ele não sabe amar também. É um imbecil. Por que minha mãe aceita um homem como ele? Ser traída uma vida inteira a torna o quê? Uma santa ou uma cúmplice em alimentar as traições de meu pai? Ao ouvir tantas lamentações dos homens sobre suas esposas, namoradas, noivas ou amantes, percebo que tenho buscado algo que talvez não exista. Os romances extraordinários só acontecem nos filmes e nos livros. Como sempre gostei muito de ler, devo ter programado minha mente a encontrar alguém perfeito e cheio de coragem para viver uma bela história.

Numa sexta-feira, nada acontecia e resolvi pesquisar na internet agenciadores de garotas de programa. Encontrei um que dizia: "Ganhe muito dinheiro, dezenove mil reais por saída". Era um tal de GP Brasil. Fiquei curiosa e logo adicionei o homem que se dizia agenciador em meu Skype. Assim que viu minha foto, ele me chamou.

GP Brasil diz: Olá Helena. Td bom?

Helena diz: Tudo e vc? Qual o seu nome?

GP Brasil diz: Tbm certo! Vc mora em que região?

Helena diz: Moro nos Jardins.

GP Brasil diz: Qtos anos vc está? Vc já sabe como funcionamos?

Helena diz: Não tenho a mínima ideia. Eu tenho 40 anos, mas aparento uns 36. Sou bem gostosa, não tenho silicone, tenho boca bonita, bundão e tudo durinho. Como funcionam?

GP Brasil diz: Só atendemos políticos e filhos de políticos. Os pgs são sempre à noite, madrugada em motéis de baixo movimento. Todos os pgs são sem camisinha, completos, completíssimos. Os clientes fazem exames a cada 45 dias e as meninas a cada 120 dias. Os cachês vão de R$ 9.000 até R$ 19.000 dependendo do cliente.

Cachês pagos sempre em dinheiro após o pg aqui na agência, pessoalmente, na av. Paulista, 550. Grupo fechado de clientes, nosso atendimento é todo por MSN/E-mail. Nosso contato mais próximo é o momento do pagto, que é pessoalmente.

Helena diz: Que máximo, sério? Não posso conhecê-los antes?

GP Brasil diz: Não. Imagina se abríssemos para todas antes, né? Fazemos de tudo para eliminar a imprensa.

Helena diz: Entendo

GP Brasil diz: Ou qqer um que queira ter acesso aos nossos clientes. Sem ser gp.

Helena diz: Mas tem que ser sem camisinha mesmo?

GP Brasil diz: Sim, o seu primeiro exame você faz aqui no seu primeiro pagto após o primeiro programa. Nosso sistema é controlado pelo Delboni. Aqui de SP mesmo. Vc consegue me enviar algumas fotos? Preciso se possível ver vc tbm na webcam. Vc atende madrugada?

Helena diz: É que acabei de fazer vários exames, eu nunca transei com estranhos e atendo madrugada sim, é o meu horário preferido. Que exames vcs pedem?

GP Brasil diz: Certo. Vc é casada ou mora junto?

Helena diz: Sou solteira

GP Brasil diz: Aqui no momento do pagto traga seu último exame e vc fará um rapidinho aqui, na hora. Indolor, apenas para constar. Vou te chamar na webcam, ok?

Helena diz: Peraí que vou ao quarto, tô na sala. Um min.

GP Brasil diz: OK. Preciso avaliar você um pouco antes de te agendar. Só 1 minuto, OK? Vou abrir o messenger. – Minutos depois, ele chamou novamente – Olá!

Helena diz: Oi. Pode chamar.

GP Brasil diz: Manda o convite para ver vc.

Iniciando uma chamada de vídeo com GP Brasil.

Helena diz: Oi.

GP Brasil aceitou sua chamada de vídeo.

GP Brasil diz: Olá Helena! Vejo você. Legal. Bom, quer saber o perfil dos nossos clientes?

Helena diz: Sim.

GP Brasil: A maioria, quem usa mesmo, são os filhos dos políticos. Oral e Anal, as preferências. É bom tudo, né? Mas apenas te dando uma geral. Os políticos em si aparecem menos, pela exposição.

Helena diz: Entendi.

GP Brasil diz: Eu vou pedir para vc retirar toda a roupa, para fazer uma rápida avaliação de perfil sua, pois não mostro foto sua para os clientes, não há arquivo de fotos.

Helena diz: Eu nunca fiz isso.

GP Brasil diz: Sim, mas é rápido.

Helena diz: Não vai me gravar? Pelo amor de Deus.

GP Brasil: Não, não armazenamos fotos nem vídeos. Tudo é na base da discrição.

Helena diz: Se eu quiser ir uma vez só para experimentar, eu posso? Quais exames vcs pedem?

GP Brasil diz: Apenas de sangue, vc vem com o seu de sangue. Vc vai atender o cliente, e assim que vier para cá receber, vamos ver o antigo e vou fazer um rápido novo exame.

Helena diz: Eles gostam de mulheres mais velhas?

GP Brasil diz: Alguns sim, só querem isso.

Helena diz: Ah tá. Tô tirando a roupa. Vou mostrar os seios e o bumbum. Tá bem?

GP Brasil diz: Ok.

Helena diz: Olha, eu moro perto de vcs. Sou culta. Vcs não têm encontros só para acompanhar em jantar?

GP Brasil diz: Não, por aqui é sempre completo.

Helena diz: Mas os clientes mostram os exames tb?

GP Brasil diz: Para nós sim, são obrigados a fazer, mas o Delboni já manda direto para cá, por privacidade.

Helena diz: Ok.

GP Brasil diz: Ok, começa. Não deu para ver bumbum (ânus), nem vagina. Tente mostrar o ânus, por favor. – Ele me vê e eu me desnudo completamente de mim mesma, de meus medos. – Ótimo.

Helena diz: Sou toda depilada e os meus seios são naturais.

GP Brasil diz: OK. Vc atende em domicílio?

Helena diz: Não, na minha casa de jeito nenhum.

GP Brasil diz: Sem problemas. Vou agendar um atendimento amanhã para você, OK? Cliente de 28 anos, adora oral completo com ejaculação no rosto, anal e vaginal, é bem legal. Você já atendeu políticos? Pode fechar a *cam*, por favor.

Helena diz: Nunca atendi políticos. Sou nova nisso e só saí com caras que conheci no site. Vc pode me ligar no celular? Estou nervosa, pois é a primeira vez que estou fazendo algo no escuro. Nem sei se vocês existem de verdade.

GP Brasil diz: Sempre por MSN e E-mail. Nunca falamos ao telefone. Flor, 1 minuto que vou avaliar e já venho, 1 minuto. Bjo.

Helena diz: Ok – depois de algum tempo comecei a ficar nervosa. – Cadê vc? Como faço pra saber se gostaram de mim? Pode agendar esse de 28 anos.

Após esperar pelo menos uns cinquenta minutos, o tal do GP Brasil me chamou novamente com mais questões.

GP Brasil diz: Você tem nome fantasia Helena?

Helena diz: Não, só tenho fantasias, mas o nome é esse mesmo. – Respondi irritada com a pergunta, mas continuei escrevendo.

GP Brasil diz: Quer me contar as suas fantasias? – ele insistiu.

Helena diz: Não, quero saber como faço para sair com um cliente e ganhar dezenove mil em poucas horas? Quantas horas seriam?

GP Brasil diz: Pelo menos três horas tem que ficar. Gostei de você, é bonita, não posso oferecer nenhuma "baranga" aos meus clientes. São pessoas importantes, políticos, filhos de políticos e grandes empresários.

Helena diz: Você poderia ao menos falar como é seu nome?

GP Brasil diz: Ricardo. Aguarde mais um minuto que estou vendo com o cliente se ele topa sair com você.

Incrível como os homens nos tratam como carne num açougue, me senti um pedaço de filé ou quem sabe uma coxa de galinha. Ao mesmo tempo em que isso me instigava, me dava nojo e ódio. Sim, esse sentimento terrível. Minha vontade era de bater no tal do Ricardo, mas sorri e fui em frente.

GP Brasil diz: Desculpe a demora de novo. Você tem potencial, garota, além de ser linda. Tem tempo disponível para hoje à noite?

Helena diz: Depende do que me oferecer.

GP Brasil diz: Eu tenho um cliente para hoje, o filho de um senador, ele é jovem, bonito e quer uma garota que faça tudo, até anal. Você topa?

Helena diz: Anal eu não faço e oral só com camisinha.

GP Brasil diz: Assim fica difícil, mas posso falar com ele e ver se topa, te envio o endereço para encontrá-lo? Pode ser?

Helena diz: Mas como vai me pagar?

GP Brasil diz: Como hoje é sábado de madrugada, não tem como vir aqui. Você tem que vir aqui na segunda, pode ser? Te pagaremos pessoalmente.

Helena diz: Como posso confiar em vocês?

GP Brasil diz: Você pode confiar que segunda-feira o dinheiro estará em sua conta. Se quiser mesmo fazer o programa, você tem alternativa?

Pensei por um momento e ao invés de ficar com medo, topei. Disse que aguardaria o ok dele. Esperei por uns dez minutos ansiosa. Ia ser muito ruim ser rejeitada. Será que esse tal filho de senador poderia não gostar de mim? Isso me importava mais do que entender por que eu estava fazendo uma loucura dessas. E se fossem sequestradores de mulheres inocentes? E se eu não receber o dinheiro depois? E se for assassinada? Ou eles forem de uma gangue de traficantes de órgãos? Quem sabe eu queria que algo ruim me acontecesse para ter coragem de me destruir e ser vítima? Por que eu arriscaria minha vida desta forma, sem garantia nenhuma? Aquilo tudo me excitava, uma curiosidade incontrolável me levava a fazer aquilo sem pensar que honestamente algo de ruim poderia acontecer comigo. De repente, o Ricardo me chamou.

GP Brasil diz: Helena. Ele topou pelo valor de quinze mil reais. Ele te achou linda e disse que não se importa de fazer anal.

GP Brasil diz: Façamos assim, às 22h, de hoje, você o encontra em frente ao Motel Carrossel, na Marginal Pinheiros. Você conhece?

Helena diz: Sim, já passei em frente muitas vezes quando volto do Shopping Morumbi.

GP Brasil diz: Estacione o seu carro por lá ou vá de táxi e aguarde o rapaz piscar a lanterna três vezes. O carro dele é um Focus prata. Entendeu? – Com suas palavras e seu jeito grosso de falar, me senti uma puta de baixa classe.

Helena diz: Na segunda vou até a Paulista receber o dinheiro. Posso confiar? – Falei duvidando claramente da sinceridade de Ricardo, minha intuição dizia que alguma coisa ia dar errado.

Cheguei ao local. Tremia muito, suava, me sentia ridícula e vazia. Eu me perguntava por que estava ali, mas não havia resposta. Uma angústia me invadia a alma, sentia enjoo, pensei em desistir, quando percebi as três piscadas de farol. Ele me reconheceu, assim que me viu. Bambeando, desci do meu March prata.

Fui me aproximando do carro do rapaz, cujo nome não sabia, ele sorriu, os seus dentes brancos e perfeitos iluminaram meu rosto. De dentes eu entendia bem, melhor do que de mim mesma.

– Pode entrar – ele disse me encarando.

– Obrigada. Muito prazer. Meu nome é Helena e o seu?

– Joaquim. Você parece com medo. Te falaram como funciona?

– Em que sentido? – realmente não havia entendido a pergunta.

– Que vamos transar, já paguei a agência e depois eles depositam o valor combinado em sua conta – explicou preocupado.

– Sim, o Ricardo me explicou tudo.

– Ricardo? Não sei quem é, não falei com nenhum Ricardo.

Confesso que fiquei apavorada com essa confissão de Joaquim. E agora? Será que caí numa cilada.

– Bom, provavelmente ele disse outro nome a você. Quero saber se tem certeza que quer fazer isso.

– Isso o quê? – Questionei para comprovar se o que fui fazer era o mesmo que ele ia receber.

– Transar comigo. Hoje eu estou cheio de tesão. – disse com o carro em movimento.

Fiquei em silêncio, eu não estava com tesão algum. Não estava com vontade de estar ali, aliás não entendi o que estava fazendo ali. Parecia que alguma magia tivesse me feito participar desta aventura. Agora era tarde para voltar atrás. Fiquei olhando o movimento dos carros pela janela, pensando que ninguém sabia que eu estava ali. Nem minha melhor amiga, a Carol. Uma lágrima escorreu pelo meu rosto cheio de maquiagem. Se pudesse gritaria, mudaria de planeta, mas eu estava ali, entrando num motel com um desconhecido, como se fosse uma puta desclassificada. Essa era eu? Não sei.

Chegamos ao motel Loucuras de Amor. Mudaria o nome para Loucuras de Dor. Subimos uma escada longa e entramos no quarto gelado, que cheirava a desinfetante. A cama era redonda, cheia de espelhos por todos os lados. A televisão pendurada na parede passava um filme pornô de quinta categoria, igual a todos, nem isso me inspirou. Olhei para aquele homem tirando a roupa, sem dizer nenhuma palavra, percebi que os olhos dele eram azuis, os cabelos cor de mel. O corpo era atlético. Quis perguntar por que um rapaz como ele pagava para transar, mas me calei, não estávamos ali para conversar.

– Tire a sua roupa, querida – sussurrou, deitado na cama, todo nu.

– É mesmo, esqueci do principal – ele sorriu ao me ouvir.

– Você é muito tímida. Precisa se soltar – disse com os braços atrás da cabeça.

Consigo, eu pensei, se você for bom de cama, muito bom de cama. Comecei a tirar minha roupa enquanto ele me olhava mordendo os lábios. Abri meu casaco vinho, desabotoei meu vestido nude, percebi ele regalar os olhos quando viu meu corpete preto, com a cinta-liga dando um charme às minhas pernas torneadas. Ele me puxou e me jogou na cama sem delicadeza nenhuma, começou a esfregar a barba malfeita na minha pele delicada arranhando-me toda. O hálito dele me deu nojo, senti vontade de sair dali correndo ou bater nele, dizer para tirar a boca suja de mim, do meu corpo sagrado, mas apenas com muita dor na alma, deixei-o continuar e fingi estar gostando, no fundo não estava mais gostando daquela brincadeira de ser quem eu não era, uma puta. Não deu tempo de dizer nada a ele.

– Quero ver você gozar – ele disse enquanto olhava os meus olhos assustados.

– E se eu não gozar? – respondi com raiva.

– Então finja porque eu não preciso saber da verdade – sussurrou em meu ouvido ao me penetrar.

Comecei a gemer descaradamente, dizia que ele era gostoso, que metia bem e que nunca sentira tanto prazer na vida. Foi só pedir para ele foder com força enquanto me penetrava que, de repente, me segurou com força enquanto eu estava na posição de quatro e começou a penetrar meu ânus. Gritei pedindo para ele parar, disse que isto não estava acordado com o tal Ricardo. Ele me mandou calar a boca e me penetrou com força ao mesmo tempo em que mordia meu ombro. Doía muito e quanto mais eu pedia para parar, mais ele gemia e urrava de prazer. Foi o maior alívio da minha vida quando ele gozou. Naquele momento senti vontade de morrer. Achei-me um nada, a pior mulher do mundo. Como pude deixar isso acontecer na minha vida?

Ao mesmo tempo, sentia ódio do rapaz e sentia pena. Ele parecia um galo ou um porco nojento. Os homens são tão óbvios, tão tolos no que diz respeito à sexualidade. Como são primitivos, eu sorria e podia dizer que realmente sabia como manipulá-los depois de anos achando que eram eles que me faziam de boba. Troquei-me rapidamente, queria sair dali e voltar para minha casa, para meu lar, onde eu podia ser eu plenamente. Pela primeira vez na minha vida, enxerguei que gostava de ficar sozinha, adorava ficar comigo, lendo meus livros e vendo meus filmes. Quantas mulheres se desesperam em querer ter um homem para chamar de seu, passam a vida focando nessa bobagem, sendo que temos tantas coisas mais importantes para fazer na vida, como trabalhar, viajar, ler, criar e buscar a paz. Depois que eu receber este dinheiro, vou parar com essa maluquice de ser prostituta. Vou voltar ao trabalho e recomeçar.

– Vamos moça, nosso tempo acabou – Joaquim disse segurando em meus braços. – Vou te levar até o seu carro. Você está bem?

– Sim, obrigada. Estava apenas pensando.

– No quê?

– Nada importante. Vamos – falei sem olhá-lo.

Entrei em meu carro e fiquei parada algum tempo olhando para o nada. Eu não me reconhecia ali, outra pessoa havia me possuído. Peguei a Marginal Pinheiros completamente zonza. Como era vazio aquilo tudo. Assim que entrei em casa, corri para o computador, o tal Ricardo estava on-line.

Helena diz: Oi Ricardo, cheguei.

GP Brasil diz: Foi tudo bem? – rapidamente ele perguntou.

Helena diz: Sim, foi rápido, mas foi tudo bem. Você vai me pagar os 15 mil reais amanhã, não é? Ou melhor, na segunda-feira? – perguntei aflita, pois eu sentia que ele não falava a verdade.

GP Brasil diz: Claro, pode apostar – escreveu e colocou um emoji sorrindo.

Desliguei o computador e fui tomar um banho demorado, chorei embaixo do chuveiro, era uma mistura de sentimentos, angústia, tristeza, dor, abandono. O telefone tocou, mas deixei a secretária eletrônica atender, mesmo com o barulho do chuveiro escutei a voz da Carol, minha amada amiga, que nem imaginava de onde eu acabara de vir. Essa era uma dúvida que eu tinha, será que podemos contar tudo a um amigo fiel? E se a Carol se decepcionasse comigo ao saber do que andava aprontando. A resposta só saberia contando a ela, mas não queria correr o risco, tinha medo de ela deixar de me admirar e me amar, na verdade eu tinha medo de ela descobrir que eu tinha outra Helena dentro de mim, que nem eu conhecia antes de deixá-la vir à tona. Cheguei a pensar que a Carol também tinha outra dentro dela, aliás, todas as mulheres devem ter, somos tão complexas, tão contraditórias. Estava tentando me conhecer a fundo. Eu necessitava saber quantas Helenas existiam dentro de mim, ninguém precisava saber disso, a não ser eu mesma, ter segredos é bom e saudável.

Na segunda-feira, deixei um recado na secretária eletrônica do meu terapeuta dizendo que precisava ir lá com urgência. Logo após adormeci, limpa e inteira.

Assim que saí de casa pela manhã, fui direto ao endereço passado na Avenida Paulista e para minha surpresa e frustração, o número não existia, já eram onze horas e nada constava. Achei melhor voltar à tarde e conferir novamente, pois eu poderia ter entendido errado.

REENCONTRO

Cheguei em meia hora à Alameda Gaivota, onde ficava o prédio do doutor Carlos Augusto Maciel. Aproveitei para tomar um café na padaria que ficava embaixo do prédio, onde meu terapeuta atendia, pois meu horário seria apenas 12h30. Sentei-me a uma mesinha pequena e presenti um olhar insistente em minha direção; quando olhei, era o homem que havia encontrado dias antes no consultório. Ele acenou com a mão e deu um sorriso largo. Continuei séria e voltei a atenção ao meu café.

– Que coincidência nos encontrarmos de novo em tão pouco tempo. – Ele estava em pé, ao meu lado, vestia calça cáqui, camisa azul-claro, sapatos marrons e exalava um perfume muito bom.

– Não sei do que está falando. Desculpe.

– Você continua difícil, Helena. – disse com um sorriso irônico que o conhecia, mas não conseguia recordar de onde.

– Como sabe o meu nome? – respondi irritada.

– Você não se lembra mais de mim? Não imaginava que a barba pudesse me transformar em alguém tão irreconhecível. – Olhei-o com mais atenção ao dizer isso e por um minuto recordei quem era aquele homem.

– Milton, de Fortaleza?

– Uau, até que enfim! Eu mesmo. Mundo pequeno, hein? Pensei que nunca mais a veria, mas o destino fez nos encontrarmos de novo. Como você está?

– Estou bem e surpresa, mas sinceramente não te reconheci, você mudou muito com a barba. Ficou outra pessoa. – Tentei disfarçar o meu constrangimento.

– A gente muda, não é mesmo? Mudei em muitos aspectos. Já você continua linda. O que tem feito?

– Desde que voltei de Fortaleza, tenho dado um tempo pra mim. Nem voltei a trabalhar ainda.

– Poxa, isso é para quem pode. Eu como advogado não posso parar, tenho prazos e os meus clientes precisam de mim – disse olhando o meu decote.

– Bom, preciso ir. O doutor Carlos me espera. Você também tem sessão hoje?

– Não, quer dizer, já tive. Acabei de descer e resolvi tomar um café. Só quero lhe dizer que jamais a esqueci e sei que foi embora sem se despedir de mim por medo.

– Não sei do que está falando e não vivo do passado – levantei-me depressa sem encará-lo.

– Você pode me dar o seu telefone, Helena? Podemos tomar um café ou quem sabe jantarmos um dia desses. O que acha?

– Anote o seu, que lhe telefono para combinarmos. Eu prefiro assim – ele me deu o cartão. Guardei na bolsa e subi para o consultório.

A sala estava fria, mania de ar condicionado que as pessoas têm. Eu sentia um frio que me incomodava, coloquei meu casaco verde-oliva e fechei os olhos até Carlos me chamar.

– Helena, vamos lá – abri os olhos assustada e vi o terapeuta me chamando insistentemente.

– Oh, me desculpe, cochilei. – levantei-me e entrei na sala.

– Sente-se. Como você está?

– Não sei. Estou perdida. Você não vai acreditar, Carlos, encontrei um cara que conheci quando estive em Fortaleza. Ele é seu paciente também. Como pôde acontecer isso?

– Coincidências acontecem, Helena, mas isso a deixou perdida, por quê?

– Porque foi o meu primeiro cliente, na verdade, era para ser uma brincadeira, mas ele topou me pagar e eu aceitei. Com ele foi bom porque me atrai. Pensei que nunca mais fosse encontrá-lo na vida, mas dei de cara com ele, logo aqui, onde a gente procura se conhecer melhor.

– Esse encontro fez você conhecer o que em você? – Carlos já estava com o dedo indicador no rosto olhando pra mim. Por que todo psicólogo gosta dessa postura? Pensei e me deu vontade de rir.

– Porque foi quem despertou a Madalena dentro de mim. Ser puta não estava nos meus planos, era algo que não passava pela minha cabeça. Pior que, com ele gozei, foi uma delícia. Ele é misterioso e intenso.

– Gostaria que falasse dos seus sentimentos e não dele, já que é meu paciente.

– Mas eu nem disse o nome dele. Você sabe quem é?

– Sim, já que o encontrou lá embaixo. O atendi antes de você.

– Aposto que te contou que transou com uma putona em Fortaleza. Disse? – Carlos continuou sem dizer nada ao me ouvir. – Deve ter dado risada de mim, dizendo que sou ridícula e uma vadia barata. – Tentei fazê-lo falar em vão mais uma vez.

– O que ele disse não posso dizer. Peço que fale de você. O que sente em relação a isso? – Carlos foi direto.

– Não sei o que sinto com relação a nada, sinceramente. Acho que estou bem perdida. Até agora não entendi por que tenho feito isso com meu corpo.

– Feito o quê? – ele perguntou incisivo.

– Me prostituindo. Sou dentista bem-sucedida, de família rica.

– Seria um fetiche seu talvez? – ouvindo-o dizer isso, me fez pensar.

Fiquei em silêncio por alguns segundos, precisava recordar as transas boas e lembrei que senti mais prazer do que nojo na maioria das vezes.

– Carlos, é verdade, sabe que gozei muitas vezes com meus clientes, mais do que gozei com namorados a minha vida inteira.

– E isso é importante para você?

– Claro, que mulher não gostaria de ter orgasmos a vida inteira, já que a maioria, pelo que leio, tem dificuldade em atingir o orgasmo e muitas fingem.

– O que descobriu em você com esses orgasmos?

– Que toda mulher devia se permitir ser puta um tempo na vida, digo, talvez não do jeito que me permiti, mas deveria se entregar mais ao sexo mesmo que seja com um parceiro. Me dava um tesão me preparar para o encontro, depois dar de cara com alguém que nunca vi na vida e que me comprou de certa forma. O sexo pode ser o ópio para algumas pessoas e na hora da relação, confesso que esquecia de tudo, quase esquecia de pedir para o cara usar camisinha porque ficava enlouquecida com o cheiro do homem que ali estava comigo. Só a transa de ontem, que não sei se foi legal – disse, pensativa e com ar de preocupada.

– Por quê? O que aconteceu de diferente?

– Eu procurei um site que agencia garotas e o valor era tentador, quinze mil reais, mas acho que não vou ver nem a cor do dinheiro.

– Por quê? Eles não pagam na hora?

– Neste caso não. O tal do Ricardo com quem negociei disse que ia me pagar pessoalmente nesta manhã, mas o endereço que informou não existe.

– Nossa, querida, o que pretende fazer?

– Nada. O que posso fazer? Se eu for à polícia, vou ter que contar que fiz sexo por dinheiro. Vou ter que apagar isso de qualquer jeito.

– E tem como apagar, Helena?

Uma angústia subiu em meu peito. Eu não tinha como apagar uma coisa como esta de minha vida. Não apagamos o passado, apenas vamos vivendo o hoje e esperando que amanhã algo de bom aconteça e nos torne tão felizes, que tudo de ruim que fizemos fique enterrado bem no fundo de um chão duro como a vida.

– Não tenho como apagar, mas posso transformar essa minha experiência em algo que me faça crescer e ser uma pessoa melhor – disse querendo acreditar que era verdade.

Antes de chegar em casa, passei novamente no endereço que o Ricardo me informou e confirmei o que já desconfiava, o número não existia. Olhei várias vezes para o local em que deveria constar o número, mas nada.

Acessei o computador, depois de tomar um banho refrescante. O tal Ricardo estava on-line. Chamei-o, quem sabe entendi errado o número na avenida Paulista.

Helena diz: Olá Ricardo.

Nenhuma resposta por minutos.

Helena diz: Ricardo, gostaria de saber se você poderia depositar o dinheiro hoje ou amanhã em minha conta? Não encontrei o endereço que me passou – tentei em vão.

Ele ainda ficou on-line sem me responder por mais uns dez minutos. Depois ficou off-line e sumiu, desapareceu. A mensagem era que ele não queria manter contato comigo. Fiquei puta, nervosa, xinguei-o com todos os nomes horríveis, chorei, gritei e me chamei de burra intermináveis vezes. Depois de ficar com os olhos inchados e doídos, busquei na estante a minha poetisa preferida, Leila Balh. Precisava saber se outra mulher fazia as mesmas perguntas que eu a mim mesma. O nome de um poema me chamou a atenção.

O que eu realmente sou?

Eu sou essa mesma que acredito ser?
Ou sou como as pessoas me veem?
Sou puta ou sou santa, o que fazer?
Sendo mais uma coisa do que a outra.

Sou o meio termo de mim mesma
Ou a intensidade dos furacões destruindo tudo?
Sou a gaivota livre que procura um amor para se prender
Ou sou um pássaro preso louco para ser livre?

O que mais eu posso ser?
O que as pessoas querem que eu seja?
O que realmente eu sou?
Sou tão eu mesma que não consigo que me vejam.

Cadê a minha máscara?
Não sei onde a escondi desde que nasci
Como devo pintá-la?
De alegria ou de tristeza?
De felicidade ou de melancolia?

Por que tanta gente consegue usar máscaras
E viver o que não são
e sentir o que não sentem?
Por que nasci tão diferente, tão estranha, tão sensível?
Às vezes sinto-me tão frágil, pareço quebrável.

Será que vim em formato errado?
Poderia ser uma bailarina em porcelana
Ou uma bela melodia como o fado
Um vento soprando nas montanhas
Uma dama dançando seu passo imaculado.

Mas quem sou eu de verdade?
Essa mulher de carne e osso
que sente as coisas como são
ou como imagina na realidade?
Chegam a doer o meu peito tantas emoções que vão
Sinto falta do amor e de sua cumplicidade.

Como esconder essa inundação de sentimento?
Como fazer os outros enxergarem o meu eu?
Como fazer os homens prestarem atenção à minha sensibilidade?
Como caminhar e ser vista como a grande mulher que eu sou?
Cadê aquela menina ingênua que fui na infância?
Ela está guardada ou cresceu?

E a beleza escondida atrás dos óculos. Apareceu?
Espelho meu, seu e de todos nós
Existe uma mulher mais confusa do que eu?
Tentando me cobrir, sinto frio e me descubro
Ao invés de me cobrir de beijos, nada aconteceu
Me desnudo das minhas memórias
Penduradas em meu ombro como quem morreu.

Afinal, é comigo mesma que sempre posso contar
Embalar-me nos meus próprios braços
Preciso mais que tudo e a todos me amar
Necessito do meu colo tão cansado
de acolher tanta gente
De ninar homens canalhas e imperdoáveis
O problema é que perdoo sempre!

Se fosse ao contrário eu não seria eu
Mulher tão profunda e tão amável
Tão doce como o mel
Tão amante que enlouqueço
Sinto tanto que desfaleço
Corro tanto que me enriqueço
com sorrisos ternos e abraços.

Por que não sei quem sou eu?
Ou por que sou assim mesma?
Chego à conclusão que não importa
Nada vai mudar se eu não mudar
Aceitar-me como eu sou é o primeiro passo
Entender que nem todo mundo me entende
É o primeiro abraço
Amar mesmo sem ser amada é o primeiro laço.

Permito-me dizer a todos
Não vou deixar de ser eu mesma
Nunca
Não vou perder a minha dignidade
Nunca
Sou o que eu sou
Apenas isso
Nada mais.

E quem quiser mais do que eu sou
Do que eu possa dar
De tudo o que eu possa amar
Deixe-me sozinha e procure outra pessoa
Se eu vou ligar?
Claro que eu vou
Vai doer
Mas nada dói mais do que me abandonar.

Nada fere mais do que me deixar num canto qualquer
De um quarto vazio
Ou dentro de uma geladeira esquecida até desfalecer
Prefiro a morte a morrer em vida
Prefiro os mais diferentes erros a não viver!
Gosto dessa minha alma atrevida
Essa sou eu!
Muito Prazer!

É isso aí, esta sou eu, sou o que eu sou, puta e santa, como todas as mulheres deveriam ser. Não posso aceitar ser menos do que sou. Vivo intensamente, sinto verdadeiramente as coisas, nunca vou poder dizer que não vivi. Aos quarenta anos já posso perguntar a minha morte se algo é importante para mim. Em qualquer idade, devemos perguntar para nossa morte o que é fundamental em nossas vidas, porque não existe idade certa para morrer, ou melhor, existe, sim, a velhice, o fim da linha, mas nem sempre é assim. A morte nos ronda o tempo todo, ela está lá, numa presença ausente, até nos derrubar de vez. Pensando nisso, não posso me arrepender de estar fazendo as coisas que faço, estou aprendendo a ser eu mesma. Vou dizer com orgulho: até puta eu já fui. Acredito que muitas mulheres desconhecem a profundidade da puta que tem dentro delas, passam uma vida inteira, dizendo aos homens aquilo que aprenderam com os pais, que precisam ser boas moças para casar. Será que o casamento é mais importante do que ser feliz? Se formos felizes não precisamos de um parceiro para nos fazer mais alegres, apenas o fato de estarmos vivas deveria bastar. Hoje, depois de conhecer os homens mais um pouco, vejo claramente que muitas mulheres fantasiam um ser que não existe, sem defeitos e que vai dar o sorriso que elas não têm diariamente, dar a felicidade todos os dias de suas vidas. Não existe ninguém perfeito, esse é o primeiro passo para se encontrar um grande amor, mesmo eu não tendo um, vejo que este é o caminho. Cheguei à conclusão que o dia em que eu olhar para um homem e disser: "Se ele melhorar é lucro", é porque encontrei o cara certo. Para mim, Helena, ele tem que ter os defeitos que eu suporte. Ser puta me fez enxergar o quanto as pessoas são carentes, não apenas os homens, mas as mulheres também. Muitos clientes me contaram que algumas mulheres são casadas, noivas ou comprometidas, mas mesmo assim procuram sexo pelo sexo e apesar de comprometidas procuram essa vida, porque os companheiros não lhes dão atenção, não fazem sexo com elas, viajam muito e as traem.

O Rodrigo, um dos caras com que saí, disse que uma garota com a qual saiu contou a ele que o marido não transava com ela faziam dois anos, e quando perguntou por que ela não se separava, disse-lhe que não tinha como sobreviver sem ele, não sabia fazer nada na vida. Fazer sexo fora do casamento se tornou uma forma de vingança, porque, segundo ela, tinha certeza que o marido tinha uma amante. Quando perguntou como ela sabia, respondeu que encontrou cabelos ruivos espalhados pelo carro dele e nas camisas que ela mesma lavava toda semana. Outra mulher disse a ele que sentia tesão em trair o noivo porque o orgasmo vinha mais fácil quando gritava na hora H que o noivo era corno. Perguntei a ele por que pagava, se tinha tanta mulher que se oferecia de graça, e me disse que preferia pagar porque nunca mais via a figura e sentia um certo poder em fazer isso.

Poder? Outra coisa que excita os homens, o tal poder. Fico em dúvida se é poder ou imaturidade, insegurança. Um homem que confia no próprio taco, que se gosta, precisa realmente de várias fêmeas em sua biografia? Percebo nitidamente que esses homens que me pagaram têm um medo enorme de se envolverem, de amar e de criar vínculos. Muitos passam uma vida inteira perdidos, com medo da vida, do apego e são infelizes nessas relações momentâneas. Como conseguem viver partindo sem olhar para trás? O Milton colocou em mim a curiosidade de saber quanto de puta tem dentro de mim e eu fui descobrir. Cresci ouvindo de meu pai, toda vez que eu saía com um novo rapaz, que eu era puta, vagabunda. Sempre tive essa angústia dentro de mim, se eu era mesmo e não sabia, se meu pai enxergava em mim algo que eu não via na época. Comprovei que não levo muito jeito para a coisa, não tenho estrutura para desistir de mim tão fácil como imaginei que tivesse. Essa brincadeira foi longe demais. Mas ainda tinha uma coisa que eu queria conhecer, casa de massagem.

Entrei na sala *Mulheres aceitam ajuda financeira*, com o *nick*: "Tô facinha, lindo".

Assim que entrei, começaram os bombardeios masculinos.

– Tá facinha, delícia? – Escreveu um cara com o *nick*: "Garanhão cheio da grana".

– Depende – respondi quase apertando a tecla para sair da sala. Aquilo me irritava muito. Como o ser humano podia ser tão babaca?

– Uau, o que você tem de diferente, porque o que mais tem aqui é mulher facinha? – perguntou o *nick*: $$$$.

– Que pena que só tem 4 cifrões, pois se tivesse mais, eu saía com você – escrevi às gargalhadas.

– Gosto de mulheres. Você gosta? – perguntou-me o *nick*: "Seios fartos".

– Não, querida, não sou chegada, prefiro um pintão. – Rindo muito, escrevi para a peituda.

Um site anunciado despertou-me a atenção dentro da sala, chamado *Deusas da massagem*. Eu sabia que esse tipo de massagem é proibido no Brasil, mas cliquei no site para dar uma olhada. Para minha surpresa vi beldades expostas, mas bem-vestidas. Ao lado delas estava escrito: "Venha relaxar! Aqui você encontra as mais belas garotas, profissionais. Elas fazem massagem tântrica, shiatsu, relaxante. Ligue e marque sua hora". Anotei o telefone e disquei.

– Deusas da massagem, boa noite! – a voz de uma senhora, provavelmente, de meia idade atendeu.

– Olá, boa noite – disse tímida e quase desistindo.

– O que deseja, querida?

– Eu? – minha voz tremia.

– Sim, pode falar. Quer marcar uma massagem? Atendemos homens e mulheres.

– Na verdade não, eu gostaria de conversar com a senhora pessoalmente. – Enfim falei.

– Você é massagista? O que pretende?

– Sim, sou massagista – menti.

– Ok, quando quer vir?

– Quando a senhora pode me receber?

– Hoje, quer vir hoje? Estamos precisando de garotas novas. Alguém te indicou? Como descobriu o nosso telefone?

– Na internet. Tem uma sala que divulga o site e o telefone de vocês.

– Ok. É verdade. Você vem?

– Sim. Logo.

– Qual o seu nome?

– Maria – menti de novo.

– O meu é Marta. Até breve! – ela desligou. Ouvi vozes de pessoas rindo enquanto falava com ela. Parecia um lugar divertido.

CAROL DESCOBRE

Anotei o endereço que estava no site, coloquei um vestido preto, com um leve decote, penteei os cabelos, usei um batom vermelho e saí, mas fui de táxi, não queria que alguém conhecido visse meu carro no local.

Dois seguranças me abordaram na entrada, perguntaram meu nome e assim que falei, uma porta de ferro abriu e eu entrei assustada.

Uma mulher de meia idade, mais ou menos com um metro e sessenta, olhos azuis-turquesa e lábios finos, veio me receber.

– Você deve ser Maria.

– Sim, muito prazer, Marta. É esse seu nome, não é?

– Sim. Vamos entrar – fez um sinal para segui-la. A casa era linda, seguimos um corredor comprido, onde várias moças desfilavam sensuais. Ela me levou à sala de inverno, um lugar cheio de sofás macios e poltronas com formato de órgãos sexuais. Deu-me uma vontade enorme de rir, mas me segurei para não ficar chato. Sentei-me no sofá ao lado de Marta, que ficou me analisando, me olhava de cima a baixo e sempre demonstrava um pequeno sorriso no rosto.

– Então Maria, o que procura? Marta foi direto ao assunto.

– Eu gostaria de trabalhar aqui. Queria experimentar. Exatamente o que as massagistas fazem? – Ela me olhou e sorriu.

– O que acha que elas fazem aqui? – devolveu a pergunta deixando-me sem graça.

– Massagem é que não é. Eu acho – fui sincera.

– Se o cliente só quiser massagem, nós fazemos sim, mas a maioria vem para gozar mesmo. Todas as massagistas podem fazer o que quiserem no quarto, menos transar sem camisinha. Até para o sexo oral aconselho-as a colocarem a camisinha no cliente, pois depois de pegarem alguma doença estão fora, não podem trabalhar mais aqui na casa.

– E se o cliente não quiser?

– Ela pode recusar atendê-lo se ele se negar a vestir a camisinha. Saúde é o mais importante e não é porque as meninas trabalham aqui, que devem aceitar tudo – olhou-me novamente com atenção e continuou. – Maria, você não me parece o tipo de moça que gosta desse tipo de trabalho. O que você busca na verdade?

Fiquei em silêncio olhando para ela, para minha sorte um cliente chegou e foi recebê-lo. Ele era um homem que aparentava ter uns sessenta anos. Não era bonito, nem feio, usava uma barba branca, tinha uma barriguinha saliente e um anel na mão esquerda bem grosso, o que indicava que era casado.

– Olá Marcos, que bom vê-lo. – Marta disse com um sorriso estampado.

– Olá Marta, estava com saudade deste lugar. Eu estava viajando com a família, por isso, este mês não pude aparecer, mas estou de volta e louco para ficar com alguma garota interessante. Tem alguma novidade? – Marcos disse essas palavras como se estivesse num departamento de pneus e quisesse algum pneu diferente no mercado.

– Sim, temos uma menina que entrou esta semana, linda, tem apenas dezenove aninhos. Quer vê-la?

– Sim, claro. Estou ansioso – disse esfregando as mãos como se estivesse em um restaurante esperando um prato de comida novo no cardápio.

A menina apareceu perto do bar, era linda, mignon, olhos castanhos-claros amendoados, cabelos loiros-escuros, corpo de boneca, seios médios, cintura fina e bumbum avantajado. Marcos olhou para a moça boquiaberto e com um aspecto de animal quando vai devorar a presa.

– Ora, ora que beldade. Hoje vou dobrar a hora porque tirei a sorte grande. Marta, vou pagar duas horas seguidas.

– Claro, Marcos. Vamos até o caixa – ele a seguiu com cara de menino feliz.

Aquele homem me deu nojo. Fiquei estupefata com tamanha cara de pau. Também fiquei curiosa para saber o que eles fariam no quarto. Será que ele tomava aquelas pílulas para ter ereção ou era potente mesmo naquela idade. Com a imaginação a toda, esperei Marta voltar e continuar o papo comigo.

– Então, você estava me dizendo que gostaria de trabalhar aqui. Você sabe exatamente o que as meninas fazem?

– Só sexo? É isso que fazem? Você já havia me dito antes de atender aquele homem – fui direto ao ponto.

– Fazem tudo, anal, oral e vaginal, claro que com preços diferentes. Se o cliente quiser tudo, paga muito mais, geralmente o dobro.

– Quanto seria esse dobro?

– Não vou te dizer, querida. Estamos apenas tendo o primeiro contato. Você é linda e com certeza vai ter clientes, mas para começar precisa fazer exames para ver se tem alguma DST.

– Eu não tenho nenhuma doença, sou muito saudável e só transo com camisinha. Que tipo de exame tenho que fazer?

– Todos: AIDS, hepatite, HPV, sífilis e demais exames que forem necessários. Sem isso, não posso te contratar. Aqui não entra nenhuma garota sem esses exames e a comprovação de que é saudável.

– Eu me recuso a fazer exame de Aids, não vou fazer – aumentei meu tom de voz ao dizer isso.

– Então, sinto muito, mas não vou poder contratá-la.

– Quanto uma garota tira por mês trabalhando aqui todos os dias?

– Aproximadamente de três a cinco mil reais. Depende o quanto trabalhar, algumas fazem faculdade ou trabalham em outro período do dia em outro lugar.

– Ok Marta, vou pensar e te ligo.

Já na porta de saída, Marta me olhou com curiosidade extrema e fez a pergunta que faltava.

– Desculpe a curiosidade, Maria, mas você me parece uma moça de boa família, rica e com uma bela profissão. Por que está buscando essa alternativa?

Olhei nos olhos profundos azuis dessa mulher sábia e sorri encabulada. Não podemos enganar pessoas espertas durante muito tempo. Ela sabia que eu não tinha nada a ver com aquele mundo, mas que alguma coisa me inquietava a alma.

– Estou cansada de ser objeto de graça nas mãos dos homens. Adoro sexo e resolvi unir o útil ao agradável, chega de ser usada. É isso.

– Aham! – balbuciou apenas isso e com um pesar nos olhos. – Bom, pense se vale a pena tudo isso. A melhor vingança, minha querida, é ser feliz. Você é feliz?

No táxi desabei a chorar. A resposta era não. Eu não era feliz ou não estava feliz, mas quem era? Será que a felicidade existe? Ou somos seres incapazes de aceitar a inércia da vida, aceitar a impossibilidade das coisas. Fiquei olhando a rua deserta em São Paulo, àquela hora da noite e me senti só, completamente sozinha e infeliz. Lembrei de momentos em que sorri bastante com minha família, com meus amigos e ex-namorados e senti um leve sorriso brotar em meu rosto. Nada estava perdido, alguma coisa extraordinária podia acontecer amanhã e me dei conta de que a alegria vem e vai como a chuva, como o sol e a lua. Tudo passa na vida e comigo não iria ser diferente. Eu estava conhecendo a minha sombra, afinal eu era corajosa de me permitir voar para lugares desconhecidos mesmo que me arrebentasse por dentro. Quem poderia me julgar? Quem era melhor do que eu? Como disse Jesus ao povo que humilhava Maria Madalena: "Atirem a primeira pedra quem nunca pecou". Vamos, atirem, não vai doer nada, podem atirar, me sufoquem de pedras duras e frias até eu não respirar mais. Lembrei-me de um poema que adoro, de Leila Balh e disse para mim mesma em voz alta:

Preciso ir

Preciso ir
Me desculpem
Não sou mulher de ficar
Quando preciso partir.

Preciso ir
Pois a dor de estar
Agride o que eu sinto
Quero me libertar.

Preciso ir
Ficar é o mesmo que desistir
Aqui eu não existo.

Necessito sentir outros ares
Ser outros pares
Nadar em outros mares
E me afundar em mim.

Preciso ir
Voltarei mais forte
Com mais esperança
Juro apagar o que me levou
Juro lembrar o que restou.
De minhas memórias
De minhas dores dilacerantes
Sou eu.

Me deixe ir
Na mala levarei saudade
Nos olhos levarei a verdade
Nos ouvidos o som da sua voz
E na boca levarei o silêncio
Ai quietude
Tudo que preciso
Agora
Amanhã
Depois de ontem
Não importa
Feche a porta
Cale-se!
Preciso ir.

Minha mãe veio me visitar de surpresa pela manhã. Trouxe um bolo de fubá cremoso, o meu preferido. Fiz um café e sentamos para conversar e comer.

– Eu estava com saudade da minha menina. Você não aparece em casa há dias. Estava preocupada. Você está bem?

Dei um abraço apertado em minha mãe e antes que as lágrimas rolassem pela minha face, levantei-me e abri a geladeira para pegar queijo de minas e dei um jeito de disfarçar a ressaca moral que me invadia.

– Está tudo bem, mãe, é que ando muito ocupada. Quando for assim, você pode telefonar ao invés de vir aqui.

– Não é a mesma coisa. Tentei ligar, mas o seu telefone celular está sempre desligado ou fora de área e aqui você nunca atende. Como sei que dorme até tarde, resolvi arriscar, mas confesso que fiquei com medo de você estar acompanhada.

– Com certeza, você corria esse risco.

– Você está namorando, querida? – ela fez um movimento para frente para ter certeza de que contaria algo novo.

– Não. Estou só, mãe. Nem sei se acredito mais no amor. Acho, sinceramente, que é uma invenção da humanidade.

– Que absurdo, filhinha, é claro que o amor existe, é o que mantém a humanidade.

– Talvez o amor entre seres humanos exista, mas digo amor entre um homem e uma mulher. Tudo acaba, mãe, e se acaba não é amor.

– Acredito que muitos não sabem amar, isso sim, vivem apenas a paixão, o fogo do início da relação, mas, acredite, amor é maior que isso. Eu sei o que estou falando.

– Você ama o papai?

Ela ficou em silêncio por alguns segundos e com um olhar triste deu a resposta que eu não imaginava.

– Sim, muito. Sempre o amei, desde o dia que o vi pela primeira vez, mas ele não. Sei que sempre teve outras mulheres e nunca diz que me ama. Quando pergunto, diz que tem coisas que não precisam ser ditas, mas toda mulher quer ouvir "Eu te amo". Provavelmente vou morrer sem ele nunca me dizer essas palavras.

– O que vale é a atitude, mãe, as ações e ele sempre cuidou de você, de mim. Será que dizer eu te amo é mesmo tão importante assim, têm pessoas que dizem e não sentem nada, dizem da boca para fora.

– Mas algumas dizem e sentem, é dessas que estou falando.

Servi para minha mãe mais uma xícara de café, adocei bastante para ela não sentir nenhum amargo. Se eu pudesse, diria para meu pai ser menos idiota e falar o que sente, mas e se ele não a amasse? Como posso cobrar que diga uma mentira. Segurei as mãos de minha mãe e as beijei. Abracei-a por um longo tempo.

– Eu te amo, dona Sofia. – Pela primeira vez eu disse essa frase com tanta sinceridade. Eu não apenas a amava como entendia a dor que sentia como mulher.

Carol também resolveu aparecer pela manhã em minha casa trazendo pão quentinho e mortadela, um dos embutidos que como muito de vez em quando, pois me sinto mais gorda só em olhar para uma fatia fina. Como sempre, estava alegre e achando a vida um máximo.

– Sofia, que saudade! Nunca imaginei encontrá-la tão cedo na casa da Helena. *How are you?*

– Você ainda continua com essa mania de falar em inglês misturado ao português – minha mãe comentou às gargalhadas.

– A gente só deve perder os maus hábitos, querida Sofia, os bons jamais. *Never.*

– Só se for bom hábito para você, Carol, me irrita muito essa sua mania – abraçando minha amiga, disse a verdade.

– Falsa! – Carol sorriu. – Depois de me dizer isso, ainda acha que vou ficar aqui, vou embora. *Bye.*

Começamos a rir, minha mãe ria como há muito tempo não via e Carol se jogou no sofá achando a maior graça de si mesma.

A vida é cheia de surpresas, confesso que hoje entendo mais as mulheres, minha mãe se tornou uma pessoa mais próxima, mais inteira e necessária em minha vida. A Carol nem imagina o que fiz, mas já disse que não pretendo correr o risco em contar a ela. Era gostoso olhar para as minhas verdadeiras amigas. Como a gente perde tempo na vida brigando e sendo rebelde com as pessoas mais importantes em nossa vida. Sofia me colocou no mundo, me deu alimento, saúde, amor, e puxando na memória a minha infância, não me lembro de um dia sequer, que tenha me tratado mal, me batido ou me xingado. Lembro dela contando histórias para eu dormir, me beijando na testa toda noite antes de ir para o meu quarto. Às vezes escutava os meus pais discutindo sobre minha educação. Ele dizia aos berros que ela me mimava muito, que não sabia me educar. Ela respondia dizendo que só sabia dar carinho e que eu era filha única, precisava dela e de sua atenção. Sempre após essas brigas, minha mãe dormia no sofá da sala. Eu sabia, nunca contei a ela que sabia. Uma vez escutei-a chorando ao ouvir uma música que adorava,

Nella Fantasia, de Ennio Morricone. Ela ouvia horas e horas essa música e se debulhava em lágrimas. No fundo, talvez minha mãe quisesse um mundo como diz a música, um mundo perfeito. *Nella fantasia io vedo un mondo giusto, li tutti vivono in pace e in onestà.* "Na fantasia, eu vejo um mundo justo. Lá todos vivem em paz e em honestidade..."

Nella fantasia esiste un vento caldo. Che soffia sulle città, come amico Io sogno d'anime che sono sempre libere Come le nuvole che volano Pien' d'umanità in fondo all'anima. "Na imaginação há um vento afetuoso que sopra sobre a comunidade, como um amigo. Sonho com espíritos que são sempre livres. Como as nuvens que voam repletas de humanidade no fundo da alma."

E assim Sofia vivia, entre *Nella Fantasia* e a realidade que a atormentava, as críticas de meu pai. Eu era uma criança, tinha uns sete anos, não sabia muito que acontecia e meu pai sempre me tratava com tanta ternura, me enchia de presentes e mimos. Também adorava contar histórias e cantar para mim, principalmente quando minha mãe não estava em casa. Ele dizia que eu era a princesa dele e que me amava mais que tudo.

– Onde vamos almoçar hoje, meninas? – Carol pergunta toda saltitante e com os pés no meu sofá branco, ato que odeio. Como podemos amar e odiar as atitudes de uma pessoa ao mesmo tempo?

– Ainda nem tomamos café da manhã direito, já está pensando em almoçar? – Comentei esperando alguma reação de minha mãe, que estava quieta olhando para o celular.

– Bom, eu preciso ir, meninas, o Leonardo me espera, já enviou doze mensagens só esta manhã e deixou três recados perguntando onde estou. Este é o ônus de ser casada – foi se levantando e pegando a bolsa que estava sobre a mesinha de centro da sala.

– Poxa, mãe, almoce com a gente. Está tão gostoso hoje.

– Vamos sim, Sofia, eu adoro a sua companhia e não se nega um pedido de uma filha, hein? – Carol disse tentando fazer minha mãe mudar de ideia.

– Realmente não dá, queridas. Divirtam-se vocês – vi Sofia sair pela porta, apreensiva e desanimada. Fiquei com o coração partido.

– Agora somos nós, amiga. O que vamos fazer? – Com um sorriso escancarado, Carol ligou o rádio na Alpha FM e começamos a cantar a música *Vai Saber?*, que estava tocando, com a cantora Marisa Monte.

"Não vá pensando que determinou
Sobre o que só o amor pode saber
Só porque disse que não me quer
Não quer dizer que não vá querer
Pois tudo o que se sabe do amor
É que ele gosta muito de mudar..."

Cantamos a letra inteira olhando uma para a outra até acabar e cairmos no sofá felizes com aquele momento.

– Carol, você me ama incondicionalmente?

– Claro, Helena. Por que pergunta?

– E se eu fizer algo terrível, com que você não concorde, seria capaz de se afastar de mim?

– Depende, como um aborto, por exemplo. Você está grávida, amiga?

– Não é nada disso, mas você perdoaria um aborto?

– O corpo é seu, não tenho nada a ver com isso e se somos amigas, eu teria que te apoiar mesmo não concordando com você. Mas o que é?

– Nada. Bobagem. Coisas de minha cabeça. Vou me trocar para irmos à piscina dar um mergulho.

Mostrando o minibiquíni, Carol disse que iria se trocar, mas na sala mesmo.

Demorei uns vinte minutos e quando voltei, fiquei surpresa, não a encontrei em lugar algum. Sobre a mesa da sala de jantar estava um bilhete.

"Helena, por essa eu não esperava, fiquei em choque. Como você estava demorando, fui checar os meus e-mails em seu computador e vi vários e-mails seus com convites de homens para uma trepada e pior de tudo, pagando. Há quanto tempo virou puta? Por quê não me contou? Afinal, amiga é para tudo, para as coisas boas e más. Você não confiou em mim e isso é inaceitável. Fui embora para não te dizer umas verdades e te magoar. Preciso pensar. Sinceramente, não sei quem é você. Ass.: Carolina."

O mundo caiu para mim, fiquei parada feito estátua, não conseguia me mexer. Minha melhor amiga foi embora sem conversar comigo antes. Fez um julgamento e partiu, sem me ouvir. Era essa a amizade sincera que me oferecia há anos. Mergulhei na piscina gelada e misturei as minhas lágrimas com a água cheia de cloro que ardia meus olhos doloridos.

MANUEL

O telefone celular tocou e eu saí da piscina correndo, estava certa de que era a Carol, poderia me desculpar e dizer que senti vergonha de contar para ela, por isso, não contei. Mas era meu pai lembrando de um convite para jantar que me enviou por e-mail durante a semana e eu havia esquecido de confirmar. Falou que minha mãe não poderia ir ao evento porque tinha marcado um jantar e jogo de cartas com amigas que não via há bastante tempo. Segundo meu pai, eu tinha que ir no lugar de dona Sofia. Era uma ordem. Às vezes era engraçado quando ele era autoritário. Eu gostaria que me tratasse com mais carinho e doçura, mas era o jeito dele e aos quarenta anos, tinha de aceitar que meu pai jamais mudaria. As pessoas não mudam a essência, a natureza. Somos o que somos e só mudamos se quisermos de verdade. Eu me acho bem diferente do que era há dez anos atrás. Hoje sou uma mulher experimental, vou experimentando a vida, sem pensar nas consequências. Tudo tem um efeito e depois do feito, é que avaliamos se o que fizemos foi bom ou ruim. Não tenho medo de errar e por mais que doe, continuo cometendo erros, só assim vou acertar um dia ou dois, ou várias vezes na vida. Eu tenho um arrependimento que é não me arrepender de nada que fiz ou irei fazer, por isso, eu faço e farei. O que está feito está feito e dói crescer. Quando somos crianças sentimos dores nas pernas porque estamos crescendo. A dor na alma muda de intensidade com as experiências. Minha alma deve ter um monte de curativos, cicatrizes e feridas que vão sangrar eternamente. Olho-me no espelho e vejo aquela menina que acreditava que o mundo era cor-de-rosa. Com o passar dos anos fui descobrindo outras cores, como os dias cinza, roxos, negros e vermelhos. Cada dia era uma cor diferente e a paz nem sempre vem branca na vida da gente. Pode vir colorida. Se formos sensíveis, sentimos as dores dos outros e quando estamos felizes, não podemos aceitar a alegria, pois ela nos faz culpados de nós mesmos.

Meu pai gritava toda vez em meu ouvido quando eu sorria para as minhas bonecas: "O mundo não é cor-de-rosa". Talvez, por isso, eu ame a cor rosa. A cor do amor, da doçura, da menina que ficou lá atrás e eu não posso continuar sendo mais ela. Hoje sou adulta, dentista e mulher de negócios. Ah, também sou uma puta, mas esse é o meu segredo.

Chegamos à festa numa bela mansão no Jardim Europa. Eu estava linda, sabia que iria arrasar. Coloquei meu vestido preto mais sexy e elegante que tinha, justo no corpo, com um decote discreto e com fendas que iam até acima dos joelhos um pouco, sapatos pretos com saltos altos e dourados. O colar era de ouro com um pingente em formato de coração de esmeralda, fazendo conjunto com os brincos também em formato de coração. A maquiagem estava leve, pois odeio parecer outra pessoa.

– Helena, você está linda – disse meu pai todo orgulhoso.

– Obrigada, pai, o senhor também está um charme, espero que Sofia tenha aprovado o seu *look*.

– Ela morre de ciúmes de mim, mas eu não ligo – contou com um sorriso orgulhoso estampado no rosto.

Ao entrarmos na casa, logo um mordomo vestindo luvas e um chique *smoking* veio nos receber. Encaminhou-nos até os anfitriões da casa, um casal na faixa dos sessenta anos, que estava extremamente elegante. A esposa, Lúcia, vestia um Dolce & Gabbana e o marido, João Pedro, vestia um terno italiano azul-marinho e uma gravata bordô. Ambos eram muito simpáticos.

– Que bom que veio, Leonardo. Estamos honrados com a sua presença e...

– Ah, desculpe, João, esta é minha filha Helena – todos nos cumprimentamos.

Meu pai não parava de cumprimentar a todos na festa, as mulheres estavam todas elegantes, exceto algumas que exageraram no decote e na minissaia. Fiquei num canto da casa observando a todos. Sentia-me só em qualquer lugar cheio de gente. É incrível como existe solidão na multidão.

Pensava na Carol, sentia sua falta e queria ligar para ela e conversar para o tempo passar mais rápido, mas ela não iria me atender, estava magoada. A Carol era o tipo de pessoa, que não podemos forçar a conversar quando não quer, pois fica mais irritada e se afasta mais ainda.

Distante nos meus pensamentos, ouvi meu pai chamar e caminhei em direção a ele, que conversava e abraçava muito feliz um rapaz.

– Querida, quero lhe apresentar o Manuel, filho de um grande amigo meu, português. Conheço o Carlos, pai dele há mais de trinta anos e jamais esperei encontrá-lo aqui. – Meu pai parecia um menino me contando essas coisas, fazia tempo que eu não o via tão bem.

– Muito prazer. Helena. – Ao cumprimentá-lo, Manuel olhou-me nos olhos.

– Prazer. Adoro o seu pai, mas a última vez que o vi eu tinha dez anos de idade.

– Poxa e o reconheceu? – perguntei, curiosa.

– Sim, seu pai é inesquecível. Eu ouvia a conversa dele com meu pai e me encantavam as gargalhadas que davam quando estavam juntos, além de seu pai ser um grande empresário.

Pedi licença e deixei os dois conversando e relembrando os velhos tempos. Fiquei observando de longe enquanto Manuel me olhava de vez em quando e sorria.

Quando já estava em minha cama, me veio à lembrança o sorriso de Manuel. Que ele havia me notado era certeza, mas não se aproximou depois durante a festa. Tentei esquecer, me achava ridícula, afinal eu era uma puta.

Na verdade não sabia quem era meu pai. Percebi isso na festa. Havia muito tempo que não conversava com ele, não o abraçava e dizia o quanto eu o amava. Não imaginava que ele seria inesquecível para um menino de dez anos de idade. Foi bom saber que meu pai tinha amigos de tão longa data e que era admirado por eles. O Manuel me contou, antes de eu pedir licença e sair, que meu pai aprontava muitas coisas divertidas em Portugal junto com o pai dele. Contou até que ambos ficavam até o dia amanhecer bebendo Gin e falando da vida alheia. Manuel disse que ficava ouvindo da escada e jamais esqueceu as histórias. Ao perceber que meu pai ficou constrangido, deixei os dois sozinhos na festa e fui pensar na vida.

Em minha cama virando de um lado para o outro, pois não conseguia dormir, tentei decifrar os gestos, os olhares e os sorrisos de quem observei na festa. Fiquei olhando a todos enquanto me embriagava com um delicioso vinho tinto. Na maioria dos convidados não sentia sinceridade, percebi atitudes viciadas, em serem a mesma pessoa todos os dias. Nitidamente percebi que a vida vai passando e a gente começa a desaprender a usar todos os sentidos. Vivemos automaticamente, sem perceber o quanto as pessoas são importantes na nossa vida, principalmente a família. Por coincidência meus pais também eram filhos únicos, então eu não tinha primos. Por brincar tanto sozinha quando criança, acabei sempre fazendo poucos amigos, na verdade sempre fui muito seletiva. Meus pais me diziam para não confiar em qualquer pessoa e que a maioria era interesseira. Lembro que na escola ficava sempre sozinha no pátio na hora do intervalo, não gostava de praticar esportes e de nenhuma brincadeira coletiva. Todos me achavam estranha e metida, mas eu não era. Sabia que eu era muito legal, mas poucas pessoas tinham o privilégio de conhecer este meu lado. Nasci rica e isso também era complicado, os ricos sempre acham que as pessoas se aproximam por interesse, mas, na verdade, não sabemos o que está dentro do coração de cada um. Julgamos muito as pessoas pela aparência e pela falta de paciência em querer conhecer o outro de verdade.

Aos quarenta anos aprendi que a maioria das pessoas não têm mais olfato, pois não sentem mais o cheiro das coisas com distinção, ficou automático cheirar sem saber definir o que. A pressa em ganhar dinheiro, em ter sucesso faz com que as pessoas percam o paladar, não curtam mais o alimento, o sabor é sempre o mesmo e não existe mais o paladar apurado. A vida segue, ódio, raiva, ira deixam-nos surdos e assim acabamos não ouvindo o próximo, não conhecendo quem devíamos conhecer de verdade e as almas vão se perdendo, e ouvir não significa mais nada, a não ser escutar o que queremos apenas. Quantas interpretações sobre o que os outros dizem são erradas e equivocadas. Desta forma, vamos perdendo grandes amigos, grandes pessoas em nossa vida mesquinha e vazia. A verdade que construímos em nossas mentes nos impede de enxergar as mentiras sobre nós mesmos e por isso vamos ficando cegos, não vemos mais e sim apenas enxergamos. De que vale a visão se não podemos ver a alma das pessoas, ver com profundidade o que não conseguimos ver sem atenção? A perda dos sentidos nos faz enxergar que estamos vivos, pois os sentidos usados superficialmente nos matam e o instinto de sobrevivência faz com que alguns acordem e recomecem usando intensa e conscientemente todos os sentidos. Minha esperança é que o amor nos salve, amar é a única forma de sentirmos algo de verdade, de termos todos os sentidos de volta. Abraçar, beijar, tocar e sentir o cheiro do outro é o que nos mantém vivos, profundamente vivos. Perdoar ao longo da vida nos dá força para enfrentarmos tudo e nos tornam mais sensíveis e passamos a sentir a lágrima do outro caindo em nossos corpos, incólumes ao mundo ao nosso redor. Essa é a força do perdão; quando acontece, a vida volta a ter sentido, a alma fica leve e plena de emoções boas. A vida só prossegue, assim, sentindo o outro.

– Pai, liguei para dizer que te amo – assim que ele atendeu, disse emocionada.

– Minha querida, eu também te amo muito. Você está bem?

– Sim, estou bem. Só queria dizer que adorei sair com você ontem. Precisamos fazer isso mais vezes. – Pai, você está aí? – perguntei ao perceber o silêncio que o invadia.

– Sim, querida. Estou emocionado. Obrigado. Sabe o Manuel que nós encontramos na festa do João?

– Sim, claro. O que tem ele?

– Nos convidou para almoçar hoje com ele. Você pode?

– Sim, vou adorar.

– Nos encontramos às 13h no Rubayat da Avenida Faria Lima. Ok?

– Sim, pai. Até mais tarde. Te amo.

Quando cheguei ao restaurante, meu pai e Manuel já estavam lá. Entrei e logo percebi que chamei atenção com meu vestido azul-turquesa, sapatos nude e brincos e colar de pérolas. Prendi os cabelos desta vez, quis mostrar mais o meu rosto, que, mesmo sem dormir a noite toda, estava com um viço especial.

– Olá rapazes – cumprimentei os dois com um largo sorriso.

– Olá querida – disse meu pai levantando-se como um bom cavalheiro.

– Você está linda, Helena. Que bom vê-la novamente.

Não disse nada, apenas nos olhamos profundamente enquanto Manuel se sentava ao meu lado.

– Então, o seu pai me falou que você é dentista?

– Sim e das boas. Na verdade sou ortodontista – brinquei para tentar disfarçar a minha timidez.

– Em Portugal ainda sentimos falta de bons dentistas, a maioria quer arrancar os dentes e não tratá-los. Eu sempre venho tratar cá no Brasil.

Meu pai passava manteiga em seu pão italiano e bebia o seu vinho, enquanto nos observava.

– Quando precisar de mim, pode me procurar, apesar de que pelo seu sorriso não precisa de aparelho, são perfeitos os seus dentes. – Este meu comentário provocou uma bela risada de meu pai. Manuel também sorriu para mostrar mais a sua bela arcada dentária.

– O Manuel vai embora amanhã, querida, prometi que em breve vou ao Porto visitar o Carlos.

– Promessa é dívida, Leonardo. Quando for, leve Helena com você – olhou-me profundamente e logo vi que meu pai percebeu que estava rolando um clima.

A conversa fluiu de uma forma gostosa e divertida. Falamos sobre a beleza de Portugal, do Brasil e da crise econômica mundial, principalmente na Europa. Pela primeira vez, depois de muito tempo, me senti tão bem ao lado de alguém. O Manuel não olhava só para meu corpo, quis saber do que eu gosto de comer, de beber, a que tipo de filmes prefiro assistir e quais peças de teatro marcaram minha vida. Falamos sobre livros inesquecíveis ao longo de nossas vidas e dos sonhos que tínhamos pela frente. Eu estava me sentindo uma mulher de verdade, com conteúdo e visível. Não consegui perguntar se ele era casado, solteiro ou noivo, naquele momento a amizade era o que importava para mim. Ter um amigo com quem pudesse conversar e falar de mim era fundamental. Não que ele deixasse de reparar em minhas ancas e pernas toda vez que me levantava para ir ao banheiro, mas era diferente, pois olhava querendo ver além, seu olhar fazia um raio X da minha alma.

– Seu pai foi embora, Helena, quando você foi ao toalete. Pediu para lhe deixar um beijo, disse que tinha uma reunião e estava atrasado. Você pode me dar uma carona até o hotel?

– Claro, Manu. Posso chamá-lo assim?

– Sim, adorei – respondeu, animado.

– Uma pena que vou embora amanhã, gostaria muito de conhecê-la melhor.

– Não faltará oportunidade, tenho certeza disso – com toda a convicção do mundo disse isso.

No caminho até o Hotel Renaissance em que Manuel estava hospedado, na Alameda Santos, levamos vinte minutos. Convidou-me para tomar um drink no bar e aceitei, afinal seria uma grande oportunidade de conhecê-lo melhor.

Meu telefone tocou assim que entramos no hotel e atendi mesmo sem estar identificado o número.

– Catarina? – perguntou a voz do outro lado da linha.

– Não, ligou errado. Meu nome é Helena.

– Então quer dizer que Catarina é seu nome de guerra. Hum! Tá ocupada? Tá a fim de fazer um programa hoje? Estou com uma boa grana para te pagar.

Manuel ficou me olhando com aquela cara de interrogação, que as pessoas fazem quando não estão entendendo nada. Eu devo ter ficado vermelha, a gagueira era clara em minha voz. Fiquei com vontade de sair correndo dali e bater a cabeça na parede para acordar de um pesadelo.

– Desculpe, mas ligou errado e no momento estou ocupada – puxei o telefone de lado enquanto Manuel pedia uma mesa ao garçom. – Não me ligue mais. Não sou esta mulher que está procurando.

No fundo eu não era mesmo, era aquela daquele momento, num hotel maravilhoso, elegante, com pessoas chiques e que sabiam e podiam curtir a vida. Eu nem me lembrava que havia me chamado de Catarina alguma vez. Manuel percebeu que eu estava sem graça e constrangida.

– Tudo bem, querida? Você está abatida.

– Sim, Manu, obrigada, foi só um mal-entendido.

– O que quer beber?

– Um Dry Martini – eu precisava de uma bebida forte para relaxar pelo menos naquela noite, mas nem tanto porque eu podia pôr tudo a perder. Fico "facinha" quando bebo.

– O que você gosta de fazer quando não está trabalhando, Helena?

– Gosto de ler, adoro, a leitura me alimenta e viajo para outros lugares, esqueço-me de mim ao mesmo tempo em que me vejo em alguns personagens. Já mudei minha postura diante da vida ao ler um livro, descobri que aquele era o caminho que eu queria seguir e simplesmente mudei.

– Que interessante, é isso mesmo que a leitura faz com a gente, nos abre portas, faz com que enxerguemos coisas que antes nem existiam para a gente. Eu resolvi fazer uma viagem uma vez à Itália por causa de um livro. Capri foi o lugar que conheci por intermédio da leitura. Quando cheguei a Capri e vi aquele mar azul-turquesa batendo nas rochas, era como se estivesse vendo pela segunda vez, pois o livro nos leva a qualquer lugar do mundo.

– Quando fez essa viagem? Foi sozinho?

– Foi no ano passado, no verão, fui com meu amigo José, não ligo em viajar sozinho, mas ele também queria conhecer Capri, fomos juntos então. – Manuel disse com um leve sorriso no rosto, dando a entender minha preocupação e curiosidade em querer saber com quem fez uma viagem a um lugar tão romântico.

– É um lugar perfeito para ir com alguém por quem estamos apaixonados, você não acha?

– Ah sim, fiz esta promessa, voltarei com o grande amor da minha vida. Inclusive nem visitei a Gruta Azul, que é uma cavidade natural com aproximadamente 60 metros de comprimento e 25 de largura. O único modo de entrar é em pequenos barcos a remos com apenas quatro pessoas. O marinheiro sempre pede para as pessoas se deitarem no fundo do barco porque tem que entrar na gruta usando o impulso de uma corrente presa nas rochas.

Fiquei fascinada ouvindo Manuel contar aquelas coisas e minha imaginação voava para lá, para a Gruta Azul. Já tinha lido em algum lugar que a cor vem da luz do sol, que entra através de uma janela submarina, a qual se abre embaixo da porta de entrada da gruta. Por causa dessa abertura, a luz absorve o vermelho e deixa passar o azul. Os reflexos prateados são provocados por outro fenômeno, que depende de objetos imersos, as bolhas de ar que chegam à superfície externa desses mesmos objetos e têm uma refração diferente da água, permitindo que a luz reflita.

– Helena, por muitos anos a Gruta Azul não foi visitada durante a época dos romanos, nos tempos de Tibério. Era usada como *ninfeo* marinho, as estátuas encontradas no seu interior hoje estão na Casa Rossa de Anacapri. A gruta era temida pelos marinheiros como um lugar cheio de espíritos e demônios. A história só mudou quando, em 1826, um pescador da ilha, Angelo Ferraro, acompanhou o escritor alemão August Kopisch e o pintor Ernst Fries em uma visita. Ambos voltaram encantados com a gruta e disseram que era uma visita obrigatória a todos que viajassem a Capri. Hoje, a Gruta Azul é a maior atração da ilha.

Sorrimos e nos calamos por alguns segundos; neste momento, pensei que ele estivesse pensando o mesmo que eu, que um dia iríamos lá juntos. Ao mesmo tempo em que pensava na possibilidade, pensava como era ridícula em imaginar que este homem tão adorável poderia gostar de mim. Fiquei vermelha e demonstrei minha vergonha, para disfarçar, continuei com o mesmo assunto.

– Dizem que a Costa Amalfitana é um dos lugares mais lindos do mundo e Capri é o seu ponto alto. Já ouvi dizer que foi o berço de intelectuais, artistas e escritores no fim do século XX – ele me olhava com curiosidade enquanto era claro que eu estava querendo fazer outra pergunta.

– O que quer saber, Helena? – olhou profundamente em meus olhos ao dizer isso.

– Quero saber se é casado – perguntei sem titubear.

Ele riu alto e segurou minhas mãos geladas.

– Não, minha querida, já fui, mas não sou mais, aliás estou passando por um divórcio litigioso.

– Tem filhos?

– Sim, tenho dois, um menino de 10, Josué, e Ana com 12 anos.

– Sinto muito que tudo terminou – falei de verdade, para mim era triste quando um casamento acabava. Por mais que estivesse interessada nele, não queria que se desse mal na vida.

– Faz parte da vida o que estou vivendo. As coisas têm um começo e um fim.

Odiava ouvir isso, sonhava com um amor para sempre, até a morte. Por que temos de repetir frases que alguém inventou? Será que no fundo de nós mesmos acreditamos no que repetimos ou apenas nos conformamos com os ditados prontos? As coisas não tinham que ter um fim, ao contrário, tinham que ser eternas. Nós somos eternos, não somos? De que vale a vida, se tudo acaba? Então nada vale a pena. Tem que existir uma continuidade para que possamos acreditar que tudo valeu a pena. Estamos sempre aprendendo e quem sabe Manuel passou por tudo isso para acertar na próxima relação, escolher alguém que tenha mais a ver com ele e possa fazê-lo mais feliz que infeliz. Muita gente repete os mesmos comportamentos, amam pessoas parecidas para justificar que nunca têm sorte e que nunca dão certo em suas relações. A Carol, por exemplo, sempre sai com homens que só querem sexo, talvez porque tenha medo de amar, de sofrer, de criar vínculos. Tenho uma amiga linda, a Mariana, morena, cabelos negros e longos, olhos negros e um corpo sedutor, mas sempre só aparece quando o namorado a trai e termina tudo com ela, não a vejo há um ano. Ela sempre conta que chega um momento da relação no qual cansa de fazer sexo, e só quer ficar abraçada vendo televisão. Provavelmente, vende uma imagem de mulher fogosa, insaciável no começo do relacionamento e depois mostra sua verdadeira faceta, que não gosta tanto de sexo como demonstrava. O namorado, percebendo isso, acaba procurando outra, não que justifique, pode-se terminar a relação e procurar outras pessoas, mas as pessoas preferem enganar, mentir e achar que o outro vai mudar e voltar a ser como era. Muitas mulheres casam achando que o marido mudará e se tornará melhor do que é, mas não muda. As pessoas mudam quando querem mudar, quando acreditam que podem mudar. Muitas vezes amar alguém nos ajuda a crescer, quando permitimos. O que será que Manuel aprendeu nessa relação com a ex-mulher, então fiquei olhando para ele tentando adivinhar se estava falando a verdade. Eu não conhecia a mãe dos filhos dele, teria que ouvir o lado dela, mas como não era possível, a solução era dar um voto de confiança a este homem que me parecia especial, ali na minha frente.

– Não sei se tudo tem começo e fim, prefiro acreditar que algumas relações duram uma vida inteira – escapou o meu pensamento.

– Sei o que está dizendo, Helena, talvez se encontrasse a pessoa certa, que tem a ver comigo, realmente as coisas poderiam durar até a morte. Nunca vivi esta experiência. Se um dia acontecer comigo, vou agradecer muito ao universo.

– Eu também. Nunca me casei, quero um homem especial, extraordinário, que tenha coragem para amar.

Manuel deu um sorriso suave, segurou minha mão e a beijou. Disse que eu era doce, encantadora e muito especial. Pedimos um café e logo em seguida nos despedimos.

Ainda queria me punir com tudo que estava fazendo comigo, não sei se ia conseguir parar de me prostituir, em algum lugar d'alma achava que merecia isso e que era tarde demais para voltar atrás. Eu tinha o fim da tarde para entrar na internet e procurar algo que ainda não havia encontrado, mas o que seria? O que me deixava tão curiosa a ponto de colocar tudo a perder. Meu celular fez o som de que havia entrado um SMS.

– Helena, adorei estar com você hoje. Será que consegue enxergar o quanto é especial? Quero muito conhecê-la melhor.

Li e reli várias vezes a mensagem, o pensamento negativo tomava conta de mim, não conseguia acreditar em nada mais. Imaginava que em breve Manuel nem lembraria que existo, iria se esquecer de mim. Atualmente as pessoas não mantêm uma constância nas relações e naquilo que dizem. Já conhecia este filme e o roteiro era sempre o mesmo: mais cedo ou mais tarde, abandono. Não respondi. Fiquei procurando um homem qualquer para me tocar e me fazer sentir viva de alguma forma. Entrei na sala de sempre e enquanto teclava esqueci-me de Manuel.

MILTON

Nick: "Mulher quer toque profundo".

– Uau, que *nick* diferente. Que tipo de toque deseja? – Escreveu o *nick*: "Quero seios".

– Um toque no coração. Pode ser? – respondi com muita sinceridade.

– Aqui na sala é difícil. Só vai encontrar gente que quer te tocar em outros lugares, kkk. – Quero seios, escreveu.

– O que você procura realmente?

– Sexo, querida, apenas sexo. Sou noivo, mas ando enjoado de transar com a mesma mulher sempre, então entro aqui e busco viver as minhas fantasias.

– Por que não vive as suas fantasias com a sua noiva? – escrevi percebendo que eu queria alguma resposta sobre tudo aquilo.

– Porque ela vai ser a mãe dos meus filhos e tem coisas que não posso fazer com ela.

– Como, o que?

– Chamá-la de puta na cama, bater na cara dela, fazer sexo anal. Essas coisas só faço com uma mulher mais liberal.

– De repente ela quer isso e você não sabe. Eu acho que se você não tiver intimidade com a sua mulher, vai ter com quem? Precisa perguntar o que ela gosta.

– Ela é moça de família, nem sexo oral gosta de fazer e quando faço nela, não deixa nem beijá-la depois, pois tem nojo.

– Lamento isso, não quero um homem que procure outra, quero alguém que faça tudo comigo.

– Bom, mas não estamos aqui para discutir a minha relação, quero saber como você é e se tem fotos para eu avaliar se é meu tipo.

Um e-mail chegou de repente, por um momento pensei ser de Carol, minha amiga, mas infelizmente não era. Fiquei sem vontade de abrir, pois o que o remetente tinha para me dizer não me interessava mais.

"Querida Helena, fiquei pensando o quanto foi bom te conhecer em Fortaleza e te reencontrar depois no mesmo terapeuta que o meu, aliás, o nosso, que mundo pequeno. Não consigo parar de pensar em você e quero que saiba que nunca te achei uma puta, não no sentido da palavra, mas na cama sim, você é maravilhosa, onde toda mulher realmente deve ser, na cama. Dê-me uma chance de mostrar o meu melhor, também tenho os meus medos e por causa deles, não consegui te conhecer melhor naquela época. Eu estava machucado e para o homem é difícil levar um pé na bunda, pois acabamos achando que todas as mulheres são iguais, mas sei que não são. Você, por exemplo, é especial e gostaria muito de estreitar nossa relação. Você topa jantar comigo esta noite?

Estou aguardando ansioso pela sua resposta.

Beijos.

Milton"

Fiquei sem resposta, tentei ligar para a Carol, mas não me atendeu nas cinco tentativas. Precisava saber a opinião dela se deveria jantar com o Milton, nós sempre trocamos confidências. Sempre dividimos nossas dúvidas e viver sem ela era muito complicado para mim.

– Mulher quer toque profundo, está aí? Cadê você? – escreveu o *nick*: "Quero seios".

– Oi, estou sim, fui tomar água. Onde estávamos mesmo?

– Nas fotos. Tem para me mostrar?

– Não, se quiser sair comigo, vai ter que confiar que sou bonita e gostosa.

– É ruim, hein? A última que fiz esta tentativa era uma baranga.

– Sério? Era tão feia assim? Como foi?

– Nossa! Horrorosa. O *nick* dela era: "A bela da vez". Devia ter colocado: a bruxa da vez, kkk.

– Kkk. Mas e aí?

– Aí que marquei perto do estádio do Morumbi, zona sul. Disse que estaria de chapéu Panamá e com vestido vermelho. Quando cheguei, estacionei o carro em frente do estádio exatamente no ponto onde combinamos, quando olho à direita vindo em minha direção, uma mulher bem gorda, seios visivelmente caídos e chapéu que encobria cabelos bem curtos, coisa que não gosto. Quando abri o vidro para ver se era ela mesmo, me acenou e abriu um sorriso amarelo. Não pensei nem uma vez direito, dei ré e saí em disparada. Ficou parada olhando com cara de assustada. Nunca mais compro nada sem ver o produto antes.

– Coitada da moça, deve ter ficado triste. Você podia ao menos ter conversado com ela.

– Ela que mentiu, disse o oposto de tudo que eu vi. Então, se quer que eu pague bem por uma trepada com você, terá que me mostrar a sua foto e de corpo inteiro.

Li mais uma vez o e-mail do Milton. Reli as últimas palavras do *nick*: "Quero seios" e saí da sala da internet sem dar nenhuma resposta a esse grosso.

"Milton, tudo bem? Quero jantar com você sim. Que horas nos encontramos e onde?" – resolvi enviar o e-mail ao Milton, aceitar o convite e sugeri logo: "Podemos nos encontrar na Cantina Jardim di Nápoli, em Higienópolis, às 21 horas. Pode ser? Beijos".

Ele respondeu rapidamente: "Sim, combinado. Às 21 horas estarei lá".

Milton estava lindo me esperando no restaurante, vestia calça preta social, camisa branca um pouco aberta no peito, o que o deixava bem charmoso e sapatos pretos italianos com cadarço. Quase não o reconheci novamente porque estava sem a barba, exatamente como o vi a primeira vez no hotel em Fortaleza.

Eu me produzi sem muita ostentação, vestido azul-escuro estilo boneca, com um decote suave e um cinto que marcava bem minha cintura. A maquiagem era suave, apenas uma base cor da pele, blush marrom e batom cor dos lábios; colar e brincos de pérola, sapatos altos tipo mocassim cor preta. O cabelo deixei-os soltos e naturais.

O garçom levou-me até a mesa onde o Milton já estava sentado. Abriu um belo sorriso ao me ver.

– Olá, Helena, você está radiante.

– Obrigada. Você também está lindo. Tirou a barba de novo, sinceramente, gosto mais assim.

– Para lembrar os bons tempos – disse olhando a carta de vinhos.

– Ah! – não entendi a que se referia. A lembrança que tinha de nosso encontro na primeira vez não me parecia tão boa assim.

– Vamos tomar um vinho português? Um Periquita original? – sugeriu Milton.

– Sim, ótimo, combina com o polpetoni e penne ao sugo que pretendo pedir – sugeri o prato.

– Bom, porque eu ia pedir a mesma coisa – sorrimos, pelo menos no gosto pela comida e bebida combinávamos.

O vinho chegou e começamos as delícias do restaurante com pão italiano, sardela, manteiga e azeitonas pretas temperadas no alho.

– Helena, quero te dizer algo que nunca disse, por isso te convidei para jantar – deu uma pausa dando um gole no vinho e continuou olhando em meus olhos. – Eu nunca te esqueci, gostei realmente de você desde a primeira vez que a conheci. Fiquei muito magoado que partiu daquele jeito de Fortaleza. Quero saber sinceramente o que te fiz para que partisse daquela forma.

– Não fez nada – ele fez uma cara de quem não estava acreditando na resposta.

– Pode me contar tudo, Helena. Sei que alguma coisa aconteceu.

– Eu fiquei confusa com tudo o que rolou entre a gente. Na verdade, gostei de ser puta por alguns momentos e na hora foi muito bom, mas depois não gostei do que descobri em mim. O dinheiro me deixou angustiada. A Helena romântica, que acreditava no amor morreu ali, eu tive que parar de sonhar com coisas boas. Cheguei a duvidar que o amor é algo que existe. Destruí-me depois de te conhecer. Essa é a verdade.

– Confesso que não sabia que foi tão ruim assim me conhecer, você transpareceu estar feliz e segura. Se soubesse que se sentiria assim, não teria feito aquela proposta indecente. – Segurou minhas mãos ao dizer isso.

– Olha, Milton, é passado, então vamos jantar em paz e mudar de assunto. Muita coisa aconteceu depois e ainda não consegui me encontrar totalmente. Continuo perdida desde aquele dia, nesse tempo todo. Dei-me férias intermináveis do trabalho e estou descrente de muitas coisas. No fundo, você não tem culpa de nada. Eu que me perdi no meio do caminho. Não tenho paciência para deixar as coisas acontecerem. Gosto de fazer as coisas andarem no meu tempo e isso me faz perder coisas no meio do caminho.

Chegaram os nossos pratos e continuamos a beber enquanto comíamos deliciosamente nossa refeição.

– Vamos esquecer o passado e viver presente e futuro.

– Do que você está falando? – perguntei com a boca cheia. Ele sorriu.

– Você quer namorar comigo? Sinceramente, gostei de você, Helena, sei que já disse isso, mas é verdade, sempre penso em você. Depois da terapia com o Carlos, percebi que estava tão desiludido, naquela época, que por isso a tratei como não merecia. Eu estava querendo ser um homem que não sou, frio e que acha poder comprar tudo o que deseja.

– Você realmente me comprou, por uma noite, mas comprou.

– Sim, mas quando você partiu e não deixou nenhum contato, me senti mal, tentei no hotel conseguir o seu telefone, mas não quiseram me dar, disseram que era confidencial e estavam certos. Fiquei muito deprimido porque fiz tudo errado e quero consertar.

– Não se conserta o passado Milton, apenas não devemos repetir o que já fizemos. Agora, querer namorar comigo para apagar um erro do passado já é demais para mim.

– Eu nunca soube amar, sempre terminei as relações antes que as coisas fluíssem realmente, acho que sempre tive medo de amar e você me tocou profundamente. Eu gostaria de tentar uma relação de verdade com você. Não precisa responder agora, pode pensar, se quiser.

– Não sei se sinto alguma coisa por você, começamos errado e mudei, quero algo que me torne melhor e com você...

– Vamos para minha casa agora, bebemos mais um vinho, escutamos música e conversamos mais um pouco. Topa?

– Está bem, vamos sim, vai ser bom – ficamos em silêncio até o café chegar, talvez estivéssemos guardando mais palavras para depois.

O apartamento de Milton ficava na Rua João Cachoeira, no Itaim Bibi. Com uma decoração bem *clean*, sofá e tapetes brancos, quadros com pinturas bem modernas com mais tons vermelhos. A aparelhagem de som e televisão do mais alto grau tecnológico possível. Fomos à cozinha para tomar água e fiquei impressionada com a limpeza e organização.

No sofá ficamos perto um do outro, cada um com sua taça na mão.

– Vamos brindar ao nosso reencontro – Milton falou dando um sorriso bem sincero.

– Ok. Um brinde a este momento.

– Helena, você disse que tirou férias faz tempo. Não sente falta do trabalho?

– Sinto sim, os meus pacientes vivem me enviando e-mails, alguns são obcecados com os dentes e acham que algum vai cair se eu não voltar – sorrimos mais leves.

– Eu adoro o meu trabalho, não sei se conseguiria ficar muito tempo sem advogar. Espero que esteja conseguindo encontrar o que procura com esse afastamento.

– Pela primeira vez estou permitindo explorar um outro lado meu que não conhecia, está sendo bom, mas doloroso.

– O que é? O que tem experimentado? – seus olhos revelavam muita curiosidade.

– Não quero falar sobre isso. Desculpe-me, é muito pessoal.

– Não vai dizer que virou garota de programa?

Peguei um livro de artes sobre Veneza, na mesa de centro em frente ao sofá, para tentar desviar o olhar dele. Um pouco de vinho caiu no meu vestido.

– Você tem essa mania de derrubar as coisas como criança – gargalhou. – Vou buscar um produto que tenho que tira as manchas mais terríveis.

Por um momento quase saí correndo do apartamento de Milton, cheguei a levantar, ir para perto da porta, mas não tive coragem.

– Querida, está aqui, pode se limpar no banheiro, fica logo ali à esquerda, no corredor para os quartos.

O lavabo era bem decorado, com vasinhos de flores artificiais, mas que pareciam verdadeiras. A toalhinha na pia combinava com a cor do carpete do banheiro. Os sabonetes eram minúsculos e tinham formato de coração. Achei fofo e delicado. Limpei meu vestido com dificuldade, pois minhas mãos começaram a tremer. Por um momento me deu pânico e me arrependi de estar ali. Ia inventar uma desculpa qualquer e partir.

– Então, conseguiu limpar o vestido? – disse dando uns tapinhas no sofá indicando que eu deveria sentar ali.

– Sim, acho que sim – sentei-me um pouco mais longe dele desta vez.

– Você me atrai muito, querida – falou, se aproximou e tocou nos meus cabelos.

– Obrigada.

– De nada. Dá-me um abraço? – Milton pediu já me abraçando.

Eu precisava de um abraço forte, só não sabia se era o dele. Em todo momento, pensava no Manuel e em nossa tarde juntos. Queria abraçar o meu amigo português, sentir o corpo dele perto do meu. Mas será que não estava me sabotando novamente, tentando não viver uma relação positiva. Sempre quando tinha algo bom, queria algo que achava que era melhor ainda. Por que encontrei Milton novamente? Que lição eu tinha que tirar de tudo isso? Será que era o amor da minha vida? Se contasse para ele que foi o primeiro de muitos que cobrei para transar comigo, continuaria me desejando?

Envolta nos meus pensamentos enquanto ouvíamos Gal Costa cantando Tom Jobim, Milton me agarrou e me beijou docemente. Um beijo bom, gostoso, quente. O vinho começou a rodar em minha cabeça enquanto fechei os olhos para receber a sua boca na minha. Ele segurou--me no colo e com a cabeça encostada em seu ombro deixei-o me levar. Com delicadeza, colocou-me em sua cama enorme, com lençóis macios como seda e foi tirando o meu vestido.

Milton beijou minha testa, os meus olhos e quando chegou ao meu pescoço não resisti mais. Depois de meses não vi nenhum dinheiro sobre a cabeceira da cama, o que me fez sorrir, algo estava mudando dentro de mim. Os meus bicos dos seios estavam eriçados e o desejo escorria pelas minhas coxas. Ele me lambeu inteira, degustou cada pedacinho de mim, lambeu meu clitóris e me fez chegar a um orgasmo mais forte ainda que o da primeira vez em Fortaleza. Depois me penetrou por trás e dizia em meu ouvido como era deliciosa e quente. Falava que havia se apaixonado por mim desde a primeira vez que me viu. Eu me virei e coloquei a minha mão em sua boca, não queria ouvir nada, apenas sentir. Os homens têm mania de dizer mentiras para conquistar uma mulher. Coisas como: somos únicas, maravilhosas, que vão querer nos ver novamente. Já havia passado desta fase, queria sentir apenas. Precisava me encontrar novamente, saber que eu podia fazer sexo pelo sexo, sem culpa e sem cobranças depois. Aprendi que sentimento não se cobra, o que importa é o momento apenas.

Repetimos nossa transa mais três vezes, me entregando completamente, tomei um banho para limpar tanto gozo e acabamos dormindo abraçados. Em silêncio.

VIAGEM A PORTUGAL

Voltei ao trabalho no dia seguinte, apareci sem avisar no consultório. Minha sala continuava a mesma, fechada e com o meu perfume. Ainda tinha vasos de flores de ex-namorados, presentinhos na minha estante de livros, miniaturas de bonequinhas dentistas, todas com óculos, por que será que sempre colocam óculos nos profissionais liberais em miniatura? Talvez seja porque passe mais credibilidade. Comecei a mexer nas minhas gavetas, organizar a bagunça que se tornara mania em minha vida. Aproveitei para recomeçar também com minhas gavetas, tinha de jogar fora tudo o que me lembrasse o passado. Até bombom comido pela metade estava lá, quase podre. Encontrei batons com cores que nem lembrava que ainda existiam. Uma calcinha rosa bebê fio dental com rendinhas e com florzinhas brancas estava no fundo da gaveta de coisas particulares, coisas que eram trancadas a sete chaves. Por que será que eu havia guardado essa calcinha? Não conseguia me lembrar.

– Até que enfim voltou à labuta – entrou de repente na sala, Eduardo, meu sócio, que foi logo me dando um abraço.

– Oi Edu, estava longe, revirando o meu passado. Você está bem?

– Estou morto, né, Helena. Há meses que trabalho dia e noite porque a madame resolveu tirar férias atrasadas, que não acabam mais. – Disse se afastando de mim e com a feição mudada, mostrando mágoa e ressentimento.

– Eu sei, Edu, mas é que precisava me reencontrar.

– E conseguiu?

– Não sei a resposta, mas acho que estou no caminho.

Entra na minha sala Cláudia, nossa secretária, e avisa a Eduardo que chegou o seu paciente. Ele faz um sinal com as mãos de que já vai sair. Volta a conversar comigo e me cobra que já está na hora de eu voltar ao trabalho. Eduardo vira as costas e volto a remexer nas coisas que já nem lembrava mais a quem pertenciam antes de me darem de presente.

Ao longe, numa sala um pouco distante da minha, ouvia-se o barulho do motor perfurando algum dente. Minha mão invadiu a gaveta com cadeado e deparei com um envelope fechado rosa choque, que continha as seguintes palavras: "Ao meu eterno amor Jorge, de sua princesa, Helena". Não podia acreditar que aquilo era meu, quem era Jorge? E quem era eu? Como eu pude ser tão ridícula um dia em comprar um envelope rosa choque e escrever amor eterno. Senti-me ridícula, olhei em volta para ter certeza de que ninguém estava vendo aquilo. Tranquei a porta e abri o envelope:

Quando me esqueceres

Mario Quintana
pediu para lhe dizer:
"quando me esqueceres
esqueça-me bem devagarinho".
Toda vez que olhar a lua
esqueça-me em todas as fases:
minguante, crescente, cheia e nua.
Sim, estarei nua,
esperando suas mãos em cada curva
do meu corpo dolorido de saudade.
Quando me esqueceres
guarde um pedacinho de mim
no seu bolso,
assim toda vez que colocar as suas mãos
lembrarás de mim.
Estarei ali mesmo que aos pedaços
Intacta....
Se for possível,
esqueça me bem lentamente.

Leve anos nesta tentativa,
mesmo que só sinta falta de uma parte em mim
da boca que te beijava a alma
dos lábios inteiros num êxtase seu
Só seu ainda que meu.
Quando me esqueceres
toque minha mão na lembrança
dos dedos dizerem algo
que a boca não foi capaz de dizer.
Quando me esqueceres
procure em outros lábios a maciez dos meus
se contente com a ausência
do fogo do meu beijo no seu.
Quando me esqueceres
relembre que nada morreu,
morra se não ler o que Quintana escreveu:
"O homem não morre
Quando deixa de viver,
mas sim, quando deixa de amar".
Esqueça estas palavras se for capaz
quando esqueceres de sonhar.
Esqueça-me na invenção do tempo que sente
o homem criar o limite do tempo de amar.
O tempo mente
e nos limita as emoções nos entregar.
Não te deixe lembrar quando me esqueceres
dos nossos corpos sedentos de tesão.
Vá fundo
quando me esqueceres.
Duvido esquecer-se da minha paixão.
Esqueça que te olhava com o brilho das estrelas
que te afagava a barba cansada
Esqueça que beijava seu rosto
enquanto os olhos você fechava
Esqueça do meu sorriso largo
cheio de esperança de te fazer feliz.

Esqueça-me bem devagarinho
em doses homeopáticas
cada dia e cada noite
cada tarde em suas reuniões.
Esqueça-me bem devagarinho
Deixe um pouco de memória
naquilo que poderíamos ter vivido
se estivéssemos em outra história
de um agora que poderia ter sido.

"Jorge, guarde para sempre este poema, de minha poetisa preferida, Leila Balh. Sei que não me quer mais, mas sei que vou te amar para sempre. Até um dia, meu amor."

Fiquei perplexa, pois era verdade, eu amei o Jorge, mas já faziam dez anos e nem me lembrava mais da existência dele. Lembro que um dia assistimos juntos ao desenho *Meu Malvado Favorito II* e rimos muito, e essa lembrança me levou às gargalhadas agora. O que é a vida se não as lembranças? Como era bom recordar coisas boas mesmo que não deram certo. Eu tinha uma história e não acabava ali, aos quarenta anos. Eu estava na metade do caminho e tinha muita coisa boa e ruim para viver ainda.

O telefone de Carol vivia desligado, provavelmente deveria ter me bloqueado. Sentia muito a falta dela, só ela sabia das histórias dos amores de minha vida, Carol era a minha nobre confidente. Estava tão longe em minhas lembranças que nem ouvi o celular tocar insistentemente.

– Alô – disse sem reconhecer o número enorme que aparecia.

– Olá, Helena querida – um homem, com sotaque carregado português, falava do outro lado da linha.

– Pois não. Quem é? – respondi sem imaginar que poderia me ligar em tão pouco tempo.

– Sou eu, Manuel. Não lembra mais de mim? – disse com um sorriso acolhedor.

– Ai meu Deus, me desculpe, Manu, estava com a cabeça nas nuvens, não reconheci a sua voz. Desculpe-me.

– Está desculpada. Como vai você? Estava com saudade e resolvi ligar para saber de você.

– Estou bem, voltando ao trabalho depois de algum tempo parada e você?

– Estou a trabalhar muito, mas liguei para dizer que não me esqueci de você. Conhecê-la me deixou muito feliz e gostaria de fazer-lhe um convite.

– Um convite? Isso é bom. Qual seria?

– Quero que venha a Portugal para nos conhecermos melhor, se quiser, é claro. Os meus pais querem conhecê-la e não precisa se preocupar com estadia, pode ficar na casa deles, vão adorar.

O silêncio tomou conta de mim, não estava acreditando que aquele português lindo que conheci, em tão pouco tempo, sentia a minha falta. Fiquei quieta o bastante para ele se incomodar e perguntar várias vezes se ainda estava na linha.

– Sim, estou aqui – disse perplexa.

– Então o que acha da minha proposta, não é indecente, mas quem sabe poderá ser – comentou às gargalhadas.

– Bom, preciso pensar, Manu, porque voltei a trabalhar hoje, quer dizer, abri minha agenda esta semana para os pacientes e não sei se consigo ir tão breve.

– Pense com carinho e me diga quando é possível. Gostaria de fazer um roteiro de passeios interessantes para passearmos em Portugal. Quando você me dá a resposta, querida?

– Acredito que em uma semana, pode ser?

– Combinado. Aguardarei ansioso. Agora preciso ir, pois tenho uma reunião em Cascais. Beijos, minha querida.

– Beijos, Manu. Obrigada pelo convite.

Desligou e fiquei ainda com o telefone preso à orelha. Ainda estava com cara de boba e de surpresa. A sensação que sentia era nada, não tinha expectativas, no fundo achava que Manuel havia ligado errado, será que não era para outra Helena que ia ligar, aí atendi e fez o convite para não ficar chato? Bati três vezes em minha testa para ver se parava de pensar tanta besteira, se parava com essa mania de querer adivinhar o que os outros estão pensando.

Outro dia vi uma moradora de rua falando com alguém imaginário. Ela está sempre caminhando no bairro dos Jardins, onde moro. É incrível como nunca se cansa de andar, pode-se dizer que é uma verdadeira andarilha e está sempre sorridente. Será que ela é feliz como é? Quem ela seria? Pensei nela após receber o telefone do Manuel porque senti uma pontinha de inveja dessa andarilha. Parece-me que não tem problemas, pelo menos não como os nossos, mortais que trabalham, amam e precisam ganhar dinheiro para continuar no esquema do mundo. Ela dá ordens à pessoa imaginária com quem conversa, vira as costas quando quer e eu? Infelizmente não posso virar as costas a nada, preciso caminhar e tentar resolver as coisas pendentes e as angústias que me devoram. O que será que carregava naquelas sacolinhas de supermercado? Um dia fui dar um prato de comida a ela e me disse: "Moça, não estou com fome. Dê a quem está com fome, estou com sede, você tem água?". Eu não tinha, nem deu tempo de dizer que eu ia buscar água, saiu andando com uma rapidez que me cansou só de vê-la partindo. O mais interessante é que não vi estresse no seu rosto, nem tristeza. Vi uma leveza em sua face, que não via há muito tempo, nem em mim mesma quando olho no espelho todas as manhãs.

– Consultório do doutor Carlos Augusto Maciel, pois não? – repetiu a frase do outro lado da linha Patrícia, recepcionista do meu terapeuta.

– Oi Paty, tudo bem?

– Pois não, quem é?

– Sou eu, a Helena, não conhece mais a minha voz?

– Não feliz assim. Parece-me que não precisa mais de terapia – afirmou Paty às gargalhadas.

– Agora é que preciso – respondi rindo.

– Infelizmente não vai ser possível. O doutor Carlos está viajando e só volta em duas semanas. Quer deixar agendado para quando voltar?

Desliguei sem me despedir, como um terapeuta viaja e não avisa os seus pacientes que ficará ausente. Pior que tinha de resolver sozinha se ia ou não para Portugal. Carlos, também, só me ajudaria a confirmar que quero ir mesmo. Então, eu vou.

Em casa, comecei a separar os meus vestidos, peguei uns três comportados, com manga e pouco decote na cor preta e vermelha. Também separei dois sensuais, um azul-turquesa com fenda na lateral da saia, do lado direito e um decote bem sugestivo. Claro que separei um vestido sexy vermelho, desses de fechar o comércio. Tinha que me garantir, pois tudo podia acontecer naquela semana.

Avisei meu sócio que iria viajar mais uma vez e ele surtou, é claro. Falou-me que era irresponsável e devia pensar se queria continuar sócia dele ou não. Dei de ombros, quem vai se responsabilizar pela minha felicidade? Pela conquista das coisas que almejo? Não posso abrir mão de mim, dos meus anseios, mesmo que pague um preço caro por isso. Lá vou eu, Lisboa me espera e não sei mais o que espero, apenas vou, como um pássaro vou, sem saber se vou sofrer alguma estilingada no meio do caminho, mas quem sabe? Como disse antes, perguntei a minha morte se poderia me arrepender de não ter ido e a resposta foi sim. A morte gritou em meus ouvidos que deveria arriscar. Fico pensando: quantas pessoas abrem mão da felicidade por medo. O livre-arbítrio serve para vivermos de verdade. Para fazermos aquilo que nos dá prazer. Somos responsáveis por nossas escolhas e por isso, tento tudo, mesmo que sangre depois a minha alma. Já pensou se dá certo e descubro algo magnífico que desconhecia. Temos o não o tempo todo, quando pequenos ouvimos muitos não. Quase tudo é proibido. O sim vou buscar inteira, completa e certa de que algo bom vai acontecer.

Nunca arrumei uma mala tão feliz e tão leve. Estava tranquila e sem angústia. A única coisa que me arrasava era não ter a Carol ao meu lado, vibrando, torcendo, dizendo para ir em busca do meu amor. Não vai ser fácil viver a vida sem sua amizade.

Um ex-namorado da faculdade, David, me enviou um e-mail. Meu pai disse que o encontrou num evento sobre cadeiras para dentistas.

"Querida Helena, quanto tempo não a vejo, anos, não é mesmo? Pedi ao seu pai o seu e-mail, num evento em que tive a honra de encontrá-lo. Continuo solteiro e você? Sempre leio o poema que me deu quando terminamos o namoro. Não foi muito bom como tudo acabou, mas nunca te esqueci. Gostaria de convidá-la para jantar e colocarmos a conversa em dia. Aguardo o seu retorno. David."

Fiquei em dúvida se devia responder, afinal nem me lembrava mais da existência desse cara. Foi traumatizante nossa relação. Homem muito bonito parece que precisa provar que é gostoso e interessante o tempo todo, não se segura. Ele me traía demais. Terminamos quando, como uma boba, fui fazer uma visita surpresa pela manhã e o encontrei fodendo de quatro com outra, uma amiga minha na época. Foi horrível, tudo o que segurava nas mãos, maçã, pera, banana, abacaxi e baguete de pão, voou para a cabeça dele e dela, é óbvio. Saí correndo aos prantos e com uma dor para lá de insuportável. Depois ficou me procurando, pedindo por perdão, dizendo que a outra não era importante para ele. Então por que transou com ela, se não era importante? Sem confiança não dá e a única resposta que dei ao David foi um poema da Leila Balh.

Não tô nem aí

Poupe-me de suas lamúrias
infundadas
degastadas por você mesmo.
Cale-se e me permita inundada
sozinha calejada a esmo.
Isso, vire as coisas para mim
quem te amou descompassadamente?
sendo louca loucamente
sempre dentro de um fim.
Pare de mentiras sórdidas
tô cheia de suas ideias chinfrins.
Poupe-me de suas palavras mórbidas
Não vou para lugar nenhum assim.
Chore mesmo em seu quarto
Adoro vê-lo se descabelar por fim.
Não uive alto como um lobo tonto
Disfarce a dor que deveras pertencia a mim.
Quem sabe estarei mais forte
Alegre e cheia de esperança enfim.
Na estrada caminharei para o norte
Lugar bem longe desse teu cheiro de jasmim.

David tinha um cheiro de jasmim. Tinha um cheiro bom, que dava vontade de ficar perto quando o abraçava. Tinha um beijo doce como um mel silvestre e um gosto bom também. Demorou muito tempo para me recuperar dessa relação. O bom é que na vida tudo passa. E como diz Fernando Pessoa no livro *Desassossego*: "Eu que, não sabendo o que é a vida, nem sei se sou eu que a vivo se é ela que me vive..." Isto é viver, às vezes temos tanta vida dentro de nós, que parece que a vida está viva dentro da gente mais do que a gente pensa que está. Buscar a felicidade é todo dia, é uma luta diária. A tristeza vem a toda hora e ser infeliz é muito fácil, ser feliz dá trabalho e exige persistência.

Às vezes somos impulsionados a fazer alguma coisa que não queremos, parece que a vida nos obriga ou nos invade. A vida que é viva em nós e não o contrário, pois quando morremos, acaba-se a vida, pelo menos a nossa. Assusta-me morrer, acho uma puta sacanagem.

A morte é uma desgraça, nos ronda o tempo todo. As coisas vão morrendo em nós, desde que nascemos, vamos morrendo a cada dia. Vivemos lutos diários de um dia que se foi e que não tem volta. Nada volta. Nada será como foi, apenas o agora está presente. Vamos perdendo as coisas no meio do caminho, algumas doem e deixam cicatrizes eternas, outras se curam com o tempo. Penso sempre no futuro distante, o da velhice. Sorte de quem envelhece, pois completa o ciclo da vida. Quero ficar bem velhinha e sorridente. Assim, quando chegar o meu momento de partir, não quero olhar para trás e me arrepender de não ter feito algo. Faço tudo.

Repito sempre para mim mesma, quando pergunto a minha morte se algo é importante e se posso me arrepender de não ter realizado, quando a resposta é sim, vou lá e faço, a partir de agora, serei ainda mais assim. Dane-se aquele Ricardo que me enganou, ele vai ter o retorno do mal que me causou. Pensando bem, é melhor não ter esse dinheiro maldito e esquecer esse episódio de minha doce vida. Pelo menos, olhando o lado bom disso tudo, sou muito gostosa, nunca fui rejeitada, tenho que ser mais segura, confiar no meu taco. Sou uma nova Helena e vou em busca do novo. Inventar-me de novo.

No aeroporto cheguei três horas antes, não gosto de arriscar perder o voo. Fiz meu *check-in* com calma e fui tomar um café. Despachei apenas uma mala, tinha a certeza de que ia ficar apenas uma semana em Portugal.

– Alô – o telefone celular estava tocando insistentemente.

– Oi querida, já está no aeroporto? – perguntou minha mãe aflita.

– Oi mãe, sim, mas ainda é cedo, falta uma hora para o embarque.

– Só liguei para lhe desejar uma ótima viagem, que tudo dê certo e você encontre o que procura, filhinha.

– Obrigada, mãe. Eu te amo e desculpe por tudo de ruim que já fiz.

– Por que está dizendo isso? – Sofia parecia confusa.

– Porque já fiz coisas ruins, mãe, talvez não para você, mas para mim mesma. Espero que daqui para frente eu encontre um novo caminho. Ainda quero casar e ter pelo menos um filho.

– Então foque nisso. Com certeza, vai conseguir. Acredite!

Fiquei pensando nas palavras de minha mãe e, acredite, não saíam da minha cabeça. Acreditar basta? Acreditei em tantas coisas que não deram certo. Será que muitas vezes o que acreditamos não é o melhor para nós, por isso, não dá certo? Pode ser que sim, mas a vida é complexa. Mais fácil pensar que o que tem de dar certo dá e pronto.

Tomei mais um café, comprei umas revistas e fui caminhando para o portão de embarque. Parecia que alguma coisa me arrastava pelo chão, não sentia que andava, sentia uma esteira rolante sob meus pés. Flutuava em direção a algo que não conhecia. A ficha ainda não tinha caído com relação a minha ida a Portugal. Fui dando os meus passos em direção ao desconhecido meditando um poema de Leila Balh, de que gostava muito.

Terroristas

Há terroristas em minha mente
Eles me aniquilam
Me distraem e mentem
Destroem meus sonhos
Que ainda estão por vir
Me deixam paralisada
Sem vontade de ir.

Cadê a coragem para partir
Nesta viagem louca da vida
Sem rumo
Sem destino
Sem pra que
Há terroristas em minha cabeça
Me atormentam noite e dia por quê?

Como vencê-los?
Como transformar a dor em borboletas?
Não posso negociar com terroristas
Preciso continuar de alguma forma
Completa e destemida
Invencível e sofrida
Nenhuma guerra está vencida
Das batalhas sairei fortalecida.

Há terroristas em meus pensamentos
Dizem coisas ruins que me enfraquecem
Gritam palavras que me entristecem
E me derrubam no chão
Sangrando, ferida
Nada me destrói, penso eu
Nada é mais forte que a vida
Que pulsa em todos os poros meus.

Dou um sorriso vago, incerto
Olho ao redor e vejo o deserto
Dói não ter ninguém por perto
Tanta gente e mais solidão
As lágrimas caem e rolam em minha face
Tudo é profundo como um parto
Imploro, me entrelace
Antes que a morte me despedace em vão.

Eu não sentia nada pelo Manuel, apenas um carinho e, claro, uma química forte. No fundo eu queria alguém bom, bacana e que fosse carinhoso, além de ter um ótimo humor. Ele parecia ser um homem assim. Tinha que pagar para ver, não podia ter medo de enfrentar algo bom. Viajar é sempre bom, mesmo que seja para a Cochinchina. Ficar doze horas dentro de um avião tinha que valer a pena. O pior que podia acontecer era conhecer lugares que ainda não conhecia em Portugal. A Casa dos Bicos, onde funciona hoje a Fundação José Saramago, por exemplo, ainda não tinha visitado, pois fui a Lisboa em 2011 sendo que esta

Fundação, do vencedor do Prêmio Nobel de Literatura de 1998, só foi inaugurada em 2012.

Não ia permitir tristeza nesta viagem. Tinha que aproveitar cada segundo com intensidade.

Já na fila para entrar no portão de embarque, ouvi uma voz gritar o meu nome, mas não olhei para trás porque, com certeza, não era a única Helena que estava embarcando para Portugal. Os gritos aumentaram e uma senhora atrás de mim me cutucou e foi perguntando se me chamava Helena, pois a pessoa, que berrava, pediu para me cutucar. Quando me virei, os meus olhos vibraram de alegria. Um sorriso largo brotou em meu rosto e saí correndo da fila, meio que atropelando todo mundo e abracei quem faltava para me desejar boa sorte nesta viagem.

– Não acredito que você apareceu, amiga – falei abraçando forte Carol ao mesmo tempo em que chorava de alegria.

– Que bom que cheguei a tempo. Como ousa viajar sem se despedir? – Carol perguntou aos prantos.

– Me perdoa, amiga. Eu te amo tanto e não sabia como te procurar. Tentei várias vezes falar com você, mas nunca mais me atendeu...

– Para, Helena, esquece. Eu que tenho que te pedir perdão. Fui imatura, desumana e nem um pouco compreensiva. A vida é sua, minha querida, não tinha o direito de te julgar. No fundo estava com inveja de você – olhou-me nos olhos profundamente como se quisesse dizer algo mais.

– Inveja? De eu me prostituir? – fiquei ainda mais perdida.

– Sim, eu nunca teria coragem de fazer o que fez. Pensei muitas vezes, quase fiz, mas amarelei. Você viveu o que quis viver e te admiro por isso. Poxa, tenho uma amiga que já fez de tudo, até puta conseguiu ser e o mais importante, quando quis e não porque exigiram isso dela. Admiro-te muito e quero que faça uma excelente viagem. Aproveite o português. *Enjoy the trip. Have fun* – rimos desse comentário, é óbvio. Carol sabia como me fazer sorrir.

– Só uma pergunta, quem te contou sobre a minha viagem?

– Quem mais poderia ser? Sua mãe, que te ama mais que tudo. Ela me ligou e disse que você ia para sempre, me desesperei, aí ela ficou com dó e disse a verdade, que você havia conhecido um português e que ia ao encontro dele. *I came fast* – rimos mais uma vez e embarquei feliz da vida.

Ao meu lado no avião, sentou-se uma freira muito risonha, fiquei olhando para ela imaginando como devia ser feliz. Ela comia rindo, dormia rindo e via filmes rindo. Passava uma paz que me deixava confortável e desconfortável ao mesmo tempo. Como uma pessoa consegue viver sem sexo? Essa era a minha angústia ao olhar para ela. Senti vontade de conversar com ela, mas caí no sono e acordei com o livro de poesias que me acompanhava sempre, *Simplesmente feliz*, de Leila Balh.

Vivemos?

Imaginamos viver
Apenas caminhamos sobrevivendo
Deixamos pessoas erradas nos tocar
E quem amamos vamos perdendo
Somos pássaros sem rumo
Sem direção
Calamo-nos diante da dor
De sermos o que não somos em vão
Sentimos a pele sedenta
De carinho por viver
E vamos nos doando
A aqueles que não merecem nos ter
Vivemos mais o amanhã que o agora
Na ânsia de não perdermos nada
Nem o tempo
Haja sofrimento!
Distanciando quem somos de nós
A cada minuto e a cada momento.

Acordei com o piloto dizendo que íamos pousar no aeroporto de Portela, também chamado aeroporto de Lisboa. Com certeza estava com o rosto amassado e com uma aparência medonha, mas precisava deixar a vaidade de lado. O que vinha pela frente era o mais importante.

Após passar pela fila de imigração e ser recebida por um simpático policial português que carimbou meu passaporte sem titubear, peguei a mala na esteira e caminhei em direção ao portão de saída. Antes, é claro, passei no toalete para escovar os dentes, retocar o batom e pentear os cabelos, afinal dizem que a primeira impressão é a que fica.

Quando o portão se abriu, vi logo, em minha frente, Manuel sorrindo. Confesso que fiquei nervosa e as pernas tremeram. Era o sorriso mais sincero que recebera de um homem em toda minha vida. Fui caminhando ao encontro dele.

– Olá querida, seja bem-vinda a Lisboa – ele olhou bem em meus olhos e segurou minha mala, depois a colocou no chão.

Fiquei sem saber o que fazer. De repente, abraçou-me forte por um longo tempo. Ficamos em silêncio alguns minutos.

– Obrigada, Manuel, por vir me buscar.

– Nem precisa agradecer, querida. Estou feliz que esteja aqui, muito feliz.

Quando fiz o movimento para me abaixar e pegar a mala, Manuel segurou minhas mãos e me beijou. Foi um beijo tão bom, macio e terno, que até me esqueci que estava no aeroporto. Nossas bocas se encontraram docemente. Ele fez um carinho em meus cabelos e me beijou a testa e cada uma das mãos. Senti que algo novo estava começando em minha vida. Eu senti paz.

– Vamos, querida, em casa todos te esperam para almoçar. Preparamos um bacalhau divino para recebê-la em nossa terra.

Manuel segurou minha mala, colocou-a no carrinho de bagagens.

– Estou aqui a pensar. Só trouxe uma mala?

– Sim, por quê? –

– Porque pensei que fosse vir prevenida.

– Prevenida para o quê?

– Para ficar mais tempo comigo. Não vou te largar tão cedo, mocinha. – Manu disse com convicção.

Fui caminhando ao lado dele em direção à saída do aeroporto. Quando enfim percebi que estava lá, em Portugal, ao lado de um homem aparentemente adorável, entendi que precisava relaxar.

– Não me largue, Manu. Se for possível, nunca mais.

Fim